香怡天下 3 完

末節花開 著

風文創 471

風文創 471

目錄

第二十七章

天剛亮，韓香怡一個人離開了修家，來到鋪子。

果然，後面小屋一處已經堆滿翠綠的茶葉，她一進屋子，便聞到一股濃郁的茶香，很好聞。

韓香怡雙眼明亮地看著那些茶葉，興奮自語道：「有這些茶葉，我可以嘗試新香粉了。」

想到就做，就是韓香怡的做事風格，她毫不遲疑，搬了一張小板凳，坐在一堆茶葉前，開始挑揀起來。

將一些壞的茶葉丟掉，一些小的或者被蟲子啃食過的葉子能保留的保留，不能保留的就扔掉，就這樣挑挑揀揀大約一個時辰，終於挑出一人環抱大小的一筐茶葉出來。

將精心挑出來的茶葉放到一旁，韓香怡又從剩下的茶葉裡面挑出可以讓自己嘗試的葉子，挑出半筐後，剩下的就真的不能用了。

拿著打算用來試驗的半筐茶葉到屋後的一小塊空地，這裡有陽光，也有青石，韓香怡將這些葉子一一擺在青石上。

今兒個是晴天，沒有一絲風，秋日的上午時分還是很熱的，所以這個時間、這種天氣，是最適合風乾這些茶葉的時候。

將茶葉擺好後，韓香怡把那些不能用的茶葉清理掉，坐在炕上看著那一筐挑揀好的葉子，這些是可以用來製作香粉的，她不著急，就任它們自然乾燥。

做完這些後，香兒帶著兩個小丫頭來了。

瞧著累得滿頭香汗的韓香怡，香兒不由緊張道：「大少奶奶，您怎麼來得這麼早呀，都不叫香兒，這麼多事情讓香兒幾人做多好，您何必親自做呢？」

「不礙事，我閒著也是閒著，就當是鍛鍊自己，整日在家閒著，身子也越來越弱了。」

這話倒是真的。以前在村子裡又是跑、又是跳的，身子好著呢，幾年都不生病，可到了城裡嫁了人以後，自己就不能跑跳打鬧，只能每日老老實實待著，雖然也會做香粉，但這算不得什麼耗費體力的事情，最多就是消耗一些精力而已。

才到這裡大半年，她就躺在床上好幾次，起都起不來，自己身子都虛了，所以她覺得自己以後真應該多鍛鍊，免得以後有好日子過，被一身病纏著也不好受。

看了看那被挑揀出來的一筐茶葉，香兒走過去，不解道：「大少奶奶，您說這茶葉真的能做成香粉嗎？我只知道茶葉是能吃、能喝的，卻不知道還能做成香粉，能做成嗎？」

「做不做得成要等做過之後才知道，放心吧，過不了幾日就能知曉。」韓香怡笑著。

雖然她不能給出肯定的答案，卻還是保持信心。當然，做一件事情若一開始就失去信心，即便做了，也很難成功。

「好了，妳們去忙吧！我這裡還要做些事情，鋪子就交給妳們看著吧！」韓香怡示意她們離開，讓自己一個人專心研究。

香兒明白她的意思，點點頭，與兩個丫頭一起離開了。

韓香怡看著茶葉，暗暗自語道：「話雖如此，可到底要怎麼開始呢？用茶葉做香粉，是要按照製作香粉的步驟去處理茶葉，還是要按照處理茶葉的步驟來製作香粉呢？」

韓家，書房。

「家主，林城那邊傳來消息，說林城楚家沈氏開了間香粉鋪子，生意很好。」

「嗯？你說的是那個沈家的沈美娟？她怎麼想起開香粉鋪子了……不過開就開吧，那是人家的地盤。」韓景福倒也沒在意，隨意地說道。

「可是家主，那邊的人還說，她開的鋪子和咱們的不同，他們鋪子的香粉價位是讓老百姓都能買得起的價格。」

「喔？那他們賣多少？」這回韓景福察覺到不對勁，問道。

「便宜的只需幾十枚銅板，貴的則要價十幾兩銀子。他們將客源拓展至平民百姓，就是打算要讓所有人都可以去買香粉。」那個下人繼續道。

韓景福的臉色終於難看了起來。

幾十枚銅板？這賣的是什麼品質？

要知道韓家香粉從一開始就是將客群鎖定有錢人，香粉定位為奢侈品，沒有錢的窮人家自然無法購買，這樣才能凸顯有錢人的身分和地位。

如今被沈氏這麼攪局，香粉反倒成為一種任誰想買都能買的地攤貨，讓他怎能不生氣。

而且他很清楚，對方一旦這麼做，在林城的韓家香粉鋪生意就會大受影響，甚至面臨關門大吉的命運。

怎麼可以！這種威脅到韓家利益的事情，韓景福不可能放任它發展下去，可是林城又不是韓家的地盤，他手再長也伸不到那裡去啊，該怎麼辦呢？

就在韓景福思索對策時，那下人卻猶豫了一下，道：「家主，還有一件事情，不知道該不該說……」

「說，沒什麼不該說的。」

「家主，他們說，和那個沈美娟合開香粉鋪子的還有其他人。」

「其他人？誰？」

「韓……韓香怡小姐。」

「什麼？」韓景福猛地站起身子，臉上的怒氣化作陰沈的冷意。

韓香怡這個丫頭，她竟然敢這麼做，這是明擺著要與韓家作對啊！該死的丫頭，自己當初真不該把她弄到這裡來，還讓她嫁給修明澤，沒想到修明澤不但不是個傻子，還是個文武全才的人才，這丫頭真是撿了個大便宜。

當初他對她開鋪子的事情是睜一隻眼、閉一隻眼，沒想到他的縱容，卻讓她成為傷害韓家的利劍。

「哼！既然如此，我想我有辦法了。」

韓景福雙眼微瞇，冷芒乍現。

韓香怡研究如何將茶葉和香粉結合已經邁入第二日，仍舊難解。

她拿起一片乾掉的茶葉放到鼻下聞了聞，雖然依舊可以聞到茶香，但是味道卻已差上一些。

她皺了皺眉，雖然覺得這麼做不對，她還是按照製作香粉的步驟繼續做下去，經過一番繁複手續，把乾燥的茶葉做成一小堆淺黃色粉末後，她的眉頭不由皺得更緊。

雖然成功地把茶葉做成粉末，可質地與香粉完全不同，不但色澤不好，而且味道也不夠，只有淡淡的茶香，這不是她想要的效果。

吐了口氣，韓香怡自語道：「看來按照香粉的做法來做是不對的，起碼達不到我想要的效果……」

雖然很是沮喪，不過隨即她又挺直腰桿，為自己打氣道：「沒事，這是早就料想到的，只要再嘗試別的方法就好了。」

既然按照製作香粉的方法來處理茶葉行不通，那就換一種方法吧！如果自己記得沒錯的話，這些茶葉是不是應該先炒一下呢？

由於她對茶葉的製作流程不是很清楚，看來應該找個知道的人問問才好。

就當她正想著的時候，門被打開，香兒走了進來，臉色有些不好地道：「大少奶奶，有人找您。」

看到香兒臉色不好看，韓香怡放下了手裡的東西，問道：「誰？」

「是……韓家人。」

知道大少奶奶和韓家關係不好，所以在知道來人是韓家的人後，香兒就不高興了。

韓香怡並沒有多麼驚訝，她早猜到韓家人會來找自己，原因不外乎是林城的事情，她與沈美娟一起開了香粉鋪子，還將香粉的價錢壓低那麼多，導致韓家的鋪子生意越來越不好，他們不生氣才怪。

「知道了。妳去告訴那人，我稍後會出去見他。」

想見她，就要她乖乖去見？她可沒那麼聽話。

香兒立即點頭，然後退了出去，來到前面的櫃檯後坐下，看著站在門口處，正一臉囂張看著屋內的下人道：「你等會兒吧，我家大少奶奶還有事情要忙。」

「什麼？叫我等會兒？妳跟她說我是誰了嗎？我可是……」

「你不就是韓家的人嗎？我知道，你還是要再等等，我家大少奶奶忙著呢！」香兒心裡暗自得意，臉上卻是一臉不耐。

道。

「妳……妳去告訴她，就說是我們家主要見她，讓她快點出來。」那下人氣呼呼地說

香兒瞥了他一眼，一副看著白癡的模樣道：「你聾了嗎？讓你等著你聽不見嗎？嘰嘰喳喳的，不想等就出去，想等就在這裡等著，我已經說了，我家大少奶奶忙著呢！白癡！」

「妳說誰呢？」那下人頓時火了，伸手指著香兒喝道。

香兒撇了撇嘴巴，懶得再搭理他，而是轉頭與一旁的兩個丫頭聊天，氣得那個下人只得憤憤地收回手指，不再吭聲。

走？他可不敢，要是沒把人請回去，那他估計就要遭殃了，所以他只得咬牙站在門口等著。

時間一分一秒地過去，轉眼已經過了半個時辰，韓香怡還沒有要出來的意思。

那個下人是真的等不及了，只得再次開口道：「我說，她能不能出來了？這都多長時間了？」

「別一口一個她她她的，我家大少奶奶是你叫的？沒禮貌。還有，別再問我了，我都把話說明白了，我家大少奶奶有事，你早不來、晚不來，偏偏選在這時候上門，誰還特意伺候你啊？想等就等著，不想等就走人，再煩就站到門外面去。」

香兒就是看不慣有人欺負自家主子，對她來說，再沒有比韓香怡還好的主子了，所以她十分維護自家主子，誰都不能欺負，尤其是韓家。

那下人氣得身子都哆嗦了，可他偏偏不能發作，他不傻，他知道這裡是什麼地方，他不敢放肆，即便心裡有火，也只能壓下去。

就在這時，後面的門開了，韓香怡從裡面走了出來，來到香兒面前，伸手在她的腦袋上輕輕地敲了一下，然後輕聲道：「就妳敢說。」

「嘻嘻！」香兒嘻嘻笑著，沒有說話。

在她心裡，早已經把韓香怡當作自己的姊姊，為了她可以做任何事。

韓香怡搖了搖頭，然後來到那韓家下人面前，冷淡道：「咱們走吧！」

那下人見韓香怡終於出來了，原本就一臉生氣的表情，在看到她那冷漠的樣子時，頓時重重地哼了一聲，轉頭就走，那樣子，絲毫沒將韓香怡當作韓家小姐。

韓香怡只是將眉毛一挑，便跟著他走了出去。

「上車吧！這麼晚，家主還在等呢！」那下人態度依舊不好。

韓香怡沒多說一句話，就上了馬車，那下人見狀，不由小聲嘀咕道：「哼，一個丫鬟生的丫頭，本就不是什麼正經的東西，還裝什麼清高，不知天高地厚，竟然敢讓家主等妳，真是嫌命長，看等會兒家主怎麼收拾妳。」說完，便坐上馬車，讓車伕趕車。

坐在馬車裡的韓香怡，自始至終沒有說一句話。

在店鋪裡，她原本不想與這下人一般見識，狗咬妳，妳還要反咬狗一口嗎？可有一點她卻是在意的，就是這名下人辱罵了她的娘親。

從小她就是個在村子裡瘋慣的丫頭，總是任意妄為，到了帝都這裡，她一點一點地收斂自己的狂放，她隱忍，她低調，她沈默，可這些都是她的偽裝，只為了可以生活在這個地方，但那不代表她沒有自己的脾氣跟底線，娘親就是她的底線，更是她的逆鱗。觸之後果自負。

馬車緩緩停在韓家門前，下了馬車，韓香怡看著韓家大門，這個熟悉又陌生的地方，她的心裡反而是淡然與平靜。

「跟我來吧！」那下人見韓香怡站在那裡發呆，一臉不耐煩地說道。

韓香怡還是不說話，只是跟著他進了韓家。此次再走入韓家，她的心情也有了些許變化，這裡不屬於她，所以來到這裡，心中也未升起一絲親切感，反而覺得不舒服。

來到大廳，大廳裡坐著兩個人，分別是韓景福與曾龍。

雖然與曾龍見面的次數不多，韓香怡卻難以忘記他的長相，尤其是那張似乎永遠都不會笑的臉。

「怎麼這麼久？」韓景福皺著眉頭看著那下人問道。

那下人一哆嗦，急忙把事情說了一遍，當然，主要還是說韓香怡因有事情要忙，所以耽擱了時間。

韓香怡始終站在那裡沒開口。

韓景福聽罷，眉頭皺得更緊了幾分，擺了擺手，示意他下去。

就在那下人轉身準備離開時，韓香怡開口了，只聽她淡淡道：「你站住。」

這三個字是對著那個下人說的，那下人一怔，雖然不想聽她的話，無奈對方身分擺在那裡，他不能不聽，所以只好站在原地不動。

韓景福與曾龍都看向了韓香怡，有些不明白她想要做什麼。

韓香怡對著首位上的韓景福福了福身子，道：「女兒見過爹爹。」

「嗯！」韓景福不冷不淡地應了一聲。

顯然他對韓香怡也沒什麼好感，若不是因為有事相談，也不會叫她來這裡。

韓香怡也不在意，而是繼續道：「女兒想問爹爹一件事情，不知可不可以？」

「問吧！」

「女兒在韓家算什麼？」

「算什麼？當然是我的女兒，妳問這個做什麼？」韓景福不耐道。

「那就好。」

韓香怡微笑點頭，然後邁著步子，來到那下人面前，當著韓景福與曾龍的面伸出手，「啪」的一聲，一個巴掌搧在那下人的臉上，緊接著又是「啪啪」兩聲，都搧在他的左臉上，聲音既響且清脆。

「妳……妳這是做什麼？」那下人捂著臉，一臉驚愕與恐慌。

「妳幹什麼？」韓景福臉色沈了下去。

她竟然當著自己的面搧下人巴掌?還把不把他放在眼裡了?

「爹爹，請您息怒，女兒這麼做，是有原因的。」韓香怡向著韓景福微微一福，道：「剛剛這個狗東西在我的鋪子裡對我橫眉豎眼、冷嘲熱諷，絲毫不把我當韓家小姐看待，甚至還在暗地裡罵我娘親，不僅是對我不敬，更是對您、對整個韓家不敬，他罵我是不正經的東西，您是女兒的爹爹，您又是什麼?」

「我……家主，我……」那下人傻眼了，他萬萬沒想到，這個小姐這麼狠，他這下完蛋了。

「有這事?」韓景福面色難看地看著韓香怡。

他知道韓香怡沒必要為了這件小事撒謊騙自己，正要開口說話，卻被韓香怡搶先道：「所以，女兒代替爹爹教訓他便是。」說完，又是一巴掌搧了出去。

她搧得很用力，即便手痛，也依舊用力。

那下人不敢躲，只得咬牙挨著，這巴掌搧得他嘴裡都出血了。

韓香怡搧完巴掌又抬起腳，在那下人驚恐的目光中，一腳踹在他的兩腿之間，頓時，那下人痛得兩腿一軟，倒在地上，雙手捂著下面，痛得臉色慘白，卻不敢叫出聲來。

韓景福見狀，不由心裡暗驚，這個丫頭下手還真是狠，看來她這是在給他下馬威啊!

想到這裡，韓景福道：「好了，差不多就行了，他也不是犯了什麼大錯，就讓他下去吧!」

不是大錯？那什麼才是大錯？

韓香怡心裡冷笑，可表面上還是笑著道：「女兒知道了。」說完，後退幾步，不再說話。

「還不快滾，丟人現眼的東西，這個月的錢別領了。」

「是……」那下人委屈得要命，還是只能忍著痛離開。

這對他來說是個教訓，教他以後再也不敢招惹這個韓香怡了，招惹到她，他的小命都要沒了。

待下人離開後，屋子裡只剩下了三個人。

韓景福咳了一聲，道：「坐吧！」

韓香怡乖巧地走到椅子前坐下，微微垂著腦袋，沒有說話。

「最近過得怎麼樣？」

「謝爹爹關心，香怡過得很好。」

「嗯，那就好，對了，聽說妳最近和林城的沈美娟走得很近？」

終於聊到正題了。

韓香怡笑著點頭道：「是的，爹爹，女兒與沈姊姊關係很好，情同姊妹。」

「姊妹？」韓景福冷笑一聲，道：「這麼說，沈美娟在林城開香粉鋪的事情妳也知道了？」

「嗯，那是香怡和沈姊姊一起開的。」韓香怡繼續笑著說道。

「哦，妳們一起開的？這麼說，林城的鋪子妳也有份？那麼香粉降價的事情妳也知道了？」

「是的，那是女兒的主意。」

「什麼？」

韓景福臉色猛地一沈，險些罵出聲來。這個臭丫頭，還真會吃裡扒外，竟然幫著外人對付自家人，真是成何體統。

「妳說這主意是妳出的？妳怎麼……怎麼敢這麼做？難道妳想讓家裡因為妳的主意給搞垮了嗎？」韓景福怒氣大盛，突然喝道。

韓香怡卻是一臉迷惑地看著韓景福，不解地道：「爹爹這話是何意？香怡怎麼會想要把家裡的生意搞垮呢？您可不要冤枉女兒啊！」

「冤枉？妳說我冤枉妳？」韓景福更氣。

真是豈有此理，他不管教她，她還真以為自己很厲害，翅膀硬了？

「爹爹。」韓香怡突然站起身了，目光冷淡地看著韓景福，道：「您覺得香怡哪裡做錯了？香怡自己開鋪子做生意，都是香怡自己做的，降價又如何？那是我的事情，您這生得是哪門子的氣？做生意本就是為了賺錢，我也是為了想要賺得更多，所以才選擇此法，這樣百姓們也能買得起；若只賣給那些有錢的人，又能賺多少？我是為了長遠打算，況且……」

「夠了！」韓景福聽不下去，一拍桌子，站起身子，喝道：「也不知妳娘是怎麼管教妳的，妳竟然這麼混帳，明知這麼做對韓家有多不利，可妳還是做了，妳分明是想要和我作對！」

「我娘？呵呵……」韓香怡笑了，笑得有些冷。「我娘已經死了，所以請您不要再說一句我娘的不好。」

「什麼?!」

這次驚呼出聲的不是韓景福，而是坐在一旁閉目養神的曾龍。只見他站起身子，臉上浮現出從未有過的震驚。

韓景福也是一臉驚訝之色。「死了？」

他皺起眉頭，突然，似乎想到了什麼，臉色遽變，再看向曾龍時，曾龍的臉色也是難看至極。

「是的，我娘已經不在了，所以請您不要再說我娘的壞話。」韓香怡冷淡道。

「哼，即便妳娘不在了，妳也該好好管教管教。」韓景福冷哼道。

「管教？」韓香怡冷笑一聲。「您配嗎？」

韓景福臉色狠厲，大聲喝道：「放肆！」

「我有說錯嗎？」韓香怡沒有理會韓景福的冷臉，而是冷聲道：「我出生的時候，您在哪裡？我成長十五年的時間裡，您在哪裡？我餓了、我病了、我快要死了的時候，您又在哪裡？」

「即使如此，我也是妳爹。」

「爹？除了身體裡流著您的血，我還真不知道自己哪裡和您有關係？您和我充其量就是熟悉的陌路人，您有您的生活，我有我的日子，咱們平安相處也好，老死不相往來也罷，您也別說要管教我這樣的話，您根本不配做我爹，連我娘死了，您都不知道，您配嗎？」

「妳……」

韓香怡笑得很冷，表情自嘲地道：「人與人之間是需要尊重的，您從未把我放在眼裡，我又何必對您卑躬屈膝？您若是覺得我這麼做不妥，可以去林城，可以去找楚家、沈家，為何要難為我呢？我只是個做買賣的小人物而已，入不得您的眼。」

「臭丫頭，妳知道妳在說什麼嗎？妳難道不想在帝都開鋪子了？妳真以為妳的鋪子如今能經營下去是靠妳自己嗎？若是沒有我的一再寬容，妳覺得妳還開得下去嗎？」韓景福氣得不行，指著韓香怡，大聲說道。

韓香怡搖了搖頭，道：「您不要把自己說得這麼偉大，您真的沒有您說得這麼好。是，您是沒有阻攔我在帝都開鋪子，可您敢憑良心說從沒有想要讓我關門的想法？您不是不管，而是無暇顧及而已，若我沒有猜錯，過段時間您就會讓我的鋪子關門吧？嗯，瞧您的樣子我應該猜對了，所以，您所謂的寬容，只是藉口而已。」

「妳……」韓景福臉色鐵青。

他沒想到這個臭丫頭竟然這麼嘴尖舌巧，他的確曾生出要她關鋪的念頭，也的確是因前陣子韓家面臨一個難關，導致他沒有時間去管這件事，待他想出手時已經晚了。他找人去查過，韓香怡那鋪子是宋家出面買下來的，這裡面摻合了宋家，又有修家，他便不能再做什麼，所以只得任其發展下去。

可是沒想到，她竟然聯合了楚家沈氏在林城開鋪子，最可惡的是，她們竟然把香粉價錢壓得這麼低，讓他怎麼能不生氣？

所以此次他找韓香怡來，就是要她把香粉價格提高至行情價，他本來對自己還是很自信的，認為她會聽自己的，畢竟他是她爹，可是沒想到，她竟然這麼叛逆，不僅不聽他的話，還敢頂撞他。

「我想您要說的事情已經說完了，如果沒什麼事情，我就先離開了。」說完，韓香怡便轉身向外走去。

「妳娘……是怎麼死的？」

開口的人，是臉色難看的曾龍。

韓香怡腳步一頓，轉頭詫異地看向曾龍。她不明白他為何會如此在意，甚至比作為丈夫的韓景福都要在意。

雖然不清楚這是為什麼，韓香怡還是搖了搖頭，道：「我也不清楚，我只知道是兩個黑衣人殺死我娘的。」

說到這裡，她表情也冷了下去。「我早晚會找到殺死我娘的凶手，我會為我娘報仇的。」

說完，她便大步離開，大廳裡只剩下韓景福與曾龍兩人，安靜得可怕。

半晌後，曾龍開口了，冷冷地說道：「當初我來到韓家，是因為你救了我一命，我是為了報恩，這十多年為你做的事情也足以抵消你的恩情，而我之所以還選擇留下來，理由我想你比我清楚；可是現在……你覺得我該怎麼做？」說完，他目光冰冷地看向同樣臉色難看的韓景福。

聽到曾龍的話，韓景福身子不由輕輕一顫。

曾龍是什麼樣的人物，韓景福比任何人都要清楚。他的手段殘忍至極，若他想要殺一個人，不需要他動手，有很多人會替他出手，而他之所以聽命於自己，完全是因為十八年前的那件事情。

十八年前的韓家沒有如今的地位和勢力，只是一個還算有錢的商戶。韓景福的爹爹好不容易在帝都開了家鋪子，生活也算富足，可這不是韓景福想要的，他有野心，想要做大、做強，做到所有人都比不過自己，他要讓韓家香粉鋪在整個帝都獨大。

一日，一個瓢潑大雨的夜晚，他因為交貨太晚而耽擱回城的時間，只得快馬加鞭地往回趕，大雨中的道路十分泥濘，眼看著就要到城門前了，他卻被什麼東西絆倒，騎乘的馬翻倒在地，他也險些摔死。

男子。

當他罵罵咧咧想要看看是什麼東西絆倒自己的時候，突然發現，那是一個倒在血泊中的男子。

男子長得很壯碩，臉上有著疤痕，身上鮮血還在流淌。韓景福膽子不小，即使心生驚懼，還是走了過去，伸出一根手指湊到男子的鼻下，發現還有呼吸，又看了看那還沒關閉的城門，他咬了咬牙，費了九牛二虎之力，將這男子扛到馬背上，由他牽著馬回了家。

到了韓家，他找來大夫醫治他，這才救了男子一命。

男子醒來後，知道自己的性命是韓景福所救，便對著他磕了一響頭，並說自己的命是他的了。

韓景福才知道，他叫曾龍，是血林幫的幫主，因為被幫內的叛徒陷害，險些死去，是他救了他一命。

之後，曾龍回到幫內，將叛徒殺死，重新做回血林幫幫主。不過這個身分很少有人知道，正因為這個身分，才讓韓景福有了實現理想的可能；也因為曾龍的扶助，才讓韓景福一次次化險為夷，把不服韓家的人打到服氣，韓家才有了今天的一切。

雖然韓家的興盛，離不開韓景福的生意頭腦，但也同樣離不開曾龍的幫助。

正如曾龍所說，這十八年來，他為了韓景福幾次險些喪命，不是被仇家追殺，就是被人暗中陷害，不過他都挺過來了，用他的話說，他的命是韓景福給的，所以這些都是應該做的。

如今，曾龍的話卻是在明確告訴韓景福，他做得夠多了，在這件事情上，他需要一個可以說服他的解釋——不為別的，只因死去的梅氏，韓香怡的娘親，是他同父異母的妹妹。

這件事情除了韓景福以外，再也沒人知曉，算是他們之間的秘密；即便當初梅氏因為「那件事情」被趕出韓家，住進村子裡，過著艱難的日子，曾龍也不曾多說一句。

因為她還好好地活著，他可以選擇忍下去，可如今不同了。

曾龍是個愛恨分明的人，他有自己的判斷，他覺得對，就會一直做下去，若他覺得不對，那麼誰攔著都沒有用。

韓景福心裡忐忑起來，即便他們認識了十八年，可他還是對曾龍有一種本能的恐懼。

「我相信這裡面一定有誤會，我不相信我娘會這麼做。」韓景福儘量讓自己冷靜下來。

「誤會？」曾龍冷哼一聲，冷冷說道：「當初因為老太太一句話，我妹妹就被趕出韓家，住在那樣的地方，我說過一句話嗎？沒有，因為我知道，我妹妹有錯，她該接受這樣的懲罰；可即便錯在她，錯再大，難道就要用死來作為補償嗎？」說到最後，他的聲音顫抖了起來，他的表情也越加猙獰。

他是血林幫的幫主，他可以殺人不眨眼，可以對所有人都凶惡，可他卻也是小梅丫頭的大哥。他爹娘死了，只剩下這一個同父異母的妹妹，他雖然平日裡都是冷淡的樣子，可他心裡是真心疼她的。

十八年前他處境危險，當時經過熟人引介將妹妹暗地送往韓家，讓她做了王氏的丫鬟；

雖然表面上是個丫鬟，實際上沒人敢對她怎麼樣，即使沒人知道她的身分，也清楚她與曾龍的關係不一般。

可自從發生「那件事情」後，他就後悔了，他後悔將自己妹妹送到這裡，要不然她也不會被趕出韓家，還要待在那種地方。他想過把她接到自己之前住的地方，可他不敢，他雖然是一幫之主，他也清楚，幫內有些人還是妄圖著他的位置。

所以小梅是他妹妹的這個身分不能暴露，一旦被幫內一些心懷不軌的人知道，她可能會受到迫害。

當初他這樣做，是出於保護她，可是他錯了，他自以為是的想法，最終卻將她送入死亡之地。當他從韓香怡口中聽到妹妹的死訊時，他除了震驚以外，更多的是痛苦。

「當年的事情我不想多說，小梅如何我也不想評價，她或許做錯了，可即便她犯下天大的錯誤，那也是我妹妹，是我沒有保護好她。我的外甥女如今是我唯一的親人，我看到她時，不敢相認，只能遠遠地看著，只能默默地注視著她的一切……」說到最後，曾龍的眼角濕潤了。

這樣一個不怕流血，不怕一切的漢子，也流下了眼淚。親情，是可以打敗一切的利器，即便是他，也不例外。

「我妹妹死了，我這個做哥哥的卻不知道，我真他媽恨我自己。」曾龍流著淚，看著韓景福，一字一句地說道：「韓景福，這是我最後一次這麼叫你，從這一刻起，我曾龍與你韓家再無任何瓜葛。我會離開韓家，你韓家今後是興是衰都與我曾龍再無半點關係；至於我妹妹是不是老太太殺的，不是你說誤會就是誤會，我會親自去查，我妹妹不能白死，殺死我妹妹的人也不能逍遙法外。」

「若真是我娘……你要怎麼做？」韓景福沈默了片刻，沈聲道。

曾龍眼中殺機閃現，冷冷道：「殺！一命抵一命！」

「你……」

韓景福臉色一變，正要說什麼，卻見曾龍已經站起身子朝外走去。

曾龍一邊走一邊道：「我的妹妹死了，我沒有保護好她，如今這世上我只有外甥女這麼一個親人，這一次，我會保護她，誰也不能再傷害她，誰若敢傷害她，我也不會手軟。韓景福，我不管你的生意好壞，也不管你想要做什麼，但是你若敢動她一根手指頭，不要怪我不念舊情。」

話音落下，曾龍已經離開了大廳，消失在青石板路的盡頭。

大廳內只剩下韓景福一人，傻愣愣地坐在那裡，一臉頹然。

第二十八章

離開韓家後，韓香怡的雙手顫抖了起來，不是因為害怕，而是過度激動。她認為自己是一個理智的人，可剛剛她卻做了一件十分不理智的事情。

她不想如此，理智告訴她不可以衝動，卻還是抵不過心中的憤怒，她無法壓抑，尤其當她看到那個活得好好地且高高在上的男人時，她心裡的不平、憤怒便湧上心頭。

為何他可以過得這麼舒服，而自己娘親卻離開了這個人世？

為何他可以如此理所當然地教訓她，而他卻從未把她放在心上？

他憑什麼！

「也罷，雖然不想過早撕破臉，但是事情已經發生，就這樣吧！」

反正除了韓朝鋒兄弟，她與韓家人也不會坐在一起喝茶聊天，早早將關係弄清楚也好，免得再被他們打擾。

長長地吐了口氣，韓香怡讓自己振作起來，現在的她必須要堅強，因為她不是一個人，一想到修明澤，她的眼中有了柔情。

回到修家院子，她把自己在韓家發生的事情與修明澤說了一遍。

修明澤沒有責怪她太衝動，也沒有因為她這樣做事而生氣，反而是伸手將她摟入懷中，在她額頭親了一下，這才柔聲道：「妳做得很好，做得很對，若當時換作是我，我早就把桌椅掀翻了。」

「你不要安慰我了，我知道你不會的。」韓香怡白了他一眼，但還是很開心地說。

「這真不是安慰，他們這麼對妳，妳做得已經算輕了。放心吧，夫君我是站在妳這邊的，不管妳做了什麼，不管妳想要做什麼，我都支持妳。有山我替妳剷除，有海我為妳填平，妳的路，我會讓它一馬平川。」

聽見修明澤的表態與重視，韓香怡幸福地與他相偎在一起。

這幾日，為了研究出如何製作出茶葉香粉，韓香怡經常將自己關在屋子裡。她之前用製作香粉的方法來處理茶葉失敗後，又嘗試用製作茶葉的方法將它先炒後烘乾，再來製作香粉，也失敗了，她之後陸續嘗試其他幾種方法，都是以失敗告終，這不免讓她有些喪氣。

「到底是哪裡不對呢？到底該怎麼開始呢？」韓香怡撓著已經亂糟糟的頭髮，一臉頹廢之色。

她嘗試過這麼多次，好的、壞的茶葉也基本用得差不多了，要是再不成功，她就真的要去找藍老闆再要一車的茶葉了。

「到底是哪裡出錯了呢？」看著桌子上的茶葉，韓香怡陷入了沈思。

「大少奶奶，您還在想嗎？」香兒從前面走進來，端著一杯茶，放在她面前，看著她那愁眉苦臉的樣子，頓時心疼道：「大少奶奶，您別想了，這幾日您都瘦了，就因為這個東西，咱不想了，喝口茶吧！」

韓香怡看著香兒，笑著道：「瞧妳的樣子，我沒事，就是覺得百思不得其解而已。好了，不想了，咱們出去走走。」

「嗯，香兒陪著您。」聽韓香怡這麼說，香兒自然是開心地點頭說道。

韓香怡與香兒一起離開鋪子，兩人手挽手走在街道上，看著來來往往的行人，她逐漸放鬆自己的心情，也許有些事情越是鑽牛角尖，越是難以做到，有時卻在一個不經意的瞬間，反而就能想到什麼。

兩人有說有笑，時不時走進鋪子，看看各式各樣的布料、衣服、美食等等，每逛一次，都有一種新的體驗、新的感覺，這是韓香怡從未有過的，可能是心境不同了，所以看到的事物也不同。

這一逛，便是兩個時辰過去了，眼瞅著夕陽西落，兩人竟還有些意猶未盡。

「好了，天色也不早了，咱們回去吧！」

就當兩人準備回鋪子，帶上兩個丫頭返回修家時，突然，從對面跑來了一個人。那人似乎受傷了，正踉蹌著朝著兩人撞了過來。

韓香怡見狀，急忙拉著香兒往一旁閃去，可是奇怪的是，那人又踉蹌地朝她們這邊撞來。

韓香怡一看，哪裡還不知那人是故意的，所以她急忙拉著香兒向後退去，恰巧後面是一個小胡同，這一退竟是退入這個小胡同內，韓香怡立刻就察覺到不好，可還沒等她反應過來，便感覺到身後有一陣冷風，緊接著一陣劇痛傳來，讓她眼前一黑，昏了過去。

當韓香怡再次醒過來的時候，只覺得後腦很痛，眼睛還有些看不清，目光所及之地都是黑漆漆的一片。她猛地抬起頭看向四周，卻發現四周除了黑暗便什麼都看不到。

她心裡第一個反應便是被人挾持了。如今她的雙手雙腳都被捆綁起來，整個人放倒在地上。

她看了看四周，觀察出自己置身在一間破屋子裡，四周的窗子被封住了，看不到一絲光芒，也不知現在是晚上還是早晨。

她倒是出奇地平靜，沒有多麼驚慌，或許是之前曾有過一次類似經歷，所以遇事她反倒冷靜了下來。

是誰綁架了自己，為何要這麼做？是因為自己夫君，抑或是韓家？這不由讓她想起自己娘親的慘死，莫非凶手和這些人是一夥的？

可任憑她怎麼思考，也想不出個頭緒來。

就在這時，一旁昏迷的香兒醒了，韓香怡急忙問道：「香兒，是妳嗎？妳還好嗎？」

「大……大少奶奶，我、我沒事。」香兒似乎也想到了什麼，一邊回答著，一邊聲音顫抖地啜泣著。

「香兒，妳別怕，咱們不會有事的，咱們既然還活著，就說明對方還不想殺咱們，他留我們活口應是另有目的，所以妳不要害怕。」韓香怡保持冷靜，安慰著香兒。

她知道，越是在這個時候，她們越不能驚慌，因為這個時候驚慌是沒用的，只有讓自己保持冷靜才能應對接下來要發生的事情。

「大少奶奶，香兒、香兒沒事了，您沒事吧？」香兒似乎平緩下來，也沒那麼顫抖了。

「我沒事。這樣吧，妳聽我的，妳往後蹭，我往前，咱們靠在一起，這樣會好一些。」

「好的，大少奶奶。」

隨後兩人不停地一個向前、一個向後，不停地蹭著，很快便觸碰到一起，兩人又費了九牛二虎之力，才靠在一起。

依靠在一起後，香兒也沒那麼害怕了，看著四周什麼都看不見，她吐了口氣，道：「大少奶奶，您說到底是誰抓咱們啊，咱們也沒和誰結仇吧……啊！我知道了，是韓家，一定是韓家看咱們搶他們的生意，所以找人抓咱們過來，然後威脅咱們把價錢提上去，一定是這樣的。」

聽著香兒那信誓旦旦的話語，韓香怡不由笑道：「我倒希望是韓家人做的，這樣起碼咱們不會有危險，可我想這並不是韓家人所為。」

「不是？那會是誰？」香兒想不出來還有誰會把她們兩人挾持到這個黑漆漆的地方，真是嚇死人了。

韓香怡搖了搖頭，道：「我也不清楚，但我想應該不是我們熟悉的人……」

韓香怡話還沒說完，便聽到門外有腳步聲傳來，頓時小聲道：「有人來了。」

聽到自家主子的話，香兒覺得自己的呼吸都快要停止了，急忙緊張地看向四周，因為四周都是一片漆黑，所以她並不曉得哪裡是門的位置。

就在這時，吱呀一聲，門被打開的聲音響起，一道身影緩步走了進來，隨著門被打開，一道幽冷的月光照射進來。

韓香怡隨即知道現在是晚上。

隨著男子進入，門再次關上，接著一、兩盞燈亮起，將屋子照得昏暗。

在這時，韓香怡兩人才看清那人的樣子。那是一個長得十分恐怖的男人，他膚色很白，而這種白是近乎面無人色的白，尤其在這樣的環境下，被這幽暗的光芒照射在臉上，顯得極為可怕猙獰。

香兒被嚇得一下子低下頭，身子也在輕輕顫抖著，這對她來說實在是太可怕了。

韓香怡也是一顆心狂跳，但她還算是鎮定地看著那面色慘白的男子，冷冷地道：「你是誰？為何要把我們抓來這裡？你有何目的？」

男子看著韓香怡，原本面無表情的臉突然露出一個讓人寒毛直豎的笑容，然後以輕緩的聲音說道：「我是誰？嗯，這個我還不能告訴妳，不過妳可以知道一件事情，我抓妳，是為了殺一個人，當然，這個人是誰妳也不必知道，妳只要知道，只要他死了，妳就能活下去，若他沒死，那妳就要遭殃了。」說完，他伸出猩紅的舌頭，舔了舔自己有些乾裂的嘴唇，又道：「不過妳放心，時間不會很長。」

說完，他轉過身子，緩緩朝外走去。

「你到底要殺誰？」韓香怡忍不住大聲喊道。

「都說了妳不必知道，況且就算妳知道，也沒用，所以妳還是老老實實待在這裡，很快，很快……」隨著男子話音落下，人已經開門離去。

隨著門被關上，屋子裡陷入了沈默。

此時韓香怡腦海中一片混亂。

殺人？到底要殺誰？難道是她的夫君？他在外面招惹了什麼人？若真是這樣，那他……一想到他來救自己，卻被人殺死的慘狀，她便不敢再想。

韓香怡搖了搖頭，甩掉這種想法，可她也想不出還有什麼人跟自己有如此密切的關係，甚至願意為她而死。她唯一的親人娘親已經逝世，如今夫君就是她的唯一，若不是自家夫君，那還能是誰呢？

「大少奶奶，剛剛那個傢伙說的人是誰啊？不會是……大少爺吧？」香兒第一個想到的人也是修明澤，因為現在除了他，再也沒有其他人可以為了救韓香怡而死。

韓香怡忙搖頭，道：「不會的，不可能是明澤……一定還有其他人，一定還有，只是我們不知道而已，一定不會是夫君的。」

她不相信，也不願意相信是他，因為若他死了，她也不會獨活。

「是啊，不會的，不會是大少爺的，一定不會的。」

香兒也急忙搖頭，暗罵自己臭嘴巴，這種時候還說這樣的話，同時心裡還暗暗祈禱著，大少爺啊，您要趕快來救我們啊！

修家，修明澤的院子內。

夜已深，天空中月明星稀。修明澤剛剛回到院子，卻發現院子裡靜悄悄的，就連屋子的燈都是滅的。

「睡下了嗎？可平日裡不都是點著燈的嗎？」修明澤自言自語著走到門前，推開門，藉著月光朝裡面走去。

他走到床前，準備伸手去摸床上的人兒，忽地，他的手頓住了，因為他摸到的不是韓香怡的額頭，而是空蕩蕩的枕頭。

修明澤眉頭一皺，感到不對勁，急忙走到燭臺前，點燃蠟燭。屋子裡燈光閃爍，再看那床上，卻是空無一人。

修明澤呼吸微微有些急促，轉身出了屋子，又來到香兒的門前，打開門，屋子裡也是黑的。他打開火摺子照了一圈，只見兩個丫頭正躺在床上睡覺，卻沒有香兒的身影。

她們……出事了。

「該死的，到底是誰?!」修明澤走到床前，將兩個丫頭叫醒，詢問了一番。

原來下午的時候韓香怡與香兒出府了，因為茶葉的事情想不出個頭緒，便想出去走走逛逛，或許會好些。兩個丫頭以為大少奶奶和香兒已經回來了，關好鋪子回到家，卻沒想到直到晚上都未見兩人的蹤影。兩個丫頭原本想等的，可等著等著就睡著了，直到修明澤叫醒她們，她們才醒來。

修明澤點點頭，沒有再說什麼，轉身朝外走去。

他一定要盡快找到韓香怡，否則她若真的出事，他可怎麼辦？

血林幫，帝都除去丐幫以外的第二大幫派，幫眾多達幾千人，分布在帝都以及其他城池內。

血林幫的總部，則位於帝都靠近皇城邊上的一個老宅子內，宅子古老略顯破舊，宅子內有血林幫的幫眾把手，在那青石板路鋪成的長石路盡頭，則是一間古樸的房屋。

此刻，屋內坐著三個人，為首的男子身材壯碩，臉上有著刀疤，正是曾龍。

在他左右兩邊則分別坐著兩個身材偏瘦的男子，一眼看去，竟是分不清兩人，因為他們有著相同的容貌，原來是一對雙生兄弟。

「大哥，你發話吧！咱們兄弟聽你的，香怡小姐不能有事。」左手邊的男子開口。

曾龍有妹妹和外甥女的事情，知情者很少，因為他們兩兄弟與曾龍是生死之交，所以深受曾龍信任，他才叫來了大龍、小龍兩兄弟，商量對策。

就在今天早上，仇敵辛天河讓人送話來，說韓香怡在他手上，想要救她的命，就要曾龍獨自前往。

曾龍現在就剩這麼一個親人，還是他妹妹的骨肉，他不能見死不救。

聽了大龍的話，曾龍難看的臉色稍稍緩和，卻還是皺眉道：「辛天河這個狗娘養的，這麼多年一直等著要奪我的位置，之前我隱藏得很好，沒想到竟還是被他查到了。我妹妹死了，如今我就剩這麼一個外甥女，就算是搭上我這條命也不能讓他動我外甥女一根頭髮。」

說要保護，就一定要保護，即便我死。

「大哥你放心，我想辛天河既然派人來告訴你，那他就不會動香怡小姐，除非他不想活了，別忘了，香怡小姐可是修明澤的女人，他還是要掂量掂量的。」小龍一邊擦拭著手裡的劍，一邊說道。

「他這是想要我的命，若我不去，他就一定會殺人，他料定我會去，所以才敢這麼做。媽的，老子殺了這麼多人，第一次被人威脅。」曾龍露出凶狠之色，雙手緊握，青筋暴起。

憤怒是一定的，可他此刻更多的是擔心。

雖然他清楚韓香怡暫時不會有生命安全，但難保她們不會受到其他傷害。

「辛天河你這個狗雜種，香怡要是有一點事情，我要你十倍償還。」

離開修家後，修明澤暗地召集了自己的人，將事情說了一遍，並且重點說了時間和地點，讓他們抓緊時間尋找。

「老大，有件事情我想有必要和你說一下。」聽完修明澤的話，一群人中的一個人突然開口道。

「什麼事？」

那人走出人群，道：「老大，韓家最近發生了一件大事。」

「什麼事？」

「曾龍離開韓家了。」

「哦？你可知道什麼原因？」修明澤眉頭一挑問道。

「據說，他離開之前，大嫂也才離開韓家不久。」那人想了想說。

「我娘子？」

修明澤原本沒太在意，可一聽到與自己娘子有關的線索後，他便不能不在意了。

「你的意思是說，曾龍離開韓家與我娘子有關？」

修明澤之前派手下調查過曾龍的身分，知曉他是血林幫幫主，如今兩件事牽涉在一起，他不免心生疑慮。

「老大，這個不好說，不過兩者或許有關係，原本我還沒覺得有什麼，可剛剛聽你說起我才想到這個，你說，這與他有關係嗎？」

修明澤眼中寒芒一閃，語氣陰狠地道：「若真是他抓了我娘子，不論是誰，我都要摘下他的人頭。」

那人見狀，不由吐了吐舌頭，不再說話了。

「好了，你們都去吧，仔細找，我去血林幫一趟。」

說完，不等眾人再說什麼，修明澤已經轉身離開了，一路飛快地在屋頂疾馳，直奔血林幫而去。

他倒要看看，這個曾龍到底在耍什麼花樣。

血林幫宅子外，曾龍與大龍、小龍兩人站在一輛馬車前。

大龍和小龍都急切地看著曾龍，只聽大龍道：「大哥，你一個人去危險，還是讓我和小龍一起陪你吧！」

「對啊，我哥說得沒錯。大哥，辛天河那個狗娘養的一定會設下圈套等你跳，你要真的一個人去，就中了他的計，你還是讓我們跟著你一起去吧！」小龍也急忙說道。

曾龍拍了拍大龍和小龍的肩，沈聲道：「我明白你們的意思，可若真如你們說的這樣，我想即便是你們去了，也是九死一生，與其如此，不如我自己去；他要殺的人是我，你們是我的兄弟，我不能讓你們陪我去死。」

「可是大哥……」

「好了，我是大哥，我說了算，你們不能跟我去，都給我滾回去！」曾龍一聲大喝，制止他們，然後上了馬車離開。

「哥，你說咱們該怎麼辦啊？」小龍一臉焦急地看著那遠去的馬車問道。

大龍眼中閃過一抹狠戾之色，只聽他低聲道：「怎麼辦？哼！辛天河那個狗崽子，他若真敢殺害大哥，我一定帶著兄弟們去滅了他。」

「對，滅了他。」小龍也露出凶狠之色，咬牙切齒地說道。

曾龍乘坐的馬車漸漸遠去。

在不遠處的屋頂之上，有一道身影正飛快地跟著那輛馬車。

修明澤剛來到血林幫的時候，就看到曾龍和兩個手下在那裡說些什麼，之後便坐著馬車離開了。

他雙眼微眯，覺得這裡面有玄機，便跟了上去。

馬車前行，一路朝著人越來越少的地方駛去。終於，在遠離人群的一處角落，馬車停了下來，然後便見曾龍下了馬車，朝著一個胡同走進去。

待在遠處屋頂的修明澤看見這一幕，身子一躍而起，立刻跟了上去。

修明澤看到曾龍一直往裡走，走了一段距離後，又朝著旁邊的胡同拐進去，就這樣連續左彎右拐，終於，曾龍走出了胡同，而出現在他面前的是一處相對較寬闊，也十分有利於將一個人包圍的地方。
此時，正有數十人站在那裡，似乎是在等著他的到來。
修明澤停了下來，伏在屋頂，靜靜地看著下面的一幕。
「辛天河，你這個狗雜種給老子滾出來。」曾龍一聲大吼，聲音之洪亮，離他近的幾個人震得險些往後仰倒。
這時，眾人往兩邊退開，一道身影從人群後方走了出來，那是一個一身青衣、臉色慘白如紙的男子，再配上他那詭異的笑容，讓人有種掉入冰窟的恐怖感覺。
「你終於來了，你若再不來，裡面的兩個女人可就真的要遭殃了呢！」辛天河嘿嘿笑著。
曾龍雙拳一握，冷聲道：「辛天河，你若還是個男人，就把她們放了，有什麼事情你衝著我來，對女人出手你算什麼本事？」
「不不不，你說錯了，我的確不是男人，因為就在當年你殺害了風哥的時候，你也奪走我屬於男人的東西，所以，我已經不算男人了。」辛天河說著，慘白的臉上也是帶著扭曲與瘋狂。「曾龍，我告訴你，今天就是我替風哥和我自己報仇的日子，我會親手殺了你。」
曾龍臉色難看，憤怒地看著辛天河道：「殺我？可以，只要你放了她們！」
「放了她們？啊！對了，瞧我這記性，那是你外甥女啊！你當然會關心了，不過我倒是奇怪，當年那個殺人不眨眼的傢伙，今兒個怎麼會擔心一個女人呢？即便那人是你的外甥女。」

說到最後，辛天河手指一勾便見兩個黑衣人走出來，朝著那屋子方向而去，很快，兩個被蒙住雙眼的女人被帶了出來，站在辛天河的面前。

修明澤在看到那兩個女人後，臉色立刻就變了，他想要馬上衝下去，可他的理智告訴自己，他還不能這麼做。

剛才他靠著自身聽力聽到那個叫做辛天河的傢伙說，韓香怡是曾龍外甥女時，他就怔住了。外甥女？曾龍是香怡的的舅舅？若真是如此，難道他不知道自己妹妹已經死了？若真是這樣，那他當初為何……

想到這裡，看著下面的場景，他瞬間釋然了。

是為了保護，為了保護她們，所以他才選擇不相認。

曾龍是血林幫幫主，幫內一定有人與他作對，這樣一來就會惹來許多麻煩，若是被仇家找到韓香怡她們，那就真的完了，所以他不承認。不相認，也是一種變相的保護。

看到他為了保全自己的親人，甚至不敢相認；為了自己的外甥女，敢一個人孤身犯險，修明澤就明白，此人的情義絕不淺。

「看到了嗎？她們現在還好好的，你若不乖乖跪下來，我說不定待會兒就在她們的臉上劃出一道血痕，這樣可就不好了。」說著，辛天河伸出一隻手，一把抓住韓香怡的下巴，在韓香怡被堵住的嘴巴上蹭了蹭。

被蒙住雙眼的韓香怡嗚嗚搖頭，無奈說不出話來，只得任由他擺布。

「混帳！你不要動她們！」曾龍一聲大吼，本要衝上前，就在他一隻腳要邁出去的時候，卻硬生生停住了。

因為就在這時，辛天河手中突然多出一把匕首，抵在韓香怡的臉上，冷笑著道：「來啊！看看是你的拳頭快還是我的刀快。」

「狗雜種，你找死！」曾龍身子顫抖，臉色鐵青，雙眼充斥著紅色的血絲，配合著臉上的刀疤，顯得異常恐怖。

「嗚嗚！嗚嗚！」韓香怡一邊搖頭，一邊似乎在說著什麼，可她的聲音發不出來，只有嗚嗚聲。

「啊！瞧我，都忘了，該讓妳說話的。」辛天河一拍手，將塞在韓香怡嘴巴裡的布拿了下來。

然後便聽韓香怡大聲喊道：「雖然我不知道你是誰，也不知道你為何要來救我，更不知道咱們之間到底有什麼關係，但是他們要殺你，所以你還是離開吧！」

「嗯？離開？這可不行，他要是走了，我就只能殺妳們了。」辛天河說著，匕首抵在韓香怡的脖子上，只要她一動，就會有鮮血噴出。

修明澤此刻雙眼已有陰狠的光芒閃爍，在這一刻，他已經將那辛天河判了死刑，居然敢動他的女人。

不管是誰，都要死！

「你……」曾龍看著辛天河，又看著那被蒙住雙眼的韓香怡。

他的外甥女，他如今活在世上唯一的親人……

曾龍咬著牙，惡狠狠地道：「放了她們，我隨你處置。」

啪啪啪！

「好，不愧是我們的幫主，嗯，有情有義，佩服佩服。」辛天河陰狠一笑，抬起手。

這時，一旁走出一個人，那人手裡拿著一根鐵棍子，交到辛天河的手中。

辛天河掂了掂，然後笑著道：「這會不會有些輕了？算了，太重就不好玩了。」

說完，辛天河拿著鐵棍一指曾龍，喝道：「還不跪著爬過來。」

曾龍聽罷，雙眼已是通紅，可看了看被匕首抵在脖子上的韓香怡，他嘴角溢出了一絲鮮血，正要跪下去。

突然，韓香怡嬌聲喝道：「不要跪！男兒膝下有黃金，跪天跪地跪爹娘。雖然我不知道你是誰，但我謝謝你來救我，不要跪，為了這種人不值得，你走吧！若可以，希望你能找到我夫君，告訴他，我從不後悔嫁給他。」

「妳給我閉嘴。」

辛天河慘白的臉色猛地一變，抬手就是一巴掌，重重搧在韓香怡的臉上，頓時，她的臉頰就紅了一片。

「把她的嘴給我堵上，她再多說一句，就砍掉一根手指。雖然我不殺她，可不代表我不敢動她。」

辛天河眼中滿是狠毒，什麼韓家，什麼修家，他其實都沒放在眼裡，在他看來，再厲害的人也管不到他的頭上。

被堵住嘴巴後，韓香怡不再開口，只是在心裡暗暗猜測：那人到底是誰？那聲音怎麼有些耳熟，自己好似聽過……到底會是誰呢？她想了好久都想不出這個人到底是誰……

「我真想殺了你。」曾龍舔著嘴角的鮮血，看著韓香怡那紅腫的臉頰，雙眼已經血紅。

他想要殺人，他從未有過這種感覺，他從未如此強烈地想要殺死一個人，這個人觸碰到他不該觸碰的東西，所以他該死。

「可以，如果你不想讓她活下去，你可以來殺我，我相信以你的實力在這麼多人中殺我應該也不是問題，不過我相信你不會這麼做的，對吧？」辛天河再次恢復陰狠的笑容，一隻手抓著韓香怡的手腕，在曾龍的面前晃了晃。

曾龍咬著牙齒，惡狠狠地盯著辛天河，他雙膝微彎，眼看著就要跪下去，就在這千鈞一髮之際，兩顆石頭自不遠處飛快地射了過來。

啪！石頭準確無誤地打中曾龍的膝蓋，讓他止住跪下去的勢頭。

「我娘子說得很對，男兒膝下有黃金，跪天跪地跪爹娘，他還不配。」隨著話音落下，一道身影已經自天空中緩緩落下。

白衣獵獵，英姿颯爽，這人正是修明澤。

聽到那讓人安心的聲音，韓香怡終於不再擔心了。

因為她相信，只要夫君出現了，自己和香兒就會沒事，她懸著的一顆心也終於放下了。

「是你，修明澤。」辛天河臉色忽地變得難看至極。

這個傢伙出現在這裡打亂了原本的計劃，這是他萬萬沒想到的事。

隨即辛天河的臉色就恢復了平靜，一想到他娘子還在自己手裡，修明澤也翻不起多大的浪來。

有韓香怡在手裡，辛天河變得有恃無恐，看著修明澤，瞇著眼睛說：「嘖嘖，沒想到啊沒想到，韓家大少爺怎麼來了呢？真是讓我有些受寵若驚啊！怎麼？來接你的娘子？」

修明澤站在曾龍的身旁，雙眼直直看著辛天河，而他看著辛天河的眼神，彷彿是在看著一個即將死去的人一般，沒有絲毫感情。

「雖然我很討厭你，但你說對了一件事情，我的確是來接我娘子回去的。」說著，他看向韓香怡那紅腫的臉頰，眼中寒芒更盛。「你打了她，我絕對不會讓你死得這麼痛快。」

他的話從來都是這麼自信，也從來都是這樣的理所當然，彷彿他想這麼做，他就可以這麼做。

辛天河一顆心狂跳不已，不知為何，在看到修明澤的眼睛後，他心中不自覺升起了一絲不安，可他隨即搖頭甩去腦中那些想法。

他傻了嗎？人還在自己手裡，他說得再囂張又有何用。

有了底氣，辛天河冷笑一聲，道：「是嗎？那我倒要瞧瞧，你是怎麼讓我死得不痛快，我想在你殺我之前，我會先讓你的娘子下去等我。」

說完，辛天河手裡的匕首就在韓香怡的臉上輕輕滑動，似乎只要稍有不慎便會劃開一道口子，到時韓香怡可就破相了。

自從修明澤出現，曾龍便沒有開口，因為他早先離開血林幫時，已經知曉有人跟蹤他，只是一直裝作不知道而已，直到修明澤現身，他反倒是放心了。

他相信，即便自己死在了這裡，只要有修明澤在，韓香怡便不會死。

「其實你早就知道我跟蹤你了，對吧？」修明澤看著曾龍，淡淡地說。

「你來了，我就放心了。」曾龍沒有否認。

「若我不來，你還打算瞞多久？」修明澤繼續問道。

曾龍語塞。

瞞多久？自己與韓香怡的親人關係嗎？他從未打算揭穿，就好像他有個妹妹梅氏，卻沒有多少人知道一樣，他不想讓她們因為自己而受到傷害，他想要做的只是默默在身後保護她而已。

「我知道答案了。」修明澤突然道：「我想她大概很孤單吧！」

話音落下，修明澤便抬起腳，朝著辛天河方向走去。

辛天河見狀，眉頭一皺，一把抓過韓香怡，將匕首抵在她的脖頸處，大聲威脅道：「你要做什麼？你不要過來，你再走過來我就真的殺了她。」

修明澤表情始終是冷淡如水。

韓香怡站在那裡，沒有顫抖，沒有害怕，更沒有恐懼，她有的只是激動，因為他來了。

「你不敢動她。」修明澤搖了搖頭，聲音依舊是那麼平緩，絲毫沒有擔心。

「你們還愣著幹麼，給我上啊！」辛天河一聲大吼，兩旁的幫眾這才反應過來，頓時一個個都是嗷嗷大叫地朝著修明澤衝了過去。

還沒等修明澤出手，一隻拳頭已經出現在他的身側，一拳便將一個衝過來的傢伙打得鼻子瞬間碎裂，一張臉也都凹陷下去，然後整個人伴隨著慘叫聲向後飛了出去。

這一幕，頓時震懾在場的所有人，他們都不敢動了。

「媽的，都給我上，誰殺了他們，我讓他當副幫主。」

哇！副幫主，這可是一個天大的誘惑啊！

這話一出，所有人都渾身是勁，瘋了一般再次衝上前去。

「找死。」曾龍冷哼一聲，毫不遲疑，雙拳虎虎生風，一拳揍飛一個。

另一邊修明澤雙手連連揮出，每一揮就有一個人倒地不起，幾十人在十幾個呼吸的時間便全部倒地不起。

辛天河見狀，臉色大變，眼角抽動。

他的計劃，他要為風哥和自己報仇的計劃……都是因為這個傢伙，全都完蛋了。好啊！完蛋就完蛋，讓老子死，你們也別想好過。

想到這裡，辛天河發了狠，不管其他，手中匕首抬起，朝著韓香怡的脖子狠狠刺了下去。

就在那匕首距離韓香怡的脖頸不到一個拳頭的距離時，一顆石子快若閃電般射出，準確無誤地射中匕首。

匕首應聲被擊中，掉落在地上，辛天河臉色頓時變得更加慘白。在這一瞬間，他一把將韓香怡推開，向後跑去，可他剛跑出一步的距離，便感覺到兩條腿一陣劇痛，緊接著撲倒在地，疼痛讓他瘋狂地抽氣。

當辛天河轉過身子時，修明澤已經站在他的面前，俯視著他。

這一刻，辛天河似乎不害怕了，而是瘋狂地笑了起來。

「修明澤，你要殺我？來啊，殺了我，為你娘子報仇，殺了我啊！」

瞧著他那大聲吼叫的樣子，修明澤卻是表情冷漠好似看著一具屍體。

「放心，我會讓你死，不過也不會這麼簡單就放過你。」他一把抓住辛天河的一隻手，道：「就是這隻手打了我娘子的臉。」

說完，修明澤手指猛地一用力，喀嚓一聲後，伴隨的是辛天河的慘叫。

「啊啊啊！」

他的手腕已經斷了。

辛天河不停地呼吸，額頭開始冒汗，可他還是眼帶瘋狂地看著修明澤。

修明澤看了看他，皺了皺眉，站起身子，走到一旁。

這時曾龍走了過來，他蹲下身子，眼神冰冷地看著躺在地上捂著手腕的辛天河，冷聲道：「你不該動她們的。」

「不該動？我只恨自己沒有殺了她們。曾龍，你不要在這裡廢話，殺了我吧！就像當初殺害風哥的時候一樣殺了我，你不是很會殺害自己的兄弟嗎？來啊，動手啊！」

「是他自己背叛了血林幫，是他先要殺我。」曾龍皺眉解釋道。

辛天河沈默，他還是看著曾龍，眼中的憎恨依舊沸騰。

「不管怎樣，他還是風哥，是我這輩子最尊敬的人，所以為了他，我還是要報仇，即便他有錯。」說完，辛天河閉上雙眼，等待著最後一刻到來。

曾龍嘆了一口氣，手中寒光一閃，刀尖刺入了他的心臟，辛天河瞬間死去，沒有痛苦。

站起身子，曾龍轉過身，看著已經恢復正常行動的韓香怡，他目光複雜地看著她，有些話到了嘴邊，卻不知該如何開口，最後他還是選擇沈默。

在曾龍轉身準備離開的時候，韓香怡開口了，只聽她聲音有些顫抖地說：「在你的心裡，我娘她算什麼？」

曾龍身子一顫，轉過身看著韓香怡，他一手放在心口，低聲道：「她是我的妹妹。」

「可你沒有保護好你的妹妹。她死了，你卻無動於衷。」韓香怡看著曾龍，她的眼睛已經濕潤。

曾龍身子又是顫抖了一下。他沒有否認，因為這是事實，他的確沒有保護好她，甚至連她死了，他都不知道。

韓香怡走到曾龍的面前，看著他。

「我娘曾跟我說過，她心裡一直有一個人，那個人是她的親人，是她這輩子都不會忘記的親人。她說，她不恨他，因為他有自己的理由，他有必須要這麼做的理由；當時的我還不懂這話是什麼意思，現在我懂了，我娘她都明白。」說著，淚水順著韓香怡的眼角流下。

她恨他嗎？她不知道。

當她摘下布條，看到那道熟悉的身影時，她的心裡既欣喜，又複雜。欣喜的是，她不是一個人，她還有一個親人；複雜的是，他這個親人在娘親十五年的痛苦時間裡，沒有出現過，甚至連她的死訊都不知道，這對她來說是無法接受的。

「我現在還不能接受這一切，可我不會否認，謝謝你救了我。」說完，韓香怡擦了擦淚水，與修明澤和香兒一起離開了。

在他們離開的剎那，曾龍也流下了眼淚。

或許他……真的錯了。

第二十九章

回到家，韓香怡並沒有修明澤想像中那麼悲傷與難過，反而表現得十分自然。

「娘子，妳沒事吧？」修明澤有些不太確定地走到韓香怡身前，拉著她的手問道。

韓香怡看著修明澤，笑了笑，道：「我沒事啊，你是擔心我因為他的緣故而難過嗎？你放心吧，我不會的。只是我心裡還是頗複雜的，所以我決定暫時先不想這件事，現在我只想好好做我該做的事情，把茶葉香粉製作出來，這才是我現在最該考慮的。至於這件事情，我先放一放。」

「真的？」修明澤還是不太相信。

畢竟這麼大的事情，怎麼能說放下就放下呢？他怕她憋在心裡不說出來，那就對身心有害了。

韓香怡搖了搖頭，反手握住修明澤的手，笑道：「你放心吧，我真的沒事，你瞧我，像是有事的樣子嗎？」

「看著確實不像，可是……」

「好啦，沒有什麼可是不可是的，我心裡有數。夫君，你可要相信你的娘子呀！」韓香怡伸手捏了捏修明澤的臉頰笑道。

「好吧，妳都這麼說了，那我就相信妳吧！不過妳有事一定要告訴我，我和妳一起承擔。」

「放心吧，我會的，你是我夫君，我不找你找誰呢？」

見韓香怡真的沒事的樣子，修明澤才放下了心。他看了看時間，已經是晌午了，兩人一起吃過午飯，就各自忙各自的事情去了。

韓香怡繼續擺弄她的那些茶葉，雖然原料所剩不多，但省著用應該還能多做幾次。

看著面前一筐已經乾掉的茶葉，韓香怡不由皺起了眉頭。

難道是自己從一開始就錯了？她不該將茶葉風乾？可她就算不先烘乾，也沒什麼明顯的效果……到底是哪裡出了錯呢？

在家也想不出個所以然來，韓香怡決定先去鋪子瞧瞧再說。

沒想到，當她來到鋪子的時候，卻發現香兒和小陽、小雨三個丫頭正一臉愁容地蹲坐在門檻上。

待看到韓香怡，香兒蹭的一下站了起來，跑到自家主子面前，急道：「大少奶奶，不好了。」

「不好了？怎麼了？」韓香怡被香兒的表情嚇了一跳，忙問道。

「大少奶奶，您看啊！」香兒說話同時，拉著韓香怡走到鋪子的一側。

鋪子左側是一面牆，牆壁此刻正被一大片血淋淋的東西覆蓋著。

聞著那血腥的味道，韓香怡不由捂住了鼻子，當上面的血字映入眼簾，她的眉頭也緊緊地皺在一起。

狗屁香粉鋪子，用了妳家香粉，我娘子滿身紅斑，眼看著就要死了，害人者償命。

「這是什麼時候的事情？」韓香怡皺著眉頭，看著香兒三人問道。

香兒一臉氣憤地道：「就是早上的事情。我們仨剛來，便看到一個傢伙在咱們鋪子的牆上寫字，我們想要去阻止，可他已經寫完了，看到我們轉身就跑，我們追不上。」

「是啊，大少奶奶，剛剛還有好多人來這裡圍觀呢，都讓我們給趕走了，可是我們怕還會有人來啊！」小陽在一旁也是憤憤地說。

韓香怡點點頭，看著牆上的字，道：「趕緊把這些字擦掉，看著刺眼。」

「是，大少奶奶。」

三人急忙跑進去，很快都拎著水桶，拿著抹布，開始擦字。

韓香怡則是站在旁邊，雙手抱胸，臉色難看。

她想，此事應該是韓家人所為，而施以如此低劣的手段，並非是韓景福的作風，她認為較有可能是韓家其他人教唆的，像是趙氏、韓如玲、韓柳靜這些人嫌疑最大，她們除了與她有私怨以外，還可能牽涉到韓家在林城生意越來越差一事。

如今鋪子受到這番中傷波及，想必有很多客人會心生懷疑，一旦產生懷疑，她的香粉就很難再賣出去，所以為了盡快解決這件事情，她覺得自己應該做些什麼。

敢這麼對自己的，如今在帝都也只有韓家人，這件事情十有八九與韓家都脫不了干係。

「你們一而再、再而三這麼對我，我真的不能再忍了……」自言自語著，韓香怡邁步進了鋪子。

這方法雖然幼稚粗劣，效果卻是明顯的，很快許多人都知曉韓香怡的香粉鋪遭人潑狗血的事情而議論紛紛，更有一些人直接到鋪子要求退貨。

韓香怡沒有多說什麼，也不解釋，而是讓香兒退錢給客人；因為她清楚，現在這個時候說再多都是廢話，不如找到證據，當著所有人的面把謠言拆穿，這才是最重要的。

是夜，當韓香怡回到院子的時候，修明澤已經坐在屋內等著她了。

「夫君。」

韓香怡有些疲憊地倒在修明澤的懷裡，汲取著他的溫暖。

摟著韓香怡，修明澤柔聲道：「事情我都已經聽說了，要我幫妳解決嗎？」

「我想自己解決，不過我需要知道那個寫血字的人是誰，夫君你能幫我查查嗎？」韓香怡仰頭看著修明澤問道。

修明澤沒有在意韓香怡拒絕自己的幫忙，反而是笑著從袖中取出一張紙，道：「我就知道妳不會讓我幫妳的，不過我還是做了件事情，就是幫妳查到那個人是誰。」

韓香怡驚喜地接過紙條，只聽修明澤繼續道：「那個人是個小攤販，靠著賣扇子賺錢，前段時間在妳那裡買了一盒香粉送給他娘子，他娘子後來確實生了病，具體是因為什麼還不得而知，但我想與妳的香粉是無關的。」

「原來是這樣，好吧，那麼接下來就交給我吧！我自己去找他，我倒要看看，他到底是收了韓家多少好處才會這麼做。」韓香怡氣憤地說道。

「妳已經確定是韓家所為？」

修明澤在聽到這個消息的時候，第一個懷疑的自然也是韓家，可這畢竟只是懷疑而已，現在聽到韓香怡這麼說，他表情瞬間冷冽。

韓家還真是膽大妄為。

「不，我還不確定，可我覺得應該就是韓家；當然，現在說來一切都尚早，等我找到這個人後，或許就明瞭了。」

清晨，韓香怡帶著香兒和兩個丫頭出門，一行人先來到了鋪子。

韓香怡吩咐小陽和小雨看好鋪子後，便和香兒離開鋪子，按照紙上所標示的住址，兩人走了大約一炷香的時間，終於抵達目的地。

韓香怡有些驚訝，她還以為對方是一個小門小戶的普通百姓，沒想到竟是住在這樣一間小院內。

要知道，就算是這樣一間小院，在帝都都是需要千兩銀子；不過瞧這小院的古舊程度，許是祖傳下來的，要不然以他一個賣扇子的攤販還真未必買得起。

心裡想著，韓香怡敲響了門，沒一會兒，一道男子的聲音從裡頭傳來。

「誰啊？」

隨著聲音傳來，腳步聲也逐漸接近。

門打開之後，探出頭來的是一個中年男子，男子一身黑色粗布衣，頭髮凌亂地散在腦後，黑白參半，一張臉上滿是鬍渣，樣子十分疲憊。

還沒等韓香怡開口，那人已經認出了韓香怡。

在韓香怡與香兒驚訝的目光中，中年男子大聲道：「妳們還敢來？妳們都把我娘子弄成現在這個樣子，妳們怎麼還敢來？給我滾！」

吼完後，男子一把關上了門，這讓一句話都還沒說的韓香怡一臉錯愕。

韓香怡不死心，還是繼續敲門，道：「你叫李路對吧！我想要跟你好好談談。」

「妳們滾！咱們沒什麼好談的，妳們害我娘子變成這樣，我還沒找妳們算帳，妳們倒上我這裡來了。滾，我不想見到妳們！」李路繼續大聲喊著，生怕別人不知道一樣。

韓香怡見他不肯開門，知道這裡面一定有古怪。按理說，若真是自己的香粉害得他娘子出了事，他不但不向自己要錢，只是在那裡罵人，反而還要她離開，這是什麼情況？

想到這裡，韓香怡眼珠子一轉，繼續敲門道：「既然你覺得是我害了你娘子，那我該賠你錢才是，你把門打開，咱們進去談不好嗎？我想你現在一定沒錢給你娘子治病吧？若你娘子真的是因為搽了我的香粉才出事，這個錢我出，你看怎麼樣？」

「不用，妳不用在這裡假惺惺，我知道開了門，妳一定不會給我錢的，況且我有錢，我不稀罕妳的臭錢，妳們走！」

李路又是大聲回喊著，依舊沒有要開門的意思，這讓韓香怡十分鬱悶。這人連錢都不要，不明擺著是被人利用這麼做的嗎？

「我看你的樣子，你娘子的病沒有好吧？若你相信我，我可以替你找來帝都最好的大夫給你娘子治病，一定會把你娘子的病給治好的，只要你開門。」

這個誘惑真的很大，所以裡面沈默了。

片刻後，門打開了，李路陰沈著臉道：「妳們進來吧！」

韓香怡見狀，心裡暗暗吐氣，心想：總算進來了，只要能進來談，接下來的事情就好辦了。

「妳說的都是真的？」李路關上門後看著韓香怡，還是懷疑地問道。

「當然是真的，我會替你找最好的大夫給你娘子治病，但前提是你要告訴我，到底是誰讓你這麼做的。」韓香怡笑看著李路說道。

李路臉色一變，急忙喝道：「不知道妳在說什麼，就是買了妳家的香粉才害得我娘子生了怪病，妳現在還問我這些亂七八糟的問題，妳說，妳到底給不給我找大夫？」

若說之前她還只是懷疑的話，那麼現在當她看到男子的臉色時，她已經確定確實是有人指使他這麼做，只是不知道對方承諾了他什麼。

韓香怡繼續道：「只要你肯說，我不但找最好的大夫給你娘子治病，還願意出比對方多一倍的價錢給你。」

李路聽到這話，身子不由一顫，臉上也露出猶豫的神色。

韓香怡見狀，急忙打鐵趁熱，繼續道：「事情到底是怎麼樣，你心裡比誰都要清楚，到底是誰指使的只有你知道；當然，你也可以選擇不說，我離開便是，那樣一來你娘子的病可就未必能治好了。

「這麼和你說吧，咱們帝都最好的大夫出診一次至少也要二十兩銀子，開一帖藥少說也要幾兩銀子，我不清楚對方給你多少錢，但我敢保證，絕對不足以讓你為你娘子治病。」

「我……」

「若你肯告訴我，我保證，不但會請來最好的大夫為你娘子治病，還會給你更多錢，這樣一來，你還可以替你娘子買一些好的補品，這樣對你只有好處，沒有壞處。而且我要你做的也不是什麼傷天害理的事情，我要的只是一個還我清白的真相而已，我的香粉到底如何，你很清楚，所以我需要一個證明，證明我的香粉不是有問題的。」

韓香怡的聲音很大，大到外面圍觀的眾人也都聽得清楚。

她要的就是這個效果，讓所有人都知道自己的香粉是好的，那些故意要搞垮自己事業的人，他們的奸計是不會得逞的。

李路看著韓香怡，他從遲疑轉變為不再猶豫，於是點了點頭，道：「好吧！妳問吧，我知道的我都會告訴妳。」

韓香怡嘴角微微翹起，道：「你可買了我的香粉？」

「買了，就是前段時間買的。」李路老老實實地回答。

「效果如何？」韓香怡又問。

李路頓了一下，道：「很好用，味道很好，我娘子她很喜歡。」

「嗯，那我再問你，你娘子的病與我的香粉可有關係？」這才是重點。

「這……」李路一咬牙，道：「沒關係，其實我娘子這病也有一段日子了，只是……」

「只是什麼？」韓香怡上前一步，逼問道。

「只是前兩日有一人來我家裡，說要給我錢，讓我這麼做的，讓我……說我娘子的病與……妳的香粉有關。」李路說了實話。

門外頓時有議論聲響起。

韓香怡心裡暗暗吐氣。這樣一來，她的香粉會致病的謠言就能不攻自破了，畢竟相信的人不多，可懷疑的人不少，他們需要的只是一個肯定的聲音，如今給了他們這樣的回答，這就夠了。

韓香怡心裡已有幾個嫌疑人選，繼續問了這個關鍵問題。「那你知道是誰嗎？」

李路搖了搖頭。「不清楚，當時那人面戴黑紗，不知是何人？不過是個女子，看穿著不是一般的女子，倒像是……有錢人家的小姐。」

聞言，韓香怡點頭表示知曉了。

她早猜到，對方既然想要栽贓給自己，自然不會留下線索，不過聽到此，她心頭已有個明確的人選浮上心頭了。

韓香怡看著李路，道：「放心吧，明日我會帶著大夫來替你娘子看病，錢到時也一併給你。」

「好，我相信妳。」

之後，韓香怡主僕兩人在眾人驚異的目光中離開。

她的香粉是好的，這是無庸置疑的，她不希望自己的東西被人誣陷、被人栽贓，這是她不能接受的。

離開李路家後，韓香怡直奔韓家而去。

是的，韓家，這是她自從上一次對韓景福不敬之後再次來到這裡，原本她不想來這裡，可這次的事情讓她不得不來。

有些人妳若是忍讓，迎來的只會是對方的緊逼，人活著不是為了唯唯諾諾地度過，忍無可忍便無須再忍。

韓家下人認識韓香怡，也都清楚她與韓家人的關係，所以當韓香怡來到韓家時，兩個家丁將她攔在門外。

「請等一下。」

一人說完，對另外一人使了個眼色，那人點頭朝裡面快步走去。

香兒不樂意了，雙手扠腰，憤然道：「你們這也太不像話了，我家大少奶奶是韓家人，進自己家門還要通報？」

那人也是一臉為難地道：「實在對不住，上面發話了，我們也只是照辦，請香怡小姐不要在意，在此稍候一會兒。」

韓香怡點點頭，沒說什麼。他們僅是聽話辦事的人，刁難下人也沒啥意思。很快，另外那人快步跑了過來，對著韓香怡道：「小姐，您可以進去了。」

韓香怡這才點頭，微笑著走了進去。

「哼！」香兒對著他們哼了一聲，然後緊跟著韓香怡的腳步走了進去。

「大少奶奶，這真的是太不像話了，他們怎麼可以這樣對您呢？您好歹也是韓家人呀，他們竟然……」

「好了，香兒，不要再說了，這件事情他們沒做錯，他們也只是下人而已，這麼做不是他們的本意。」韓香怡制止香兒再說下去，朝著院子深處走去。

為了確認她心裡的那個嫌疑人，韓香怡已經想好對策。

韓柳靜是首要目標，雖然兩人接觸的時間短暫，但她可以看出，韓柳靜屬於那種笑裡藏刀、喜歡在背地裡做些小人勾當的女子。

至於韓如玲，雖有嫌疑，可細想這些細節，年紀較輕的她還真沒有本事去安排這件事。

韓柳靜這個時間都會在自己的屋子裡待著，或看書，或刺繡，過著大家閨秀的日常生活。

按照記憶中的路線，韓香怡很快來到韓柳靜的住處，透過支起的窗子從外頭看見坐在窗前刺繡的韓柳靜。

果然，這個時間她還在屋子裡。

「妳怎麼來啦？」

一道不善的聲音自韓香怡主僕兩人身後傳來。

兩人轉頭看去，只見一個丫鬟正站在她們身後。

那丫鬟此刻看著韓香怡的眼神很不友善，根本不像看到千金小姐，反倒是像看到什麼討厭的東西。

香兒頓時沈不住氣了，看著那丫鬟大聲道：「妳什麼妳，不知道要叫小姐嗎？沒禮貌的傢伙，妳家主子是怎麼教妳的？」

那丫鬟頓時臉色更加難看，她惡狠狠地瞪了香兒一眼。因身分擺在那，她還是對著韓香怡行禮道：「您來了。」話語中還是沒有小姐兩個字。

香兒自然也不怕她，瞪了回去，正要開口，卻被韓香怡拉住，然後聽到身後傳來韓柳靜那冷淡的聲音。

「妳怎麼來了?」

雖是一樣的話，可是出自韓柳靜的嘴裡，倒沒那麼不舒服了。

「我想妳應該清楚我來這裡的原因。」韓香怡同樣看著韓柳靜，露出了淺淺的笑容。

韓柳靜臉色不可察覺地變了，但立刻恢復過來，表情淡然地道：「妳來這裡，我怎麼會知道妳的原因。」

「可以請我進去嗎?」韓香怡笑著。

「當然。」韓柳靜眼中閃過一抹冷芒，點頭應下了，轉頭吩咐歡兒泡兩杯茶來，與韓香怡一起走進屋子裡。

韓香怡第一次進來韓柳靜的屋子，裡頭擺設簡單，清新淡雅。

待兩人坐下後，韓柳靜看著韓香怡冷笑道：「真是稀客，我還真沒想到妳會來這裡找我，說吧，什麼事情，我還有事要忙，有事就快說。」

若是平常她不會這樣，可不知為何，看著韓香怡，她就會莫名升起一絲反感，尤其是她那笑容，看著讓人渾身不舒服。

韓香怡繼續淺笑，看著韓柳靜道：「不知妳聽說沒，我的鋪子被人栽贓了，還有人潑狗血在我鋪子的牆上。」

「還有這事?這我倒未聽說，這幾日我都在我的屋子裡，不曾知曉外面的事情。怎麼?妳與我說這些做什麼?」韓柳靜十分自然地說道，絲毫不覺得這件事情與自己有關係。

「這對我來說很苦惱，畢竟我的香粉都是我親手做出來的，卻被人誣陷說香粉有毒，搽抹後會滿身起紅斑，讓我很生氣。」韓香怡沒有回答韓柳靜的問題，繼續道：「所以我就讓我夫君去查，幸運的是讓我查到那個潑我狗血的人。」

說到這裡，韓香怡再次看向韓柳靜，笑著道：「就在剛剛，我去找過那個人了。」

韓柳靜微不可察地顫抖了一下，但還是被韓香怡看到了。

韓香怡心裡不由冷笑。若說之前她只是懷疑，那麼現在就是確定了。

因為從韓柳靜看到她的那刻起，舉動就顯得不對。在過往印象中，韓柳靜可不是一個這麼好說話的人，她總是一副高高在上的樣子，可今天看到她時，明顯有些慌亂。

「哦？是嗎？這倒是件好事，可這與我有何關係呢？」韓柳靜恢復平靜，繼續不解道。

韓香怡笑著沒接著說話，因為丫鬟已經推門走進來，將茶放在桌子上，又為兩人倒了茶，才退了出去。

韓香怡端著茶杯，放到鼻下聞了聞，笑道：「是好茶，若我沒猜錯，該是碧螺春吧？」見韓香怡不說正事，還在這裡說這些沒用的，韓柳靜不由心裡氣憤，但還是點頭，勉強笑道：「當然，這碧螺春自然是好茶，不知妳喝得慣嗎？」

「嗯，好茶，不過我可喝不出好茶的味道，就好像有些東西明明很好，卻被不懂的人胡亂品嚐，只會白費了這好東西而已。」韓香怡笑著，將茶放在唇邊喝了一口，頓時，唇齒留香，回味無窮。

「果然好茶。」韓香怡讚嘆了一聲，然後在韓柳靜不耐煩的目光中，笑道：「繼續說吧，我找到那個人，問了他，他也告訴了我一些事情。」

「他告訴了妳？他告訴了妳什麼？……」知道自己失態了，韓柳靜急忙說道：「我是說，那個人說了什麼？是誰指使他做的？我相信妳不會將不好的東西賣給客人的。」

韓香怡似是沒發現一般，繼續道：「嗯，那人說了，什麼都說了，他說是有人要他這麼做的，而這個人就是……」

說到這裡，韓香怡停住了，然後似是十分為難的樣子。

這讓韓柳靜心裡升起不安，但還是問道：「是誰？」

「就是……」韓香怡直直地盯著韓柳靜，緩緩說出她的名字。「韓柳靜。」

韓柳靜臉色終於變了，她先是一怔，然後目中閃過一絲驚慌，最後則是憤怒地嬌喝道：「一派胡言！他怎敢誣衊我？我怎麼會做這種事情，咱們是一家人，怎麼可能是我做的呢？」

韓香怡也是笑著點頭，道：「是啊，我當時也是這麼說的，我說：『這怎麼可能呢？韓柳靜再怎麼說也是我的姊姊，做姊姊的怎麼會害妹妹呢？一定是你搞錯了。』」

「自然，我定不會這麼做的。」韓柳靜再次恢復平靜，淡淡地說道。

「嗯，我反問他後，他就不確定了，說當時也沒看清楚，只是覺得像而已。現在好了，來這裡和妳確認過我就放心了。」韓香怡拍著自己的胸口，儼然一副真的放心的模樣。

「哼，無恥小人，竟然誣衊我，我不會放過他的。」韓柳靜冷哼一聲，憤怒道。

「嗯，我也這樣覺得，不過我更恨的是害我的人，既然不是妳，那一定另有他人，最好不要讓我找到，一旦讓我知道是誰做的，不管是什麼人，不管身分如何，我都不會放過他。」韓香怡說得憤怒且凶狠。

韓柳靜則是端起茶杯，沒有再說話。

她不傻，此時此刻，她清楚韓香怡來自己這裡，就已經確定這件事情是她做的，即便之前不確定，想必現在也確定了。

可那又如何？誰看到是她做的了？那個傢伙也不清楚是誰，她當時可是蒙著面紗呢！他自然不會知道。

不過現在冷靜下來，回想剛才韓香怡口中陳述對方猜到她的身分，她頓時明白，韓香怡故意這麼說就是為了刺激自己，而她也真的不夠沈穩中計了，因心慌而露了餡。

見韓柳靜臉色陰晴不定，韓香怡不由淺淺一笑，道：「好了，我來這裡就是為了這件事情，我也只是想要告訴妳，我不會相信他說的話，我只相信我看到的。希望我可以找到那個誣陷我的人，所以我來這裡，只是想提前告訴妳一聲，不讓彼此存在誤會。」

「放心吧，不是我做的，我不會在意，更沒有誤會；不過我也謝謝妳可以來這裡告訴我這件事情，要不然我還不知道自己被人誣衊了。」韓柳靜也是笑著回答。

她不會承認的，承認了，就等於自己輸了，她死也不想輸給這個韓香怡。

走進韓家時，韓香怡是笑著進去的，出來時她亦是笑著，只不過笑容更燦爛了些。

韓香怡雖然沒有挑明，但也說得很明顯，只要不是傻子都能明白，這次是警告，若再有一次，那就不是警告這麼簡單了。

回到鋪子之後，韓香怡指派小陽和小雨兩人回家替她處理香粉的前置作業，如今有了她們幫忙，讓韓香怡在製作香粉時能省下不少力氣。

兩個丫頭領命之後，鋪子就由韓香怡和香兒一起看顧。

正當主僕兩人聊得起勁，幾個客人從門外走進來，看那穿著，都是富貴人家的小姐。

「聽說妳們這裡的香粉不錯。」一走進來，其中一人便開口道。

「是的，我們的香粉都是手工製作，種類很多，您想要什麼？」香兒快步走到櫃檯後面，笑著說道。

看三人的姿態，似乎中間那個少女的地位高一些。

只見那少女靠近櫃檯，看著香兒拿出來的幾盒香粉，問道：「這幾盒都是什麼味道？」

「這幾盒分別是茉莉花香、百合香、牡丹香、桂花香以及紫羅蘭香。」香兒指著桌子上的五盒香粉一一介紹道。

少女看了看，道：「我可以試一試嗎？」

「當然。」香兒忙點頭，然後依次將五盒香粉打開。

看著這少女，不知怎地，香兒總覺得眼前這個人和以往自己看到的那些富家小姐不一樣，那些富家小姐一個個都是眼高手低，從不拿正眼看人，對下人說話也很隨意。眼前這個少女卻不同，一抬手、一投足，都給人一種如沐春風的感覺，語氣雖然平淡，卻有種溪水流淌之感，讓人感覺舒服，加上她的聲音輕柔，開口時每個字好似被水流穿透而過，很是悅耳。

少女用手指一一試過，然後搖了搖頭，有些失望地道：「這些都不是我想要的，妳們這裡還有其他香粉嗎？」

韓香怡坐在那裡看了半天，直覺這個少女不是一般人，因那舉手投足間的氣質很是不俗。

韓香怡站起身子，走到櫃檯後，看著那少女，柔和的笑容漾出。「有的，只是不知您喜歡什麼樣的香粉？偏好的味道、顏色、抑或是手感為何？」

少女看向韓香怡，片刻後，她皺起了眉頭，似是在思索，而那皺起眉頭時的嬌憨模樣，倒是讓韓香怡不由看得入迷。

少女思索了一會兒，緩緩回答。「味道我想要那種淺淺淡淡的，搽了就好像沒有搽一樣，顏色我也想要白色的，淺黃色也可以的，手感……這個我不懂，所以我也不清楚。」

聽完後，韓香怡點點頭，然後道：「請稍等，我去給您取來。」

說完，韓香怡轉身向後走去，很快，便拿著兩盒香粉走了出來。她將香粉放在桌子上，打開盒子，道：「這兩盒香粉分別是茉莉花香與鈴蘭香，都帶有淡雅的氣味，味道不濃，淺淡可聞，不會引人注目，卻可以讓人聞之難忘。」

聽了韓香怡的介紹，少女雙眼不由一亮，走近一看，這些香粉的確都是她喜歡的顏色，她分別捏起一點放到鼻下聞了聞，味道很淡卻很好聞，僅僅只是聞了一下，便記住這味道。果然如她所說的那樣。

「好香，是我喜歡的味道。」少女開心地笑著，然後拿起那兩盒香粉。「請問這兩盒需要多少錢？」

「兩盒十兩銀子。」韓香怡笑著說道。

「大少奶奶，您怎麼……」香兒一怔，想要開口，卻被韓香怡阻止。

那少女一口答應，身旁的人掏錢遞給韓香怡，淡淡道：「十兩銀子剛好。」

「咱們走吧！」少女開心地拿著兩盒香粉轉身要走，可剛走兩步，卻猛地回過頭來，看著韓香怡道：「以後我還會來買的。」說完，便轉頭離開了。

看著漸漸消失在人群中的三人，香兒一臉不解地看著韓香怡，道：「大少奶奶，那兩盒香粉可是十兩銀子一盒呢，您怎麼兩盒才賣十兩呀？」

韓香怡卻是笑了笑，走回到椅子前坐下來，喝了一口茶，道：「妳呀，難道就沒看出來這個女子不一般？」

香兒想了想，點點頭，道：「嗯，的確不一般，看上去好有氣質呢！感覺和以前看到的那些小姐都不一樣，比她們要更……不一般。」

想了好一會兒，香兒才想到不一般這個詞。因為她本就沒什麼學問，會的詞也不多，不一般在她看來已經是不錯了。

韓香怡笑了笑，道：「的確，她不是一般人，若我沒猜錯，她身分不低，至少是個官家小姐。」

「官家？大少奶奶您是說那小姐是大官的小姐？」

香兒嚇了一跳，她沒想到對方身分竟然這麼厲害。

在這個世界，官甭管大小，只要頭上頂著這個字，就是高出尋常人一層的存在，七品芝麻官也是官，是官就是一般人不敢得罪的，所以香兒聽到後，不由張大嘴巴，一臉不可置信的樣子。

韓香怡被她誇張的表情逗得一樂，伸手在她的臉上捏了一下，然後道：「哪有這麼誇張，雖然她的身分不一般，可我不只是因為這樣才少賺十兩銀子。」

「那您是因為什麼呀？」香兒好奇地問道。

「其實我看得是她的人，我看得出來，她是真的喜歡，所以我才會賣給她，雖然少賺了十兩銀子，但我想她以後還會來的，或許到時咱們賺的還會更多。」

香兒不是很明白，但還是點頭附和道：「大少奶奶您說得是呢！」

韓香怡笑著揉了揉她的腦袋，目光看向鋪子外面的街道。

那個少女或許不僅僅是官女那麼簡單吧！可能……

她不敢再想，因為她不想接觸這些東西，只希望是自己想錯了，不是那種「可能」才好。

夕陽西下，韓香怡主僕兩人關了鋪子，一起回到住處。

回到屋內，韓香怡取出紙筆，開始寫了起來。她寫信給藍老闆，內容是希望他可以再送來茶葉，因為這裡已經用得差不多，沒剩下什麼了。

寫完信後，她便叫來香兒，讓她找人送出去。

做完該做的事，韓香怡伸了個懶腰，有些疲憊地走到床前，脫掉鞋子，本打算閉上眼睛休息一會兒，等修明澤歸家，沒承想這一閉眼就進入深沈的夢鄉。

當她醒來的時候，天色已經大亮，身旁躺著她的夫君。

韓香怡揉了揉眼睛，沒想到這一覺睡得這麼久，卻很是香甜，她都沒作夢，一覺到天亮。

坐起身子，韓香怡從床上下來，伸了伸胳膊，舒展了一下自己的身體，正準備穿衣服時，一隻手突然拉住她的衣襬，一個不小心她就倒在修明澤的身上。

「讓我抱一會兒，昨晚妳睡得太香，沒敢吵醒妳，現在妳醒了，我可要好好抱抱妳。」修明澤一邊說著，一邊將韓香怡抱在懷裡，還伸手在她身上遊走。

韓香怡頓時俏臉泛紅，身體也微微發熱，但還是強忍異樣，輕聲道：「夫君，你別這樣，現在天都亮了，起來吧，我給你做早飯吧！」

「做早飯？妳做嗎？那好吧，暫且饒了妳。」修明澤鬆開了手，笑嘻嘻地睜開雙眼，在韓香怡的額前輕輕吻了一下，然後才道：「我喜歡喝粥。」

「好的，給你煮粥。」韓香怡笑著也在他的臉上吻了一下。

當她正準備走出去時，突然門被敲響，然後便聽到香兒在門外大聲喊道：「大少奶奶，不好了，出事了！」

「出事了？」修明澤從床上坐了起來。

韓香怡急忙開門，就見香兒一臉焦急地道：「大少奶奶，不好了，夫人……夫人出事了。」

「娘?!」韓香怡臉色一變，急忙看向修明澤。

修明澤也是臉色難看地趕緊穿好衣服，與韓香怡一起朝著周氏的住處趕去。

一路走，香兒一邊說著，兩人才清楚事情的始末。原來就在剛剛，周氏的丫鬟來到這裡，正好遇到出門的香兒，要香兒將此事告訴韓香怡兩人，她則趕忙去找大夫；至於周氏目前狀況怎麼樣，只能等大夫來才能知曉。

修明澤與韓香怡急著趕到周氏的住處，推開門往裡走，只見此刻周氏正躺在床上，臉色慘白，似是昏了過去。

修明澤急忙走到床前，看著周氏焦急道：「娘，您能聽到我說話嗎？娘！」

「夫君，娘現在許是已經昏過去了，你先別慌，等大夫來了就知道了。」韓香怡也很著急，可她清楚，自己再怎麼著急也是無濟於事，終究還是要等到大夫來了才能知道情況。

修明澤點點頭，示意自己沒事了。他深吸了幾口氣，然後搬了把椅子坐在周氏的床前，握著她的手，輕聲道：「娘，您不會有事的，您一定不會有事的，大夫很快就來了，到時您就沒事了。娘！」

韓香怡在一旁輕輕地拍了拍修明澤的肩，知道他一定很緊張，這個時候她就不能表現得比他還要緊張，起碼要有一個人保持冷靜才可以。

很快，丫鬟帶著大夫來了，大夫也不多問，直接開始把脈，可是很快地眉頭便緊皺起來，臉上也滿是古怪的表情。

「大夫，我娘她如何？還好嗎？她沒事吧？」修明澤見大夫的臉色不好，急忙詢問道。

大夫收回手，眉頭卻還是皺著，片刻，他才開口道：「修大少爺，夫人不是生病，而是……中毒了。」

「中毒？」

大夫點點頭，面色嚴肅地道：「是中毒，而且似乎是很久以前就有的毒，這麼多年一直都沒消散，還存在體內，只是之前一直沒有發作，現在發作了，毒性比之前更為猛烈。」

修明澤臉色猛地一沈，然後看向周氏的丫鬟，冷聲道：「我娘最近這段時間可有什麼異常？」

那丫鬟見狀，急忙道：「回大少爺，夫人這段時間一直都很好，除了偶爾吃不下飯，其餘都很正常。」

「正常？正常的人會躺在床上昏迷不醒嗎？」修明澤低喝了一聲，嚇得那丫鬟險些跪倒在地。

韓香怡急忙走過去，讓那丫鬟先出去，然後又示意大夫跟她過去。

「大夫，我娘的毒能解嗎？」

大夫搖了搖頭，無奈道：「夫人的毒……怕是解不了了。」

韓香怡身子晃了晃，臉色也變得蒼白了些。「大夫，您說解不了，是說我娘她……」

「哎，夫人怕是活不過今晚了，您再另請高明吧！」

大夫再次嘆息一聲，然後揹著箱子準備離開，卻被修明澤一把拉住，大夫回頭看去，頓時嚇得渾身一哆嗦，只見修明澤臉色陰沈得可怕。

「你要做什麼？」沙啞的聲音自修明澤口中傳出，此時他雙眼陰狠，與他俊美的外表形成強烈反差，顯得更為恐怖。

「我……我要走啊！」大夫顫抖著說道。

「走？我娘的病都沒治好，你敢走？」修明澤一把扯住大夫的衣服，低聲喝道。

「夫人她……她中的毒治不好了，我……我也沒辦法。」那大夫嚇得都快尿褲子，大聲喊道。

「放屁！你是大夫，你的職責就是治病救人，你現在說救不了我娘，我殺了你。」修明澤說著抬起手便要揮往大夫的腦袋。

「夫君不要。」韓香怡一把抱住修明澤，轉頭對大夫大聲喊道：「還不快走。」

那大夫趁著修明澤鬆手的時候，不管其他，藥箱也不要了，連爬帶滾地離開。

修明澤仍保持著那個姿勢，雙眼通紅。韓香怡清楚，那不是氣得紅了眼，而是心痛得濕了眼。

「夫君。」韓香怡緊緊地抱著修明澤。「你冷靜點。」

「我怎麼冷靜？我要怎麼冷靜？」修明澤無措地像個孩子，看著門外，表情時而迷茫，時而痛苦。

這一刻的他，竟是如此脆弱。

當他決定變成傻子的那一刻起，他便發誓，為了娘親，他可以放下一切，可以被人踩在腳下，只為娘親可以活命，不被那些人迫害。

修明澤對他娘親有著深深的愧疚感，他認為若不是因為自己，娘親也不會被人下毒，所以他最恨的不是孫氏，而是自己。這些年他一直扮成傻子，一方面不想讓娘親繼續受害，另一方面也是想讓自己承受這份罪孽。

如果可以，他多希望被害的是自己，即便他真的變成傻子那又如何？可現在，一切都晚了，娘親還是走上他最不想看到的那一步。

身子顫抖著，修明澤來到床邊，看著還在昏睡中的周氏，他的眼角已經有了淚痕。

「夫君……」韓香怡走上前去，想要安慰他，可是當她的手搭在他肩上的時候，卻突然發現自己不知該說些什麼，也不知該如何安慰他。

想到當初她知道娘親死後的悲痛，她很能理解失去親人的痛苦，那種痛只能以痛徹心腑來形容，所以她不知道自己可以用什麼樣的話語讓他減少痛苦，她唯一能做的，只是靜靜地站在他的身邊，陪著他而已。

第三十章

就這樣，兩個人一個站著，一個跪著，畫面彷彿靜止了一般。

就在這時，門被推開了，修雲天快步走了進來，來到床前，看著那似乎已經奄奄一息的人，皺了皺眉頭，然後道：「剛剛已經問過大夫了，說活不過今晚。」

修明澤似是沒有聽到一般，只是握著周氏的手，沈默著。

修雲天見狀，眉頭更皺。「好了，既然已成事實，就不要太感傷，好好陪你娘就是，不要忘了，你是修家的兒子，你還有很多事情要做，所以你……」

砰！

修明澤一拳重重砸在床板之上，臉色難看地道：「夠了！」

「你……」

修明澤猛地站起身子，直視著修雲天，一字一句道：「我娘不會死的，你若不關心，請離開這裡。」

「混帳，這是你和你爹說話的語氣嗎？」修雲天臉色鐵青地喝道。

他對周氏的生死不關心，但他關心自己的兒子，這又怎麼了？

「我要怎麼說？你覺得我該怎麼說？我娘如今變成這樣，你有不可推卸的責任。當年發生那些事情你別說你不清楚，可你卻不管，你覺得我該怎麼說？莫非我還要謝謝你，謝謝你讓我娘有今天的樣子不成？」

修雲天臉色有了變化，他自然清楚修明澤說的是什麼事情，當年修明澤還沒變傻的時候，孫氏對周氏做的那些事情他怎麼會不知？只不過他是睜一隻眼、閉一隻眼罷了，孫氏的身分地位遠遠不是周氏可以比的，所以他自然不會為了周氏而對孫氏做些什麼。

但他的確很器重修明澤，因為自己這個大兒子從小表現出超越一般同齡孩子的天賦，讓他很看重也很欣慰；他雖然不想管周氏，卻因為修明澤的關係，曾提醒過孫氏要有分寸。

之後，修明澤傻了，周氏的氣色也一天不如一天，修雲天對他們母子倆除了失望，更多的就是無奈，隨後便放任不管。

「覺得我語氣不好？也是啊，你是修家的家主，在你眼裡，誰都是低人一等的，誰對你說話都要卑躬屈膝。」

「放肆！我來這裡是來看看你娘她好不好，難道你覺得我不該來嗎？」修雲天也是冷下臉。

修明澤笑了，笑得讓人覺得很冷。「看看，的確是看看而已，你不覺得自己很可笑嗎？這些年來，你對我娘的關心有多少？你或許從未愛過我娘，我娘也從未走進您的心裡吧！可憐我娘心裡一直有你，我真為我娘感到不值。」

「臭小子，你還敢教訓你老子？找打。」修雲天被氣得已經翻白眼了。

這臭小子還真的是無法無天了，敢這麼教訓他，真是不打不知道天高地厚。

「教訓？我還真不敢，你都可以讓孫氏這麼對我娘，我真怕哪天我也被她毒死了，或許這樣您就真的覺得舒服了吧！」

啪！

修雲天的手終是重重摑在修明澤的臉上。

韓香怡看得心裡一痛，想要開口，卻清楚這個時候自己不可以說話，因為他們之間所經歷的事情，她無權置喙，一個不好便動輒得咎。

修明澤走到床邊，看著昏睡中的周氏，低聲道：「在你的眼裡，什麼才是重要的？或許不是我，更不會是我娘。」

「胡說！你是我的兒子，我不在乎你我在乎誰？」修雲天喝道。

修明澤卻是冷冷一笑，抬頭看著修雲天，聲音冷淡地道：「若把我的一切都放在修明海的身上，那您在乎的又會是誰呢？我想不會是我。」

「我……」修雲天一時啞口無言了。

修明澤說得沒錯，他的確是看中修明澤的天賦才重視他，因為他需要有人繼承家業，而這個人絕對不能是庸碌之輩。無論天賦才能，修明海都擺不上檯面，唯有修明澤才夠格，所以當修明澤戳穿了他的想法時，他便語塞了。

見修雲天沒有開口，修明澤自嘲一笑，道：「所以你來不來都不重要，因為這裡並不需要你。」

「放肆，你怎麼和你爹這樣說話呢！這是你該說的話嗎？老爺好心來看你娘，你這是什麼態度？混帳東西！」一道聲音自外面傳來。

孫氏走了進來，跟在她身邊的還有修明海。

看著修明海眼中的幸災樂禍，修明澤眼中則是起了殺意。

「這裡不歡迎你們，請你們離開。」韓香怡一步上前，冷冷看著孫氏與修明海，冷聲道。

孫氏則是臉色一沈，便要抬手去搧韓香怡的巴掌，可手剛一伸出，修明澤冰冷的聲音便傳了過來。

「妳敢碰她一根汗毛，我就斷妳兒子一根手指，妳看我能否做到。」

「你……」孫氏伸出去的手僵了僵，卻還是收了回去。

她清楚，這個混蛋小子說得出做得到，當初對修明海又打又罵的樣子她可還是記憶猶新。

「我娘子說的就是我想說的，這裡不歡迎你們，滾吧！」修明澤拉著韓香怡到自己身後，冷冷地看著孫氏母子，聲音沒有一絲波瀾。

對於他們，修明澤恨不得立刻殺了他們，可他不能這麼做，只能隱忍下來。

他忍下了，可孫氏卻忍不了。

孫氏伸出手指著修明澤，尖叫道：「混帳，實在是太混帳了！你說什麼？叫我滾？老爺，您聽聽這是什麼話，我來這裡難道是閒得太無聊？我還不是為了看看我這個可憐的妹妹嗎，我做錯什麼啦？老爺，您給我評評理啊！」

修雲天眉頭皺起，孫氏這話說得實在……

沒等修雲天開口，修明澤開口了，只聽他呵呵冷笑地道：「看看可憐的妹妹？妳還真說得出口。當年那些事情發生了以後，妳還可以這麼理所當然站在這裡，真是讓我佩服。」

「住口，你怎麼可以這麼說我娘。」修明海看了一眼臉色難看的修雲天，急忙大聲呵斥著。

他以為自己老爹是為了修明澤的話生氣，所以想要表現一下，可是話剛一說完，修明澤已經出現在他面前，在所有人都沒反應過來時，一巴掌搧在他臉上，接著又是一個巴掌，緊接著一連四、五個，都搧在同一側，頓時，他左側的臉已經完全腫得像含了滷蛋一樣。

「啊！混蛋，你在做什麼！兒子，兒子！」孫氏驚醒過來的時候，修明澤已經打完退開，她才尖叫著拉住修明海。

此時，修明海已經完全被打傻了，整個人呆呆地站在那裡，不知道該如何反應，直到孫氏搖晃了他幾下，他才啊的一聲大叫，捂著自己的臉，對著修明澤大聲吼道：「混蛋，我殺了你！」

「來，看咱們誰先殺了誰。」修明澤眯起雙眼，一隻手已經摸向自己的腰間。

只要他敢動，他就敢出劍。

「夠了！」修雲天臉色陰沈得好像可以滴下墨水一般，他先狠狠地瞪了一眼修明海，然後才看向修明澤，冷聲道：「你給我適可而止吧！你娘還在昏迷，你在這裡做什麼？不想讓她在最後的時間裡好好地安息嗎？」

「不用你說，我知道該怎麼做，你也走吧！帶著你的妻兒，離開我娘的院子，這裡不歡迎你們。」修明澤看著修雲天，聲音冷淡，沒有一絲感情。

「你……你實在是太混帳了。你怎麼可以說出這種話來，我們好心好意來看你娘，你這是什麼態度，你以為我願意來嗎？」孫氏不是個省油的燈，見自己兒子被打得這麼慘，她可不會就這麼放過修明澤。

趁著老爺還在，她要好好教訓教訓他，她不信，他敢當著老爺的面對自己動手，所以她有恃無恐。

修明澤看著孫氏，覺得有些人真的是厚顏無恥，他雖然對這些人很厭惡，卻又不能做什麼，這讓他覺得很難受。

可就在他打算不再理會這些時，一直站在他身後的韓香怡卻緩步走了出來，她先是向修雲天行了一禮，然後又朝著周氏行禮，這才看向孫氏，她沒有行禮，只是冷眼看著。

「臭丫頭，妳看什麼呢？」孫氏被她盯得很不舒服，罵道。

「原本我只是覺得您很不好相處，可現在看來，您是真的讓人覺得厭惡，打從心底裡的厭惡。我夫君他不想說，可我想說，您可以收起您這副嘴臉了，在這裡的人都不是傻子，有些事情大家都心知肚明，何必在這裡裝得很好的樣子？您在裝給誰看？我們嗎？還是爹爹？抱歉，我想這裡沒人想看您這樣。」

「妳……」

「爹爹，夫君他也是因為娘的事情太過難過，所以您別往心裡去，其實他還是很尊敬您的，畢竟您是他的爹爹。娘為何會有今天，大家都清楚，我也是在不久前才知道我娘去世了，我很傷心、很難過，夫君這種感覺我能體會，所以您若真的心疼、真的在乎您的兒子，就請您離開吧！」

「妳……妳這個臭丫頭，我教訓他哪裡輪得到妳說話了？而且妳還敢教訓我？我看妳真是沒大沒小。」孫氏氣的臉色都綠了。

韓香怡毫不畏懼地看著她，冷冷說道：「我的夫君我在乎，對我夫君不好的人，無論是誰，我都不能容忍。」

韓香怡不覺得自己是個懦弱的人，她可以為了自己喜歡的人做一切事情，即便那是錯的，她不在乎，在她眼裡，如今再也沒有比修明澤更重要的人，修明澤現在就是她的親人、她的愛人，她絕不允許別人傷害他。

修明澤看著韓香怡，目光中有著溫柔流轉。

在這裡，他找不到可以完全讓他放心依靠的人，唯有她，自己的這個傻女人。

「我娘為何會變成這樣，我想妳最清楚，要不是因為妳，我娘會變成這樣嗎？而妳還敢來這裡，帶著妳的兒子滾吧！我懶得再與你們多費口舌。」

之前他顧慮娘親在修家的處境，即使蒐集到大房的惡行證據，也還在琢磨著是否要鬧上檯面；此時此刻，他已經想清楚了，他決定把她這些年暗中做的那些勾當都說出來，對付這種人就要一次讓她無翻身餘地。

這種人，不值得再給她機會。

「你們……好，好。」孫氏見修雲天也不幫著自己說話，只能指著韓香怡與修明澤，憤憤地說了兩個「好」字後，拉著雙眼冒著憤怒之火的修明海離開。

待得他們走了，修明澤再次看向站在那裡一動不動的修雲天，冷淡道：「您也回去吧！這裡有我和我娘子便夠了。」

修雲天深深地看了修明澤一眼，然後轉身離開了，走出房門前，他開口道：「我沒有做過對不起她的事情，起碼我給了她現在的一切；而且……我是真的在乎你這個兒子，即便你沒有如今的天賦。」

說完，修雲天走了，留下屋子裡安靜的兩人。

韓香怡看著修明澤，他面無表情，可他的肩在輕輕地顫動。她走到他的對面，伸出雙手撫摸著他的臉頰，看著那俊美的面龐上的淺淺憂傷。

「我的夫君，我的傻夫君，不要難過，不要傷心，有我在，雖然我不足以讓你依靠，但請你不要一個人去承擔一切；我是你的娘子，我想分擔你的所有，不管是開心還是痛苦，無論是歡笑還是心痛，請你分給我一些，哪怕只是一些，不要讓我覺得自己離你好遠，好嗎？」

修明澤看著她，伸手握住她的手，在自己的臉上輕輕地蹭著，然後點頭道：「我會的，我不會一個人扛，我會與妳分擔我的悲與喜，只要妳不嫌棄我。」

兩人沈默著，感受著這個氣氛，時間一分一秒過去，當他們漸漸平靜下來時，一道輕咳之聲傳出，兩人同時驚醒，轉身朝床上看去，只見一直昏睡的周氏正幽幽轉醒。

修明澤一步走到床前，跪倒在地，緊握著周氏的手，小心翼翼地說道：「娘，您感覺怎麼樣？還好嗎？能聽到我說話嗎？」

周氏雙眼漸漸恢復焦距，然後落在修明澤的臉上，蒼白的臉上露出一抹慈愛的笑容。

「明澤啊！你怎麼來了？事情都忙完了嗎？我沒事，我就是累了，睡了一會兒。」說著，她又看到同樣跪在一旁的韓香怡，責備道：「瞧瞧你這個臭小子，把香怡都帶來了，她還要去鋪子裡呢！我都說了我沒事，你真是的……香怡啊，娘沒事，妳去忙妳的吧！」

韓香怡咬著牙，抿著唇，不讓自己的淚流下，她輕顫著聲音道：「娘，您就別擔心我了，我沒事，我的鋪子還有香兒她們看著呢，我就在這裡陪著您，等您好了，我還要帶您出去呢！」

周氏笑著搖了搖頭，道：「出去？嗯，那還真好，我這麼長時間都待在這個小屋子裡，許久不曾到外面去看看了，外面的天空是不是很藍？還是我的好香怡，想著我，等我好了，咱倆一起去。」

韓香怡點頭，她不敢再說，怕自己一開口，就會泣不成聲。

修明澤伸手將周氏臉上的髮絲挽到耳後，突然道：「娘，要不我現在就帶您出去吧！咱們去看看外面的天，很藍很藍，您一定會喜歡的。」

「現在？也好，我現在躺在這裡也是渾身不舒服，倒不如出去看看，或許能好一些。」周氏笑著，被修明澤扶著坐了起來。

「娘，兒子揹您吧！」

修明澤蹲下身子，周氏見狀，想要拒絕，卻被韓香怡一把扶著，將她拉到了修明澤的背上。

「這是您兒子，您就讓他揹吧！難得有機會，您還不好好地享受這待遇？」

周氏一聽，頓時笑了起來，點點頭，道：「是啊！我還從來沒讓我兒子揹過我呢！好吧，那你就揹我吧！」說著，趴在修明澤的背上。

修明澤揹起周氏，與韓香怡一起朝外走去。一路上，不少下人看到這一幕都愣住了。

二夫人都快要死了，他們這是要做什麼？

「娘，您看，外面的天藍嗎？」走出修家，韓香怡握著周氏的手，輕聲問道。

周氏看著天空，呼吸著空氣，笑容也燦爛了一些。「嗯，很藍，很美。哎，以前的我總是太懶，都沒想到要出來走走，整日悶在家裡，也是怪我自己，趁著這次出來瞧瞧，真好。」

「娘，咱們再走遠一些，那裡有草地，有山坡，看天更美。」

修明澤不等周氏回答，朝著一個方向快步走去。韓香怡也急忙跟上，很快，一處很美的地方便出現在眼前。

秋季，正是萬物枯黃的時候，可這裡卻依舊是一片翠綠，滿滿的欣欣向榮之色。

揹著周氏走到山坡上，修明澤脫掉自己的外衣，鋪在周氏的身下，讓她可以好好地坐在那裡。

將周氏放下，讓她靠著自己，修明澤與韓香怡一左一右地將周氏護在中央，周氏靠著修明澤的肩，看著天空，看著白雲，看著一切美好的事物，她突然變得沈默了。

「娘，您怎麼了？」修明澤小心翼翼地問道，生怕他的問題得不到回答。

「明澤，其實娘都已經知道了……」周氏突然低聲說著，然後又笑著搖頭，道：「其實娘早曉得自己這病好不了，死是早晚的事，只是不知道是何時；娘放心不下你，所以就求你爹給你找門親事，希望可以有人來照顧你，因為娘怕自己哪天……」

「娘，沒有那一天，沒有的。您放心，兒子一定會治好您。」修明澤微微垂著頭，有些激動地說。

周氏淺淺一笑，緩慢地伸出手，摸了摸修明澤的腦袋，道：「你個傻小子，不要這麼做，娘的身體娘自己清楚。娘不怕死，娘只是捨不得，娘只是後悔自己沒能來得及看到你和香怡的孩子，娘就想著可以在臨死前抱抱我的好孫兒，讓我可以瞑目了。只是……」說到這裡，周氏臉色又白了幾分，身子輕輕顫抖。

修明澤急忙握住周氏的肩，道：「娘，您不要再說話了。」

「不，我要說，我都快要死了，若還不說出來，那我以後就沒有機會說了。」

說著，周氏拉住韓香怡的手，將她的手交到修明澤的手中，柔聲道：「香怡啊，謝謝妳，謝謝妳肯嫁給我這個傻兒子。前段日子真是委屈妳了，讓妳也跟著遭受這麼多不好的事情，娘現在跟妳賠不是。」

「娘，您怎麼能這麼說呢，是香怡要感謝您啊！要不是因為您，我也不可能找到夫君這麼好的男人。」

周氏呵呵一笑，得意地道：「這話說得沒錯，我兒子很厲害，誰也沒有我兒子強。」

韓香怡眼角濕潤了，點點頭，表示贊同。

「妳們啊，當著我的面誇我，這樣真的好嗎？」修明澤湊過來，無奈地笑道。

「好。」

周氏與韓香怡幾乎同時說道，隨即兩人都露出了笑容。

突然，周氏身子一抖，有些顫抖地說：「怎麼突然冷了呢？我覺得好冷。」

冷？

修明澤急忙一把抱住周氏，韓香怡也湊上去抱住她，兩人將周氏護在中間，讓她不再感到冷。

周氏輕笑著。「好了，暖和了，真的暖和了，我有你們這樣的兒子、兒媳，真的是上輩子修來的福分。孩子們，你們要好好的，即便以後我不在了，你們也要好好過日子。」

「娘，您放心吧，我們會的。」韓香怡偷偷擦掉一滴淚，點頭應下。

「嗯，很好。我有些睏了，想睡覺。」周氏聲音漸漸低下，臉色也越來越白。

「不能睡，娘，您不能睡啊！您還沒有看到最美的星星呢，您不要睡。」

修明澤拚命呼喊，可周氏卻越來越睏，臉色越來越白。

「娘！您不能睡，您不能睡啊！」

修明澤急切地喊著周氏，她卻彷彿聽不到一般，只是小聲地說道：「兒啊，你要好好的，一定要好好的；香怡也交給你了，好好待她，早日生個娃娃，娘……」

聲音越來越小，最終，周氏的腦袋耷拉下來，一切都變得安靜下來，只有秋風吹著草地，傳來沙沙的聲音。

「娘！」

下一秒，一道悲戚的喊聲自修明澤的口中傳出，迴盪在山坡之上，隨著秋風，飄向遠方，漸漸消散。

在周氏嚥氣之後，過往的一幕浮現在修明澤的腦海——

男孩小小的身軀被女子抱在懷裡，天真地問道：「娘，爹爹他怎麼不來？」

「你爹啊，他是個厲害的人，他有很多事情要忙，沒時間來，不過你爹爹還是想咱們的。」

女子笑著，看著孩子的眼睛裡有他不清楚的感情。

多年後他懂了，那是悲傷。

周氏，他的娘親是一個不幸的女人，她可以有屬於自己的生活，她可以嫁給自己喜歡的男人，可是為了所謂的家族，為了所謂的生意，她嫁給修雲天，從那天起，她的臉上少了笑容，她的身影很少再出現在街道上，而這些都是因為這個所謂的家。

那一年，懷了他，周氏的生活變得豐富，隨著孩子一天天長大，她的笑容也漸漸多了起來。

那一年，她的兒子傻了，她也傻了，夜夜哭泣，夜夜悲傷，她是個苦命的女人，活了大半輩子，卻落得這個下場。

現在，她安詳地躺在自己的懷裡，如熟睡的嬰兒一般，可她這一睡，卻再也不會醒來。

淚水從修明澤眼睛裡流下，他緊緊地抱著周氏，身子顫抖得厲害；韓香怡也在一旁捂著臉，哭得難過。

子欲養而親不待，本就是最悲哀的事情，尤其是親眼看著自己的親人離開人世，那種痛就好像千百根針扎在心上，讓人痛得難以呼吸。

修明澤不是一個愛哭的人，韓香怡也不是，可這一刻，他們都泣不成聲。當親人永遠離開人世時，所有的話都沒有用，所有的笑容都沒了，所有的淚水也只能在空氣中宣洩。

韓香怡與周氏本沒有多深的感情，可隨著這段時間的相處，她漸漸喜歡上這個長輩、這個親人，她帶給自己的是如娘親一般的溫暖。

可是這一刻，她的溫暖沒有了，她的心也隨著她的逝世，感到很痛，淚水怎麼也攔不住，不聽話地流著。

看著同樣痛哭的修明澤，韓香怡心疼這個她深愛的男人。他本就不幸，生在這樣的家庭裡，他本就沒得選擇。

老天，祢為何這般絕情？

看著周氏如熟睡一般的臉，韓香怡不由暗暗發下誓言：娘，您一路好走，您的兒子，我會好好照顧的，即使拚上我的所有，哪怕是我的命。

周氏出殯了，算不得大葬，但也不會讓人覺得寒酸。

修明澤一整天都在忙，他不想讓家裡人做這些，正是因為他不喜歡，娘的死與孫氏、他的爹有關，他心裡有道坎過不去。

喪事辦完之後，修明澤獨自一人坐在周氏的墓碑前，一個晚上都沒有離開。

韓香怡則坐在不遠處的馬車裡，她沒有去打擾修明澤，因為她清楚，自己夫君現在需要一個人靜靜，自己所能做的就是默默地陪著他。

隔日清晨，韓香怡從睡夢中醒來，坐起身子，撩開馬車簾子朝窗外看去，卻是一怔——因為墓碑前早已沒了修明澤的身影。

她急忙從馬車上下來，四下張望，仍沒看到他的身影。

正當韓香怡著急不已的時候，一道柔和的聲音突然在身後響起。「妳在看什麼？」

韓香怡猛地轉身看去，卻見修明澤此時正淺笑著看著自己。

韓香怡雙眼泛紅，一把將他抱住，在修明澤錯愕的目光中，顫聲道：「我還以為你出事了，我好害怕，真的嚇死我了。」

「我出事？」修明澤無奈搖頭，道：「怎麼？妳以為我會想不開？妳夫君我何時變得如此脆弱了？我可以理解為這是妳對我沒有信心嗎？」

韓香怡抬起頭，梨花帶雨地看著修明澤，搖頭道：「不是的夫君，我不是對你沒信心，我是對我自己沒信心，我怕我留不住你。」

修明澤聽到這話，先是一怔，隨即露出柔和的目光，伸手摸了摸她的腦袋，輕聲道：「傻丫頭，妳留得住我，我之所以還在這裡，都是因為妳啊！我的傻娘子。」

韓香怡聽到這裡，心裡也是暖暖的。她鬆開他，道：「你這麼說我就放心了，剛剛真的是嚇死我了，我還以為你不要我了呢！」

「怎麼會，我是瞧妳睡得正香，就沒打擾妳。瞧，我還給妳買來包子呢，不過有些涼了。」

「我餓了，涼了我也要吃。」韓香怡一臉幸福地搶過包子，開心地吃著。

對她來說，這就是最幸福的事情，雖小，卻暖心。

稍晚，兩人駕著馬車回到修家。

修家依舊是修家，並沒有因為周氏去世而有任何變化，依舊是紅磚綠瓦，回到自己的院子，這裡的圍欄被白布蓋住，房檐下也是用白布圍成一圈。

看著這些，修明澤不由停下腳步，轉頭看向韓香怡。

韓香怡摟著修明澤的手臂，輕聲道：「修家人不在乎，我不能不在乎，這些都是我和香兒她們一起做的。娘死了，我們不能當作什麼事情都沒發生過，起碼我們心裡還有娘。」

「謝謝娘子。」修明澤有些激動地一把抱住韓香怡，在她的額頭重重吻了一下，然後才鬆開她，柔聲道：「娘子，妳說妳對我這麼好，我該如何報答妳呢？」

「咱們的關係還需要說這些嗎？」韓香怡白了他一眼。

「不，我應該報答妳，就用我的餘生為妳遮風擋雨，若有來世，我還要再與妳做夫妻。」修明澤目光灼熱地看著她，嚴肅且鄭重給予承諾。

韓香怡一聽，伸手回抱他。

兩人在這平靜的小院中相擁許久，一切盡在不言中。

日子一天天過去，轉眼間，距離周氏去世也已經過去了一段時間。

這段時間修明澤處理了很多事情，一方面要將孫氏那些陳年罪證更為準確地找出來，另一方面，他也要將不確定的因素考慮在內，他一出擊就要讓對方毫無喘息空間。

轉眼時序入冬，今年的冬天晚了一些才到來。

這一日，天空突然飄起雪花，雪花如柳絮一般在空中飛舞盤旋，將一切都蒙上一層淺淺的白色，顯得有些特別，又有些不可思議。

瑞雪兆豐年，瞧這樣子雪似乎還會連續下個幾天，這是一個好兆頭，象徵明年一定會有好豐收。

站在窗前，看著外面雪花飄落，韓香怡呼出去的氣都變得清晰可見。這時，韓香怡的肩上多了一件斗篷，那一絲絲的涼意馬上被這溫暖的斗篷驅散。

「夫君。」韓香怡轉頭看著修明澤，淺淺一笑。

「天涼了，小心著涼，關上吧！」

「嗯！」韓香怡乖巧地關上窗子，隨著修明澤回到裡屋。

待坐下後，修明澤問道：「天涼了，妳鋪子的生意還好嗎？」

韓香怡笑著點點頭，道：「嗯，還不錯，現在因為林城的鋪子，很多人都知道帝都還有一家鋪子，甚至還有人來這裡買香粉呢！其實這都是美娟姐做得好，是她說了我這裡的情況，還宣揚我這裡香粉如何如何地好。」

「所以妳打算再開一家？」

修明澤其實早就看出來了，韓香怡這段日子在鋪子裡忙得很，要不是自己硬拉著她回來休息，怕是她現在都還在那裡忙活呢！

韓香怡吐了吐舌頭，笑嘻嘻地道：「不愧是我夫君，這都讓你猜到了。是的，我打算再開一家鋪子，不過還沒想好什麼時候開，只是有這麼一個念頭而已……夫君，你幫我拿主意，你覺得我要不要開？」

修明澤沒有馬上回答，而是仔細想了想，片刻，他開口道：「我且問妳，現在這個鋪子的生意如何？」

「比我預想得要好。」韓香怡想了想，道。

「嗯，既然這樣，我再問妳，妳覺得自己還有其他的精力再開一家嗎？要知道，開可以，鋪子的地點我可以替妳找，可是妳現在的鋪子四個人忙活還綽綽有餘，再有一間就不一定了，到時候妳要把四個人分成一處忙活，或是再添一些人手，妳覺得自己這樣做可以嗎？」

韓香怡最初只是有這麼一個念頭而已，現在被修明澤這麼一說，倒也冷靜許多，不再一頭熱。

「夫君，你說的這些我也清楚，我現在僅是有這麼一個想法而已，你放心吧，若我決定要再開一間鋪子，我會再招人手的，畢竟人手不夠，開了也只會越來越糟。」

「嗯，妳能這麼想我就放心了，還有，妳的茶葉香粉怎麼樣了？做出來了嗎？」

這些天她一直都在鋪子裡忙活茶葉香粉的事情，她之前連續從藍老闆那裡要了兩次茶葉，第一次是一車子，第二次則是一大筐，原本韓香怡還想再多要一點，可藍老闆直接回信說，真的不能再給了，再給他就只能把好的茶葉送給她了。

韓香怡一想也是，有這些也夠了，想必那藍老闆已經開始後悔了吧！

「先不告訴你，過段日子你就知道了。」韓香怡嘻嘻一笑，一臉神秘地說。

「喲？跟我還賣起關子了？好吧，那我就不問了，等妳告訴我吧！」修明澤笑了笑，也不在意，看了看時間，道：「時間也不早了，我去給妳弄些吃的吧！」

「好啊！」韓香怡笑著點頭應下。

片刻後，修明澤端著飯菜走進屋，飯菜一端上桌，香味便撲鼻而來。

沒想到，韓香怡一聞到那味道臉色一變，一把捂住嘴巴，跑了出去。

修明澤愣在那裡一會兒，也快速追了出去，見外面下著雪，韓香怡跑到一處牆角吐了起來。

「娘子，妳怎麼了？還好嗎？」修明澤立刻不安了起來，急忙扶著她問道。

韓香怡擦了擦嘴角，臉色有些不好地搖了搖頭，道：「我沒事，就是聞到那個味道感覺想吐，現在好多了。」

修明澤不解地搖了搖頭，道：「味道？妳是說菜的味道？那不是妳愛吃的肉嗎？很香的啊，怎麼會想吐？」

韓香怡也是不解地搖頭，道：「我也不清楚，剛剛就是覺得那味道讓我很難受，很想吐，即使那是香的，為什麼我聞著就這麼不舒服呢？」

「娘子，妳不會生病了吧？我給妳找個大夫瞧瞧吧！」

修明澤一臉擔心地看著韓香怡，生怕她出事，任誰看到一個人聞到肉香會吐，都要覺得不可思議吧！

韓香怡忙擺手，道：「看什麼大夫啊，只是有些不舒服而已，不要緊的。中午你自己吃吧，我想去床上睡一下。」

「好吧，那妳去休息吧！」

修明澤覺得或許是自己大驚小怪了，所以也沒有堅持，扶著韓香怡來到床前，讓她躺好休息之後，自己則是簡單吃了一些飯菜，便端著飯菜出去了。

躺在床上，韓香怡很快被睏意侵襲，沒多久就進入夢鄉。

修明澤回來的時候瞧見韓香怡呼吸均勻，知道她睡著了，也沒有打擾她，而是坐在椅子上看起書。

是夜，天空中的雪花還是沒有停下，仍舊不疾不徐地下著。

看這勢頭似乎會下到後天，不過這樣也好，可以讓娘子好好地在家裡休息。

想到她這段時間一直忙碌著，他很是心疼，一個人總是這樣忙碌對身心也不好，人活著應該要懂得適時休息放鬆；再說，以修家的家產，她即使不經營香粉生意，也能夠吃好喝好，實在不需要那麼拚命。

韓香怡睜開眼睛的時候，看到搖曳的燭光，知道已經晚上了。她從床上坐起，肚子也在這時咕嚕咕嚕地叫了起來。

也難怪，早上吃得少，晌午沒吃，到了晚上這麼長的時間不餓才怪呢！

「夫君，我餓了。」韓香怡扭頭看著坐在椅子上看書的修明澤，嬌聲道。

「餓了？等著，我去給妳弄吃的來。」修明澤說完，便放下書走了出去。

韓香怡沒想下床，僅是靠坐著發愣，不是想什麼事情，而是什麼也不想，就只是這麼看著前方，腦子裡一片空白。

沒多久，門打開了，修明澤端著飯菜走了進來，想了想，他從一旁取出一張小木桌，將飯菜放在桌子上，一起端到床上，讓韓香怡可以坐在床上吃東西。

沒承想，韓香怡一看到桌子上的東西，立刻又是臉色一變，捂著嘴巴要吐；這次修明澤有了經驗，急忙一彎腰，從地上拿出一個盆子，放到她面前。

這次韓香怡倒沒吐出什麼東西來，只是乾嘔著。

見狀，修明澤哪裡還敢把飯菜放在這裡，端到一旁後，他走到韓香怡床前坐下，伸手摸了摸她的額頭，發現她沒發燒，又看了看她的臉色，除了有些發白，似乎沒什麼問題。

「娘子，妳到底怎麼了？怎麼又想吐呢？難道真的是飯菜不合妳的胃口？那妳說，妳想吃什麼咱們去吃，有幾間酒樓的東西還是不錯的。」

韓香怡搖了搖頭，不舒服地道：「不用了夫君，我不想吃，實在是吃不下去，一聞到那味道我就覺得噁心想吐，卻又吐不出來；要不我再休息一會兒吧，或許明早起來就沒事了。」

這次修明澤堅決反對了，他搖頭道：「不行，白天的時候妳說妳沒事，叫我不要找大夫，我聽妳的話，可現在妳又這樣，我不能再聽妳的了。妳在這裡先躺著休息，我去替妳找大夫。」說著，修明澤便轉身向外走去。

「夫君，我真的沒事，我真的只是有些不舒服罷了，睡一覺就好了，況且外面還下著雪，不好走，你就不要去了。」

無視韓香怡在床上喊著，修明澤還是出了屋子，很快腳步聲也漸漸消失遠去。

韓香怡無奈地搖了搖頭，看了一眼不遠處地上的菜，又是覺得一陣噁心，急忙轉過頭去，不敢再看，同時也對自己的狀況感到不解與迷茫。

她這是怎麼了？怎麼看什麼吃的都覺得噁心呢？到底為何會這樣呢？

回想一下今天，她沒做什麼，也沒吃什麼，怎麼會突然地噁心了起來呢？

韓香怡百思不得其解，就在她實在想不明白的時候，門被推開了，修明澤走了進來，跟在他身後進來的是一名大夫。

「大夫，你快給我娘子瞧瞧，我娘子她是怎麼了？怎麼今兒個看見東西就想吐？」

大夫點點頭，走過去坐下來，伸手為韓香怡把脈。

片刻後，大夫放下韓香怡的手腕，站起身子，笑著道：「恭喜啊！夫人這是有喜了。」

「有喜？」修明澤聽到這兩個字後愣了愣，沒有反應過來喜從何來。

直到韓香怡喊了他一聲，他才聽出這兩個字的涵義，然後嘴角咧了起來，嘿嘿傻笑著道：「我要當爹了？呵呵，我要當爹了，哈哈哈，我要當爹了！」

一連說了三次「我要當爹」了，可見修明澤有多麼高興。

大夫也見過這種事情，早習慣了，於是笑著道喜，又說了一些注意事項後，揹著藥箱離開了，屋子裡剩下韓香怡和修明澤兩人。

兩人對視著，突然修明澤哈哈大笑了起來，快步走到韓香怡面前，以半蹲姿態抓著她的手，笑著道：「娘子，妳要當娘了。」

韓香怡捂嘴輕笑，道：「是啊，夫君，你也要當爹了。」

這個消息是一件讓人開心的事情，起碼她覺得自己往後的日子都會開始在意自己肚子裡的小東西了。

這不，修明澤已經開始擔心起韓香怡了。

「娘子，妳現在可是有孕在身，不能再像以前那樣忙了，妳要閒下來，妳要好好休息，妳要多睡覺，少做東西，妳要……」

「夫君。」韓香怡及時打斷修明澤的話。「夫君，其實你沒必要這樣，我只是剛剛有感覺而已，距離真正需要休息怎麼說也要等到幾個月以後，所以我現在還是可以……」

「可以什麼？莫非妳要繼續這樣忙碌？娘子，妳現在不是一個人了啊！要多為我們的孩子想想。」

修明澤其實也想藉著這個理由讓她好好休息，畢竟她這段時間實在是太忙了，這對她的身體不好，所以他才如此堅持。

韓香怡見狀，無奈地搖了搖頭，道：「夫君，你真的不必這麼擔心的，我沒事，我的身體我會說笑嗎？我有分寸的。」

「可是……」

「好了，夫君，我餓了，想喝粥。」韓香怡不想和他就這個話題繼續說下去。

修明澤見狀，只好點頭不再多說，轉身去為韓香怡煮粥了。

待修明澤出了門，韓香怡閉上雙眼，摸著自己平坦的小腹，心裡升起一絲暖暖的感覺。

小傢伙，你好嗎？

想著，她嘴角也跟著揚起一絲笑意。

第三十一章

韓香怡有喜了，這個消息很快就傳遍了整個修家，頓時，修家沸騰了。

隔日晚上，修雲天帶了很多補品來，並且還說若需要什麼就儘管吩咐下去，都會為她準備。

韓香怡摸著小腹，一時不適應此轉變。

她清楚得很，修雲天之所以對她這麼好，完全是因為她肚子裡面這個小傢伙的緣故，雖然孩子現在還很小，但這並不妨礙他成為修家的重點保護對象。

修雲天前腳剛走不久，修芸後腳就出現了。

「大嫂，現在我娘已經不在了，我能依靠的就只有妳。」修芸抱著韓香怡，輕輕地說著。

修芸也是個可憐的，這麼小便沒了娘，處理完周氏喪事之後，她還未從親人逝世的悲傷中平復，便要回去學堂上課，這次她回來也只是待兩天。所以，晚上的時候她便把修明澤趕走，姑嫂兩人睡在一起。

「放心吧，咱們是一家人，誰也不會離開誰的。」韓香怡摸著修芸的頭，輕聲說道。

修芸點頭睡下，進入了夢鄉。

對於她來說，大哥和大嫂是她目前最親近的人，所以她心裡選擇相信誰、選擇依靠誰，也都有不變的想法。

翌日一早，修芸回去上課了，修家院子卻迎來了韓家人。

「哥，你怎麼來了？不用跟著巡撫大人嗎？」

韓香怡早聽聞韓朝鋒如今已經跟著巡撫大人做事，想必會很忙碌，沒想到他會來探望自己。

「請了半天的假，聽說了妳的事情，便來看看妳。如何？有什麼不舒服的地方嗎？」韓朝鋒笑著將手裡剝好的水果遞給她。

接過水果後，韓香怡請韓朝鋒坐下，自己也跟著坐下。

「哥，謝謝你能來看我，沒想到這個消息都傳到韓家了。」韓香怡這段日子都未曾出過修家，所以對外面的事情一無所知。

韓朝鋒笑了笑，道：「何止是我們韓家知曉了，如今在帝都哪有人不知道妳有喜的？到處都有人在傳，想不知道都難呢！」

「啊？竟然還有這事？」韓香怡頓時覺得哭笑不得。

只不過有了身孕而已，沒想到鬧得滿城都知道了，她光是想想都覺得臉紅，一定是夫君找人將這個消息宣揚出去的。

「想必妳也清楚是誰說的，不過我覺得他做得很好，這件事情不需要遮遮掩掩，更多人知道了對妳反而更好。」

「對我更好？哥哥你為何這麼說呢？」韓香怡不解地問道。

韓朝鋒笑著解釋道：「道理很簡單，妳是韓家人，過往因為妳的身世，很少有人會在意妳；可現在不同了，妳有喜了，從根本性質上轉變了，因為妳懷了修家的孩子，這就是妳最大的倚靠。」

「所以有了這個小傢伙的存在，我就不一樣了嗎？」

「當然，所有事情都沒有絕對的，但是起碼韓家人不能不重視妳，妳這是母憑子貴，是好事，讓更多人知道了有什麼不好？」

聽韓朝鋒這麼一說，她也覺得有道理，因為自己肚子裡的這個小傢伙，起碼自己不會被人看扁了。

哪曉得韓朝鋒離開之後，隨後又來了不少人；韓朝陽來了、宋景軒兄弟倆來了，就連沈美娟大姐也來了。

她實在是沒想到，這個消息怎麼就傳到林城了？實在是……太不可思議了。

「我的好妹妹，妳有喜了，怎麼不曉得要派人告訴姊姊我呢？我還是從別人的口中得知的，真是讓姊姊好傷心啊！」沈美娟一來便是一臉悲傷的模樣。

韓香怡不由感到好笑地道：「我的好姊姊，我實在是脫不開身啊，這段日子都待在家裡，幾乎連這個院子都沒走出去過，快無聊死了，所以我的好姊姊，妳就原諒妹妹我吧！」

聽韓香怡這麼一說，沈美娟也無語了。「都不讓妳出去？這也太過分了吧，妳有喜的日子也才幾天啊！這麼早妳還用不著在家養胎，起碼也要幾個月以後，現在就把妳鎖在家裡，這不是開玩笑嗎？他們是想要把妳給悶死？」

「是啊，我都覺得自己快要被悶死了。」韓香怡嘟著嘴鬱悶道。

「不行，這樣可不行，妳可別孩子還沒生出來，把自己憋出毛病來；要知道姊姊我就是不喜歡待在家裡的主兒，當初我懷孩子的時候，可是沒少出去走走，就算是臨盆的前兩個月我還在外面逛呢！不行，走，姊姊帶妳出去，可別把妳悶壞了。」

韓香怡早就想要出去了，只是一直苦無對策，家裡人都不讓她出去，生怕她一個不小心就把孩子弄沒了，這可就是大罪過了。不過現在聽沈美娟這麼一說，她也覺得自己不能再這樣待下去了，一定要出去透透氣，何況還有沈美娟為她出面，她相信自己一定可以出府的。

「好的，姊姊，妹妹就全聽妳的。」韓香怡一把挽住沈美娟的手臂，一臉堅定地說。

「這才對嘛，走，咱們出去。」

不廢話，沈美娟直接帶著韓香怡離開修家。

下過雪後的帝都一片銀裝素裹，雪白的樣子好似一個公主穿上一條白色的裙子，美得讓人不敢呼吸。

第一次在帝都看到雪，韓香怡很興奮，與沈美娟在帝都的街道上逛了很久。

此次出府，韓香怡很是開心，她在屋子裡憋屈這麼久，終於可以出來了，而且還可以看到如此美麗的景色，鬱悶的感覺也隨著消失不見。

「怎麼樣妹妹，我就說妳該出來走走的，多虧了我吧，要不然妳怎麼會看到如此美麗的景色呢！」沈美娟笑著說道。

韓香怡激動點頭，道：「是啊！都是多虧了姊姊，我才能看到這樣的景致，真好。」

夕陽西下之時，沈美娟離開了，韓香怡也滿足地回到院子裡，發現修明澤今天很早就回來了。

這段日子他都是待在明尚書院的，一來是為了學習更多的知識，二來是為了在書院結識到更多的人，這對他將來有幫助。

「妳出去了？」修明澤沒有表現得很激動，而是站起身子走到她身邊，關心問道。

韓香怡則是如做錯事情的小孩子一般，吐了吐舌頭，道：「是的，夫君，我錯了。」

「哪裡錯了？」

「我不該出去的。」韓香怡低著頭道。

修明澤笑著伸手摸了摸她的腦袋，柔聲道：「不，妳沒錯，我覺得妳是該出去，總悶在屋子裡也不是辦法，以後妳可以常出去走走，但要注意自己的身體。」

「真的？夫君你沒騙我吧？」

韓香怡難以置信地看著修明澤，當初就是他最反對她出門，現在他竟然同意了。

瞧著韓香怡的樣子，修明澤不由在她的鼻子上刮了一下，道：「娘子，妳這是什麼表情，莫非覺得我在騙妳？」

「這倒不是，我只是覺得夫君你實在太好了，謝謝你，夫君。」韓香怡開心地一把抱住修明澤，對她來說，這真的是件值得高興的事情。

「好了，接下來咱們說件正事吧！」

修明澤坐了下來，道：「娘子，我打算把孫氏那些見不得人的勾當告訴我爹，或者我當著所有人的面，把她那些暗地裡做的事情都說出來，這樣，她就再也沒臉在修家待下去了。」

韓香怡聽完後，沒有馬上說出自己的看法，而是思索了片刻，才道：「夫君，你真的想好了嗎？」

「嗯，我想好了。或許之前我還在猶豫，可當我娘死了以後，我就決定如此做；這件事情耽擱得實在太久，我覺得有些對不起我娘，我希望可以將證據蒐集得更確實，畢竟這一次，我要讓她身敗名裂，她不值得擁有現在的一切。」

韓香怡看著修明澤，拉住他的手，緊緊地握在自己手中，輕聲道：「夫君，不管你做了什麼決定，我都支持你。」

「對了，還有一件正事。」說著，修明澤從袖子裡取出了一樣東西放到桌子上。「這是給妳的，妳看看吧！看完以後妳自己做決定，我都沒意見。我去拿飯。」

說完，修明澤便起身出去了。

韓香怡看著桌子上的東西，那是一封信，信封上沒有字。

韓香怡不解地拿起來，將裡面的信取出來，打開來後，細細地看了下去，隨著她的目光轉動，她的呼吸也變得有些不平穩了。

「香怡，寫這封信給妳，其實我猶豫了很久，畢竟我沒資格做這樣的事情。妳娘的死，我很痛苦也很愧疚，不知道該如何面對妳，可妳畢竟是我的外甥女，我不能不管；但我也同樣清楚，妳沒有原諒我，我也不敢奢求妳的原諒，因為歸根究柢，妳娘的死我有不可推卸的責任，若當初我阻止她離開，或許就不會發生像現在的事情，對不起，是我這個做舅父的錯。

這段日子我想了很久，也懺悔了很久，如果當初我不把她接到韓家，或許一切都不會發生，當然，也就不會有妳；可如今所有事情都發生了，我能做的就是保護妳。聽說妳有喜了，我很欣慰，我想妳娘也會為此感到高興。

之所以寫這封信給妳，是因為我明早要離開帝都了，我想見見妳，就在帝都北門。若妳想來，便在卯時三刻來，我會等妳一個時辰；若妳不來，我會離開，我會查清楚妳娘的死因，給妳一個公道。」

韓香怡放下信，心裡很是複雜，其實這件事情她一直不願提起，只當沒有發生，自己並不知曉；可是看到這封信，她才明白自己無法當作不知道、無法做到不顧親情。

那是她的舅父，即便犯了再大的錯，也是無法改變的事實。

門打開了，修明澤端著飯菜走了進來，看著韓香怡發呆的樣子，將飯菜放在桌子上，道：「有決定了？」

韓香怡看著他，安心了很多，所以點點頭，道：「嗯，我決定了，去。」

一大早，韓香怡便起床了，收拾妥當就出了門。

今日她要去見曾龍，有些話也該說清楚，畢竟兩人的關係不再陌生，回想當初第一次見到他的冷漠目光，她到現在都記憶猶新。

也不曉得他要去哪裡？還有，他信上說要查清楚娘親究竟是被誰害死的，他要怎麼查？夫君這麼久都沒有查到……

想到這裡，韓香怡不由覺得有些古怪。按理說夫君若想要查，這麼久了也該查到一些眉目，可他卻什麼也不與自己說，這裡面……莫非有什麼隱情？

韓香怡心裡揣著心事，馬車不知不覺已來到帝都北門。下了馬車，便看到一道壯碩的身影已經站在那裡，似乎很早就來了。

曾龍看到韓香怡後，明顯變得不一樣了。

「妳……來了。」曾龍語氣有些緊張，又有些猶豫地說。

此時的他與她記憶中的樣子完全不同，以前的他是冷酷的、是不懂緊張為何物的男人，儘管他佯裝沒事，可任誰都看得出來他很緊張。

反倒是韓香怡，原本以為自己會緊張，可到了這裡，她卻感到平靜，尤其是看到曾龍緊張的樣子，她還覺得有趣。

「嗯，我來了。」韓香怡點點頭，看著一處，道：「你要去哪裡？」

「……」

「好吧！」韓香怡見他不吭聲，便知他不想說，於是也不勉強，看了看他，又看了看城外，沈默了片刻，才道：「其實我已經原諒你了。」

「我知道。」

「你知道？」

「妳來了，我就知道了。」

聽了曾龍的話，韓香怡笑著點點頭。

「其實我來這裡是想說，雖然我娘的死和你無關，但畢竟也是因你而起，不過我不怪你，因為這都是命，我娘命苦，怪不得他人，要恨，我也只恨那個負了我娘的男人。」

韓香怡說得自然是韓景福，可曾龍聽完卻皺了皺眉，似乎想要說些什麼，話到嘴邊卻又噘了下去，看著她道：「其實有些事情並非像妳想像的那樣。」

「什麼意思？」

難道她不該怪他嗎？不就是因為他，自己娘親才會變成如今這個地步的嗎？難道她錯了？

「罷了……有些事情與妳說了，妳也不懂。」

「你不說又怎知我會不懂？」韓香怡撇嘴，有些生氣地道。

「或許妳不該知道，這件事情就不說了。」曾龍搖了搖頭，然後從懷裡取出一樣東西遞給了韓香怡。

韓香怡伸手接過，發現那是一塊鐵製的牌子，有些重，呈四方形，四邊是紅色的花紋，中央處刻著一個血字。

「這是？」韓香怡拿著這東西，看著曾龍不解地問道。

「這是血林幫的幫主權杖，玄鐵血令。見此權杖如見幫主，今後妳若有事需要幫忙，可拿著這塊權杖到血林幫的總部去，總部的位置修明澤知道，妳問他便可。」說完，曾龍又從懷裡取出一些東西，放到韓香怡的手裡，道：「這三包是解毒散，可解百毒，不管中了什麼毒，只要不超過三天，服下此藥就可以解；這兩包是催癢散，要是誰敢對妳不利，對妳出手，妳就把這東西撒出去，保證他渾身搔癢，不到一天不能停，遇水更癢。」

「這是……」

聽著曾龍一樣一樣介紹著她從未聽說過的東西，韓香怡心驚的同時，心裡也暖暖的。她曾經覺得很難接近的這個男人，她曾經以為只會是自己生命中過客一般的男人，這個讓她有過恨、有過無奈、有過溫暖的男子，果然還是無法讓她不在意啊！

「最後這個是上好的金創藥，前些年我從一個富商家裡弄來的，很管用，受傷塗抹後立即見效。好了，就這些，妳都記住了，收好。」曾龍一一說完，然後似乎生怕自己忘記什麼東西，又皺眉想了想，才鬆了口氣，道：「沒什麼可給妳的了，這些對我來說沒什麼大用，但對妳來說很有用，所以妳好好保管，不要讓自己受傷，起碼在我回來之前，妳要保護好自己。」

可能是因為娘親的死讓他對她格外重視，好的東西都給她，只要她不出事，他甚至可以獻出自己的生命。

韓香怡突然覺得，有一個親人，挺好的。

贈與完這些物品後，韓香怡沈默著，曾龍也沈默著，兩人站在城門口，隨著時間一點一滴過去，街道上的行人也越來越多。

突然，曾龍開口道：「好了，時間也不早了，我該走了。丫頭，妳……保重。」說完，他便轉身向著城外走去。

「你也保重……舅父。」韓香怡鼓起勇氣，看著他的背影，大聲喊道。

那身影明顯一震，然後背對著她揮了揮手，邁著步子，離開了。

看著那寬闊偉岸的身影，韓香怡的心格外平靜，她不曉得有爹爹的感覺是怎樣的，是否如同這樣讓人安心、暖心，她或許這輩子都無法從韓景福那裡得到，可這一刻，她看著曾龍的背影，竟忽然生出一種衝動。

如果他是我的爹爹，那該有多好啊！

送走了曾龍，日子又恢復平靜。

相較之前，韓香怡明顯自由許多，現在的她可以隨意出入修家、到處走動，只是她身邊總會有意無意跟著一些家丁。

韓香怡雖然知曉，可她也不在意，反正她又不做什麼壞事，只是想四處走動放鬆自己罷了，況且他們跟蹤她也是為她的安全——不，應該說是為了她肚裡這個小傢伙的安全。

自從有了這個小傢伙的存在，她在修家的地位隱隱有上升的趨勢，從那些平日裡對她愛理不理的下人們，一下子對她格外照顧所轉變的態度來看，她現今身分已今非昔比。

香兒顧著香粉鋪，百無聊賴地看著外面飄著大雪的天空，灰濛濛的，讓人心情有些不太舒服。

「大少奶奶，您說這雪什麼時候才會停啊？」

韓香怡坐在櫃檯喝著茶，表情很是悠閒的樣子，道：「我怎麼會知道呢，下便下吧！也好，多下些雪，也可以去掉一些髒東西。」

「髒東西？」香兒不解地撓了撓頭。

對於韓香怡的話，香兒有些時候總要費些腦子去想才能想明白，而有些則是任憑自己如何去想，也想不出所以然，就像這句話，她就不懂。

「沒什麼。對了，咱們製作出來的香粉還有多少？能挺過這個冬天嗎？」

冬天雖有花可用，卻不太可能風乾，畢竟冬天不像其他三個季節，冬天即便日頭高掛天空，依舊是冷的，風也不可能將花朵吹乾，若再凍住，那就浪費了，所以她們早在冬天來臨之前，就儲存大量風乾後的花瓣，這樣的話，就可以在冬天繼續出售香粉，保證貨源不斷。

「還有好多呢！製作好的就有兩箱，還沒製作出來的估計也有三箱子，足夠過這個冬天了。」

香兒走到爐子前，拿下燒開的水，為韓香怡換了一壺茶後，又灌上了一壺，才又道：「大少奶奶，您其實不必來這裡的，您現在可是有孕在身呢！天這麼冷，萬一凍到這個小傢伙可就不好了。」

韓香怡噗哧一笑，道：「妳這丫頭，說什麼呢，我的肚子沒那麼不抗凍，怎麼會凍壞他呢？再說，我可是穿得很多，出一趟門被人逼著穿了三件衣服，我都熱死了。」

「熱比冷強，大少奶奶，您若沒事就回去休息吧！這裡有我們在就夠了。」

韓香怡也沒堅持，便道：「那好吧，我就先回去了，有事找我。」

「那我扶著您出去。」香兒見韓香怡答應了，立即笑著要去扶她。

韓香怡瞧著她那殷勤的模樣，不由好氣又好笑。「妳這妮子，是不是盼著我回去呢？走了走了，我這就走了。」

正說著，一個人卻從外頭走進鋪子內，來者正是熟人——雲家客棧老闆趙勝川。

「趙大哥？您怎麼有空來我這裡呀？快請進。」韓香怡剛邁出去的一隻腳立刻收了回來，邀請趙勝川進來。

趙勝川先是看了看四周，笑著道：「妳可別招呼我了，我怕我受不起。」

「瞧您這話說的，怎麼受不起呢？」

「當然受不起了，妳現在可是一人兩命，我要妳招呼我，萬一出點事情，我可擔待不起。」趙勝川半開玩笑地說道。

韓香怡一翻白眼，無語道：「趙大哥，您就別拿我尋開心了，哪有那麼嚴重啊！」

趙勝川呵呵一笑，走到椅子前坐了下來，瞧著桌上放著一杯還冒著熱氣的茶杯，便拿起一只茶杯也倒了一杯，他喝了一口，頓覺渾身舒暢，不由驚喜道：「碧螺春？這是上好的碧螺春啊！丫頭，這好東西妳是從哪裡弄來的？」

「藍老闆送我的。」韓香怡就知道這老頭喜歡茶，笑著如實說道。

「藍老闆？妳說藍風那小子？」趙勝川先是一怔，隨即恍然道。

「是啊！」

「是他啊，我們的關係可不一般呢！」趙勝川話裡帶有深意地說著，然後放下茶杯，道：「好了，也不和妳說這些廢話了，我來這裡是有正事要與妳說的。」

「您說，我聽著。」

趙勝川看著韓香怡，又看了看那些香粉，這才道：「我來買香粉的。」

「買香粉？您買去要做什麼？您要是喜歡或是想要送人，我可以送您幾盒，不需要買的。」韓香怡還以為他要送人，便笑著說道。

趙勝川卻是擺了擺手，道：「當然不是這樣，我的確需要香粉，我也的確要送人，不過我可不只要買一、兩盒而已，我這次準備買一箱。」

韓香怡愣住了，香兒、小陽和小雨等人也都愣住了。

一箱？不是五十盒也不是一百盒，而是一箱？

確定不是自己聽錯之後，她們都是一臉震驚。

要知道一箱的香粉可是有五百盒之多，一百盒普通的香粉至少要五百兩銀子，五百盒就是兩千五百兩銀子。他真的要買這麼多回去，還只為了送人？而且這還沒算上那些品質好的……

「您……真的要一箱？」韓香怡還是有些不確定地問道。

趙勝川笑著點點頭。「沒錯，我就是要一箱，而且我都要最好的，錢不是問題。」

趙勝川的大方非但沒有讓韓香怡高興，反而覺得很古怪，因為她不覺得趙勝川的客棧會需要這麼多香粉。

「趙大哥，您要這麼多，我可以問問原因嗎？」

趙勝川本以為韓香怡會很痛快地拿給自己，沒想到，她居然會猶豫的，便笑道：「怎麼？怕我拿著妳的香粉做壞事？」

韓香怡忙搖頭，解釋道：「不是的，趙大哥您別誤會，我只是好奇而已。」

「其實也沒什麼，只是我的鋪子過些天會來很多女人，我想或許會需要這些東西，便想買些留著備用，而且我這麼做也是為妳好，妳可不要不賣我啊！」

聽了趙勝川的解釋，韓香怡這才暗暗鬆了口氣。她還真是被趙勝川說中了心事，自從發生了潑狗血事件後，她對於香粉的賣出都很小心，尤其是大批量的賣出都會格外警惕，生怕出了什麼岔子，再被人來這麼一次，那她可就真的鬱悶了。

見沒有問題，韓香怡便招呼著趙大哥帶來的幾個夥計，將裡面一箱上好的香粉抬了出去，趙勝川也十分痛快付了錢，然後瀟灑走人。

看著白花花兩千五百兩銀子，香兒半晌才回過神來，然後興奮地道：「大少奶奶，真的是太意外了，沒想到咱們一個月才賣出幾十兩銀子的香粉，今天才一會兒工夫就賣出一大箱香粉，這些錢足以頂上一年的賣出總額。」

韓香怡對於可以賣出這麼多香粉自然也感到開心，只不過開心之餘，她卻還是想著如何讓自己的香粉被更多人知曉；雖然之前透過趙大哥牽線，她的生意確實好了很多，可這還不夠，她還想要更多，不是她貪心，而是她想要證明自己可以做得更好。

韓香怡踏出鋪子，坐上回府的馬車，見冬日的陽光充足，卻沒有為人們帶來溫暖，群眾走在街道上都穿得很厚實，且雙臂抱在一起，只想盡快走完這段路，然後回到家裡，圍坐在火爐旁取暖。

韓香怡也是如此，回到修府院子，她坐在一個小火爐旁取暖，雙手距離火爐很近，暖暖的熱氣很快流遍全身，趕走最後一絲寒冷，整個人舒服了很多。

「娘子，妳說咱們會生個男孩還是女孩？」

同樣坐在火爐前的修明澤一邊搓著手，一邊看著韓香怡那還沒有凸起的小腹。

韓香怡白了他一眼，好笑道：「夫君，你還真是著急，這才多久，離生下孩子還有大半年的時間呢，你急什麼？再說，生男、生女有何區別？莫非你也重男輕女不成？」

修明澤連忙擺手，道：「哪裡的話，娘子妳可莫要冤枉我啊！我可是喜歡女孩子的，我就希望生一個女孩，長得與妳一樣，那我就真的幸福死了。」

瞧著修明澤那一臉美美的樣子，韓香怡噗哧一聲笑了出來，然後伸手在他的額頭上輕輕一戳，笑罵道：「就你想得美，那要是生個小子呢？你怎麼辦？」

「小子？兒子也好啊！兒子我也喜歡，到時就長得與我一樣，迷倒一群姑娘。嘖嘖，真是想想都覺得不錯啊！」

韓香怡無奈搖了搖頭，笑著道：「你呀，就你最會說了。對了，今天趙大哥來我鋪子買走了一大箱的香粉，花了兩千五百兩銀子。」

「這麼多？」修明澤詫異道。

韓香怡含笑點頭，道：「是的，就是這麼多。」

「可他開的不是客棧嗎？買這麼多香粉做什麼用？莫非他還想要再開一間不成？不過這倒也有可能，因為對他來說，最不缺的便是錢了吧！」

韓香怡白了他一眼，道：「胡說八道，趙大哥只是想要買回去給那些女人們使用而已，聽他說，他那裡過些天會有一些女人到訪，屆時會賣出很多價值連城的首飾，香粉就是每人送一個。」

「嘖嘖，這個趙勝川還真是大手筆啊！花十兩銀子送人，還真是有錢的傢伙。」修明澤沒好氣地說著，然後站起身子走到床上躺下，然後拍了拍手，道：「娘子，夜已深了，早些休息吧！」

韓香怡瞪了他一眼，然後才站起身子，朝著裡面走去。

冬日的清晨一如前幾日寒冷，韓香怡穿了很多衣服才與香兒以及小陽、小雨兩個小丫頭一起出府來到香粉鋪，沒想到剛開店門不久，便有客人上門。

這是一個穿著十分體面的男子，個子不高，卻很壯實。

男子走到櫃檯前，悶聲悶氣地道：「把妳們這裡每種價格的香粉都拿一盒出來給我。」

瞧著男子那矮小精悍的身體，香兒暗暗笑著，還是去為男子準備。

見香兒到後面去取貨，韓香怡便來到櫃檯，笑看著那男子。那男子看了韓香怡一眼後就不再多看，而是專注地瞧著外面的天空。

韓香怡則是暗暗觀察著男子，男子怎麼看都不像是會買這種東西的男人，可能是他的家人喜歡的吧！

此時，香兒已經取出三盒，將各種價格的香粉擺放在櫃檯上，道：「就是這三盒了。」

「多少錢？」

「十八兩銀子。」香兒想都沒想便回答道。

「好，給妳銀子，不用找了。」男子也不廢話，給了錢便拿著三盒香粉離開了。

「大少奶奶，這個人好奇怪啊！來這裡就為了要三盒香粉，給了錢還不需要找零頭呢！」香兒一邊納悶地說著，一邊將錢收好，然後又道：「大少奶奶，您快坐下，在那裡休息便好，這裡有我和小雨、小陽在，沒事的。您現在肚子裡還有一個，可不能出事呢！」

韓香怡笑罵道：「烏鴉嘴，出什麼事？我好著呢，放心吧，我自己的肚子，我自己清楚得很，這個小傢伙現在很安靜，所以也不必擔心什麼。」

瞧著韓香怡那一臉的母愛之光，香兒立刻雙手捧著下巴，一臉羨慕地道：「大少奶奶，您現在可真好，什麼都有了，香兒真是羨慕您。」

韓香怡瞧著她，走到她身前，在她的頭上摸了摸，道：「羨慕什麼？以後香兒也找一個對妳好的男人，到時妳也為他生個小傢伙，妳就不用羨慕我了。」

「我？」香兒頓時俏臉一紅，嬉笑著不再多說。

她現在可不想找什麼男人，跟在大少奶奶身邊多好呀，這種日子還沒過夠呢，找男人就先放在一邊吧！

韓家，書房。

韓景福看著桌子上擺放著三個白玉盒，臉色有些陰晴不定。

只聽那男子道：「這三盒香粉分別是十兩銀子，五兩銀子，以及三兩銀子，這是她鋪子裡三種價位的香粉，都在這裡了。」

那人正是到韓香怡鋪子裡去買香粉的精壯矮小男子，此時的他一臉冷漠，絲毫沒有之前那木訥的樣子。

韓景福擺了擺手，示意他可以出去了。

待他離開，韓景福這才依次打開三個香粉盒，每一個都沾了一下，然後放到鼻下聞了聞。

嗯，不得不說，韓香怡做出來的香粉的確比自己的要好上一些，味道也不是很刺鼻，莫非這就是手工製作與那些器具製作不同之處？

「若真是差在這方面，自己倒是可以招一些人來製作香粉，可若不是差在這裡，那還會是什麼原因呢？」

這段日子，韓家在林城的香粉鋪子生意越來越差，幾乎十天半個月都沒人來買一盒香粉；再看沈美娟開的鋪子，幾乎每天都有人去買，甭管賺的錢多錢少，起碼人家是賺錢的，自己的鋪子，都快要賠錢了，所以他才會著急。

若到最後實在不行，只能把林城的鋪子關了，這樣至少可以減少損失，將那些香粉送往帝都或其他城裡的香粉鋪子，起碼不會讓香粉賣不出去。

「看樣子，還真要好好琢磨一番啊！」

這是一件值得深思的事情。

日子一天天過去了，韓香怡的鋪子生意好了很多。

來的人多了，問的問題基本都是一樣的，如「我們是在雲家客棧買的，覺得不錯，所以就來妳這裡多買一些」、「我知道妳這裡，我在雲家客棧的時候，他們還送過我們一盒」諸如此類。

那些女人都很喜歡她的香粉，也都曾向他人打聽過店鋪的位置。基本上，來的十個人裡面，至少有一半的人都是這麼說的，韓香怡不由得心裡暗暗感激趙勝川，多虧他的幫忙，為她的香粉提供一扇銷售通路的窗扉。

「今天真是忙死了。」香兒嘴上這麼說，臉上還是很開心的，店鋪裡忙，才說明賺得多。

韓香怡也是笑著道：「是啊，今兒個人很多，是忙了一些，但這也正是我所希望的，人多，才證明咱們的香粉好啊！」

第三十二章

林城沈家。

沈家大院是一座古宅，據說沈家祖輩是做官的，後來沒落便做了商人，但這個宅子依舊保留了下來。

此刻，大院內的一處書房裡有兩個人坐著，書桌後面是一老者，老人鬚髮皆白，一雙眼睛卻炯炯有神，絲毫沒有老人的渾濁之氣；而坐在老人對面的則是一個中年婦人，算不得傾城，但也是個美麗佳人。

這兩人便是沈家家主沈三萬以及他的女兒沈美娟。

「爹，事情已經完全按照咱們的想法發展下去，相信要不了多久，韓家在林城的香粉鋪子就都要關門大吉了。」沈美娟笑著，笑容裡卻帶著解恨之意。

沈三萬呵呵一笑，伸手捋了捋下巴上不多的鬍鬚，道：「不要太得意，咱們現在做的還只是第一步而已，距離最終的目標還有很多沒做，切不可在這個時候出岔子。」

「放心吧，爹，為了弟弟，我也不允許自己失敗。」

「妳弟弟……死得窩囊，但他是我兒，這仇必報。」原本還笑著的沈三萬下一秒是一臉的冷酷。

「韓家如今早已大不如前，所以這個時候打擊他們是最好的時機，現在韓家在林城的實力越來越弱，等到徹底削弱他們的時候，咱們就將生意轉移到帝都去，對了……」沈三萬話語一頓，然後才繼續道：「那丫頭還好嗎？」

沈美娟自然知曉他話裡的「她」是誰，於是點點頭，道：「她很好。」

沈三萬緩緩點頭，長出一口氣，道：「希望她不要恨咱們才好啊！」

「爹，咱們這麼做也是為了她，她若真的明白，就不會怪咱們的。」沈美娟安慰道。

「她若是不明白呢？」

「那咱們就讓她明白，總之爹爹你放心，這件事情交給女兒去辦就好了。」

「好吧，那我就不多過問了，只要能弄垮韓家，付出多一些也是值得的。」

說完，沈三萬擺了擺手，遣退她離開，自己一個人閉上雙眼，靠在椅子上，也不知在想些什麼。

沈美娟站起身子，看了一眼沈三萬，無奈搖頭，轉身離去。

「臭小子，你這一走倒是走得輕鬆瀟灑，可你老爹卻要為你做很多很多……哎，老了，有些力不從心了。」

忙活了一天，雖然很累，韓香怡總算堅持了下來，回到家裡的時候發現修明澤並未回來。她一個人躺在床上，沒多久便睡著了，可能也是真的累了，這一覺竟然睡到翌日早上。

一睜眼韓香怡就感覺很餓，下了床，見修明澤還沒回來，揉了揉咕嚕咕嚕叫的肚子，朝著廚房走去。

這個時間已經過了吃早飯的時間，但她還是在廚房裡找到一些吃的，簡單地吃了一些便回到院子，可是讓她沒想到的是，此時院子裡卻多出一個人——正是多日不見的宋景書。

宋景書與她接觸的次數不多，一隻手就可以數得過來，所以當她看到宋景書正坐在院子裡望天的時候，十分詫異，不由心想，他怎麼會來找自己呢？

想歸想，韓香怡還是走了過去，看著他道：「你怎麼來了？」

宋景書看到她，並未起身，只是坐在那裡，抬頭看著她道：「怎麼？不歡迎我來？」

「那倒不是，只是你出現在我這裡，我感到有些驚訝罷了。」韓香怡聳聳肩，坐了下來，道：「有什麼事情嗎？」

「的確有事。」宋景書也沒有拐彎抹角，直截了當地說：「聽說妳在研究用茶葉做香粉，怎麼樣，有什麼結果了？」

「沒什麼結果，還是老樣子，試過很多方法，可是都不行，總是找不出茶葉的香味。怎麼？你來這裡是想告訴我，你有方法？」

「當然，我聽澤哥說過這件事情，剛好我有辦法可以保留茶葉香味，不過我並沒有嘗試過，我來這裡也只是告訴妳方法而已，至於之後的事情就要靠妳自己了。」說完，宋景書從懷裡取出一張紙放在桌子上。

「我的方法都寫在這張紙上了，妳自己看吧！」說完，宋景書便站起身子，準備離開。

「這就走了？不喝杯茶嗎？」

「不了，我還有其他的事情。」

說完，宋景書頭也不回地離開了。

看著宋景書的背影，韓香怡不由搖頭苦笑，心想：這個傢伙還真是不一般，明明是好心替我送來方法，卻裝作一副高深莫測的樣子，就是個小屁孩。

韓香怡笑著打開了紙，很快，她就被這上面的方法震驚得張大了嘴巴，一臉不可思議的樣子。

這個辦法真的可行嗎？若真的可以，那真是太特別的方法了。

想到便做，韓香怡記下了步驟，走到屋子裡取出已經曬乾、保留下來的茶葉，按照上面的方法施作。

首先，將乾掉的茶葉全部浸泡在剛剛燒開的熱水裡。

剛好屋子裡的火爐上燒著一壺水，等了一會兒水燒開以後，她將那些乾掉的茶葉取出一半放入盆中，再往盆內倒入沸水。紙張上頭還附注，倒入熱水時不可以一次倒入，要分三次倒入，而且每一次都要朝著一個方向攪拌一次。

韓香怡按照上面的方法先倒入三分之一的熱水，然後拿著準備好的筷子攪拌了幾下，再次倒水、攪拌、倒水、攪拌，直到熱水淹沒茶葉半指的距離後才停下，接著找東西將其蓋住，悶了一炷香的時間。

待得時間到，韓香怡打開來，頓時一股濃郁的茶香撲鼻而來。

想想也是，這不就是與泡茶沒什麼兩樣了嗎？這樣也能做出茶粉？

當然，韓香怡抱著懷疑的態度也是對的，畢竟這是她第一次嘗試，宋景書只是知道方法，沒有實踐過。

來不及多想，韓香怡將泡好的茶葉取出，來到之前臨時建的一個小火炕旁，將幾十片茶葉依次擺在上面，大約又過了半炷香的時間，這些茶葉都被烤乾了。

隨著茶葉被烤乾，茶香便沒有消失過，使得整個屋子裡都是濃郁的茶香；但這還不算完成，烤乾後的茶葉需要繼續浸泡在之前煮過茶葉的水中，這次不需要很久，只需要一盞茶的工夫即可。

很快，一盞茶的工夫過去，韓香怡再次將這些茶葉取出來，再次放在炕上烤乾，不過這次她不光要等著茶葉烤乾，而是要一直盯著，時不時在上面加入熱水，點上幾滴。

這個過程是枯燥乏味的，可她很有耐心，大約又過了半炷香的時間，將這些茶葉全部烤好，便可以進行下一個步驟了。

將這些茶葉全部碾碎、過濾，留下最細小的粉末，按照紙上面說的，還要在裡面加入一樣東西。

這是她之前一直都沒有想過的東西——糖。

在茶葉粉末裡面加糖？這不是很古怪嗎？哪裡有加糖的說法呢？

這是韓香怡覺得不可思議的地方，雖然心生疑惑，可還是照做了。她去廚房取來一些糖，碾碎成細末後加入茶葉粉中，攪拌均勻後蓋上蓋子，接著，又是等待。

這回等多久呢？這回可就長了，需要一、兩個時辰的時間。

好在現在時間還很多，韓香怡見修明澤也還沒回來，便回到床上又睡了過去。

或許是因為懷了個小傢伙，她總覺得自己最近很愛睡覺，只要躺下很快就能睡著。

這一睡就到了下午，當她睜開眼的時候，屋子裡依然靜悄悄的，看樣子修明澤還是沒回來。

韓香怡起床後，揉了揉眼睛，伸了個懶腰，這才想起自己還有東西要盯著。於是，她急忙下了床，來到桌子前，滿懷期待地伸手去打開那期待許久的蓋子。

隨著蓋子被打開，頓時，一股讓她十分震驚的香氣傳了出來，那是一種難以言喻的茶香，茶香之中似乎還有其他氣味，可能是糖的香味，也可能是其他的……總之，很香，很好聞，聞過之後讓人心曠神怡，身心舒暢。

這遠比她當初期待的效果好很多。

韓香怡興奮地捏起一些塗抹在自己的手背上，將鼻子湊上去聞了聞。

真的很好聞，最濃郁的自然是茶香。

茶香沁人。

她能預見，一旦這茶香粉製作完成，一定會有很多人前來購買，到時她作夢都會笑吧！

這個宋景書還真是及時雨呢！

現在這個季節，賣出香粉本就有些困難，天冷很少有人願意出門，再加上沒有什麼物件可以吸引客人的注意。

而自己的茶香粉注定會成為冬日裡吸引客人目光的最好東西。

韓香怡想到之後的發展，不由笑著自語道：「終於有屬於我自己的東西了。」

「怎麼了，這麼開心？」

不知何時，修明澤已經回來了，推開門，頓時被屋子裡濃郁的茶香驚訝到了，不過一想到宋景書那小子的話，他想到了什麼，走到韓香怡面前，笑著環抱住她。

韓香怡自然地靠過去，笑著道：「夫君，茶香粉成了，終於做成了。」

「是嗎？那真要恭喜我的娘子了。」修明澤也十分高興地說。

「嗯，不過我也要謝謝你，夫君，要不是你，我也無法做出來。」韓香怡笑著道。

「妳還真的感謝錯人了，妳應該謝謝宋景書那小子，要不是他，妳又怎麼會做出來呢？」修明澤刮了刮韓香怡的鼻子親暱道。

「也是，我真的該謝謝他，夫君，要不咱們改天請他和景軒來咱們這裡吃飯吧！」

「嗯，這是個好主意，我同意。」

「好，就這麼說定了。」握著茶香粉，韓香怡笑嘻嘻地說道。

茶香粉研發成功，讓韓香怡對自己的香粉鋪子有更多的期待。

當然，她還不打算現在就推出，因為她需要一個一推出便會被很多人關注的時機，可這個時機顯然不是現在，所以她需要靠自己主動尋找。

首先，她想到的人便是合作關係的藍老闆，既然他想要分一杯羹，那他就一定要出面幫忙，把製作出來的茶香粉想辦法推廣出去讓更多人知道。

其次，她想到的是雲家客棧的老闆趙勝川，他的雲家客棧絕對是最佳推廣茶香粉的地方，那裡都是有錢人去的地方，只要被人關注到，想必以後就不用擔心了。

最後，她能想到的人是沈大姐，沈大姐在林城可說是有絕對的實力，只要她想把一種東西做到最好，就不難。

她覺得這三條路缺一不可，想要讓更多人知道自己的茶香粉，那就要三種方法同時進行。

茶葉與香粉的完美結合，可以讓人全身心感受到茶香，更可以讓其他人感受到妳身上獨有的魅力，這就是她的茶香粉最吸引人的地方。

只有讓更多人瞭解自己的東西，打出名號來，她才能賣得更多、賣得更好，所以她決定這些天就要把這三件事情都做好、做到位，爭取在短時間內把茶香粉推廣出去。

而且一推出，必須一鳴驚人，這點很重要。

看著韓香怡坐在那裡提筆寫著自己的三個計劃，修明澤站在一旁不由暗暗點頭。

他自然也可以想到這些策略，因為他小時候便耳濡目染接受這方面的訓練，所以腦子裡自然而然會形成這樣的想法和概念。

可他的娘子不同，她沒有接受過這些訓練，她所能想到的大都是靠著自己的腦子一點一點去發掘出來的，由此可見，他的娘子在經商方面的確很有天賦，她會成為一個優秀的商人。

接下來的幾天時間，韓香怡又接連製作出七盒茶香粉，手裡的乾茶葉原料便用盡了。這七盒香粉，分別會送給藍老闆兩盒，方便他介紹時使用；沈大姐那裡也需要兩盒，推薦顧客展示時亦會用到，這樣一來，算上她之前的那一盒，還剩下四盒。

至於趙勝川那裡，她還不確定他會不會幫自己，所以暫且不給他，這還需要她親自找他談。

想清楚之後，韓香怡便叫人送信給藍老闆，並附贈上兩盒茶香粉，信上簡述她製作出來的茶香粉，以及未來需要他協助之處，其中一項就是需要他提供更多茶葉，讓她還能做得更多，以備之後的買賣所用。

至於沈大姐那裡，她也比照辦理，叫人送信和茶香粉過去。最後便是趙勝川這裡，看樣子還是她親自跑一趟商談得好，畢竟這件事非同一般，她親自出馬商談才能表示自己的重視度及誠意。

剩下的四盒茶香粉她只留下一盒，其餘的都裝進袖中，坐上馬車，直奔雲家客棧駛去。

馬車抵達雲家客棧後，站在客棧外的夥計認得韓香怡，便為她先去裡面通報，很快那夥計出來，帶著韓香怡走進客棧裡。

因為時間的緣故，現在客棧裡並沒有多少客人，韓香怡隨著那夥計來到樓上趙勝川所在的小房間前停了下來。

韓香怡敲響了房門，屋子裡傳來了趙勝川的聲音。

推開門，只見趙勝川正對著陽光，拿著一本書看著。

「趙大哥。」

韓香怡禮貌地打著招呼，走了進去，卻發現地上堆了一些書，雖不知是什麼書，但看書封應該不是一般的書籍。

「坐吧！」趙勝川沒有放下書。「特意來找我所為何事？」

坐下來後，韓香怡便笑著道：「趙大哥，我是有事想找您幫忙。」

「幫忙？幫什麼忙？我不是都幫妳賣香粉了嗎？怎麼，還有什麼事？」趙勝川放下書，看著韓香怡道。

瞧著趙勝川那沒有笑容的臉，韓香怡暗暗緊了緊心神。

「趙大哥，其實我這次找您也是為了香粉的事情。」

趙勝川眉毛一挑，道：「怎麼？還想在我這裡撈好處？」

「不是的，您不要誤會，我來真的是想請您幫忙，因為我……」

「抱歉，我最近事情很多，很忙，沒有時間忙妳的事情；這樣吧，如果妳能等，我可以在時間足夠的情況下給妳半個時辰。」

韓香怡看著趙勝川，想了想，然後點點頭，道：「好的，那您何時有空閒？我在這裡等您忙完了再說我的事情。」

說完，韓香怡便坐在那裡不再說話。

趙勝川看了她一眼，也沒再多說什麼，而是拿起書繼續找著什麼東西，時間轉眼即逝，很快一個時辰過去了，趙勝川依舊在一堆書裡面翻找著什麼，而韓香怡還是坐在那裡等待著。

這其間，趙勝川站起身子在屋子裡走了幾圈，又找了幾本書繼續翻找著，而韓香怡仍是一動不動地等待著，臉上也是一副自然的樣子，沒有絲毫不耐。

又過去了一個多時辰，趙勝川終於放下了書，看了看外面的天色，然後嘆了口氣，轉頭看向韓香怡，道：「好了，我現在有時間了，說說妳的事情吧！」

「趙大哥，您先瞧瞧這個。」

韓香怡舉步走到趙勝川的面前，將一盒茶香粉放在桌子上，然後打開了蓋子。

趙勝川疑惑地看了一眼白玉盒，也沒多問，而是伸手捏了一些搽在自己手背上，然後放在鼻下聞了聞。

「咦？」趙勝川發出聲音，然後又聞了聞，這才雙眼一亮。「這是……」

「趙大哥，這就是我用茶葉製作出來的新品，茶香粉。」韓香怡笑著說道。

一瞧他的反應，韓香怡就知道，有戲了。

「哦？茶香粉？用茶葉做香粉，沒想到妳還真的做出來了。」

趙勝川之前便聽說過她想要用茶葉做香粉，可一直都沒有成功，他也沒放在心上，畢竟這東西與花是截然不同的，花本身就有花香，製作出來的香粉自帶花香，適合製作香粉；茶葉雖然也有茶香，可與花香是不同的，而且葉子乾了怎麼散發出味道呢？所以他根本不看好這件事情。

可就在剛剛，他聞到那茶香粉的味道後，就好像聞到自己面前擺放著一杯上等的茶一般，十分神奇，這也是他為何驚訝的原因了。

說真的，這麼多年他見的東西很多，能打動他的東西卻少之又少，所以現在有一個可以打動他的東西出現後，他立刻來了精神。

趙勝川又湊上去聞了聞，笑著道：「這的確是個好東西，比我之前接觸的那些香粉都要好，沒想到，真是沒想到竟被妳做出來了，不錯。」

趙勝川很是滿意地一直稱讚著，韓香怡都被他誇得有些臉紅了。

「趙大哥，我來找您就是為了它。」

趙勝川蓋上了茶香粉的蓋子，笑了笑，道：「妳是想讓我把這茶香粉推廣出去吧！」

「是的，趙大哥，被您猜到了。沒錯，我就是想求您幫我；當然，若您肯幫我，您這裡賣出去的香粉錢都歸您，我不要一文錢。」

趙勝川呵呵一笑，道：「小丫頭，錢這東西老頭子我不缺，但是妳若真想要我幫妳，可以幫我做一件事情。」

「一件事情？您說，只要我能做到，我都答應您。」韓香怡雖然不知道他要做什麼，但想必也不會是什麼過分的事情。

「答應得這麼爽快？怎麼，不怕我的條件很過分？」趙勝川呵呵一笑說。

「不會，因為我相信您不會這麼做的。」韓香怡搖了搖頭，表示自己很相信他。

趙勝川卻是搖了搖頭，道：「這可不一定，我的條件可是很難做到的，當然，妳或許可以做到，但絕非容易的事情。我也不是誇大，我做不到的事情還真少，所以我讓妳幫我就不會那麼簡單，小丫頭，妳可要想好了，答應了可就不能反悔了。」

韓香怡點了點頭，想也沒想地便道：「您說吧，只要您說，我就做。」

「好，我就喜歡妳這樣的性格，好吧，妳的事情我答應幫妳了。」

「謝謝您，真的謝謝您。」韓香怡開心地說著，這對她來說真的是好事，只要趙勝川答應幫她，她的茶香粉就一定會受到很多人關注，這對她來說實在是太好了。

「呵呵，小丫頭，妳可不要高興得太早，我說了，我幫妳可以，但妳也要幫我一個忙；記得之前我說過要妳許我一件事情，現在就是妳實現這個諾言的時候了。」

韓香怡急忙收起笑臉，道：「您說吧！只要我能做到的，我都會做。」

趙勝川呵呵一笑，道：「好，那我就說了，其實也不算是什麼大事，只要妳幫我找一個人。」

「找人？」

韓香怡一怔，她想過很多事情，卻唯獨沒有想到他想讓她幫忙找人。

「趙大哥，這……」

「怎麼？不想答應？那就抱歉了，妳的事情我也幫不了妳了。」趙勝川臉上一沈，話語也冷了下來。

「不是的，趙大哥，您不要誤會，我不是不想幫您，只是您真是為難我了，我一個女人怎麼找人呢？況且……」

「還沒聽我說讓妳找什麼人妳就不答應？」

「這……好吧，您說，只要我能幫您的話。」瞧著趙勝川冷笑的樣子，她一咬牙，答應了下來。

趙勝川這才再次露出笑容，道：「好，只要妳答應幫我找，不管能否找到，我都幫妳。」

「您放心，既然我答應了您，就一定會好好地找。那您要找什麼人？」

趙勝川嘆了口氣，無奈道：「一個小丫頭，一個對我來說很重要的小丫頭。我只記得那小丫頭年紀大概有十三、四歲，長得很可愛，最主要的是，她的背後有一塊胎記，胎記不大，類似水滴形狀。我已經派出不少人，可都沒找到她的下落。

「我聽說妳和血林幫有關係，而且妳又是修明澤的女人，宋家又與修家關係交好，想想看，這麼多人，想要幫我找一個女孩子的機率應該會更大，所以我不要錢，我只要妳幫我找人。」

「丫頭，十三、四歲，背後有水滴形胎記……」韓香怡默默地記了下來，末了還道：「這兩天您說有很多有錢人會到雲家客棧，我可不可以參加呢？」

趙勝川眉毛一挑，笑著道：「當然可以，到時候妳可以介紹自己的東西，我不反對，或許這對妳來說也是一個機會。」

趙勝川的話讓韓香怡心動了，若到時候她親自介紹，真的是一個可以讓自己的香粉被更多人知曉的機會，但冷靜想一想，她還是壓下這個念頭。

因為她清楚自己若真的這麼做了，無疑是明著和韓家作對，即使她不怕，可她不想樹敵；雖然她對韓家沒有什麼好感，畢竟自己身為韓家人，所以她忍了下來，覺得暫時自己還是不要出面得好。

見韓香怡沒有接話，趙勝川倒也沒在意，又聞了聞那茶香粉，道：「妳那裡還有多少？」

「除了我帶來的三盒，還有一盒。」韓香怡如是說。

「就這麼點嗎？」趙勝川皺了皺眉，道：「這太少了，若我真的把妳給我的香粉給她們抹，想必她們一定會討著要，到時我怕我自己攔不住；所以妳若想讓我幫妳推廣出去，妳手裡就一定要有足夠的存貨，而且我這裡一旦公開，妳就需要在短時間內有足夠的茶香粉銷售，妳能做到嗎？」

韓香怡被趙勝川說得俏臉微紅，搖頭道：「我的確還沒有，也做不到短時間內就有足夠的貨源，可是……」

「沒有可是，ㄚ頭，這麼說吧，想要推出新的東西，沒有充足的準備是不可以的；當然，妳可以說希望先吊人胃口，可妳要明白，妳的香粉要賣的對象是一群什麼人，三個字，有錢人，有錢人就是我心血來潮買一買，等到沒興趣了，就不會花錢去買，這就是有錢人。「所以，妳不要想著先造勢，妳要想著先出貨，有了東西怎麼折騰都可以，沒有東西，新鮮勁過了，再好也吸引不了多少人。」

趙勝川的話雖然直接了一些，可韓香怡卻清楚，他這是在教她如何做生意，如何看人，如何做事。

他說得沒錯，自己現在沒有貨，若只是一味靠人造勢，一旦真的很多人想要買，自己卻沒有貨，一時半刻也不能推出，畢竟人的耐心是有限的，誰也不會因為你的東西好就耐心地等下去，一旦過了那個時機，想再挽回就晚了。

所以韓香怡點點頭，認真地道：「趙大哥您說得是，香怡受教了。那我這就回去，先趕製出一批茶香粉出來，到時我再來找您。」

趙勝川見韓香怡虛心接受自己的意見，不由笑著捋了捋自己的鬍鬚，道：「好，我這裡隨時歡迎妳到來，十天後的這個時間，我還會辦一次，也會邀請很多有錢的女人，妳若想來，就十天後來吧！」

「好的，十天後我會再來的。那您忙，我就先回去了。」說著，韓香怡準備轉身離開。

「香粉妳不帶走嗎？」趙勝川淡淡說道。

「不了，這盒就送給您了。」

「是嗎？那我就收下了。對了，妳若想留下來觀賞拍賣勝景，就找個位置坐下便是，若覺得無趣，也可自行離開。」

「好的，香怡知道了。」韓香怡禮貌地說完，轉身離開了。

趙勝川看著桌子上的茶香粉，不由再次沾了一下，聞了聞。

他真的喜歡這個味道。

「這小丫頭每次都會給人驚喜，不錯，若好好指點，會有成就。」

離開了趙勝川的屋子，韓香怡長吐一口氣，和他在一個地方待久了，會讓人覺得很緊張，而且那種緊張是沒來由產生的。

心裡暗道古怪，韓香怡已經朝著樓下走去，此時樓下已經坐了一些人，瞧那穿著打扮，似乎都是來參加晚上的拍賣，突然，韓香怡的腳步一頓，雙眼看向一處，旋即眯起眼。

只見在不遠處牆角的地方，正坐著三個女子。

坐在中間的那個少女，不正是那日在她鋪子裡買了茉莉花香和鈴蘭香的人嗎？沒想到她竟也在這裡，看來身分的確不簡單。

隨後又看了一會兒，見她沒有注意到自己，韓香怡便下了樓，本想著離開這裡，馬上給藍老闆和沈大姐回一封信，讓他們不要急著把茶香粉的事情說出去，可在看到這個少女後，她卻改變了主意。

或許可以和她聊一聊。

韓香怡不由自主朝著那少女走了過去。

「我可以坐下嗎？」韓香怡走到那少女的面前，微笑著說道。

那少女看了韓香怡一眼，剛開始還沒認出來，可過了片刻，她便驚訝道：「是妳，我認得妳，妳是那個香粉鋪子的掌櫃吧！請坐。」

「那我就不客氣了。」韓香怡笑著坐了下來，看著女子道：「上次買的那兩盒香粉用得還好嗎？」

韓香怡已聞到她身上的茉莉花香。

少女笑著點頭，道：「好用著呢！買回去我就用了，就連我皇……嗯，大哥，都說好呢！」

少女說著話，還伸出手，開心地揮了揮。

韓香怡也是笑著點頭，道：「是嗎？那就好，喜歡就好。」

說道。

「對了，我還不曉得妳叫什麼呢？」

「韓香怡。香氣的香，怡然自得的怡。」韓香怡微笑介紹。

「韓香怡？嗯，好名字，很妙的名字。妳可以叫我敏兒，或是小敏也可以。」女子笑著說道。

她覺得韓香怡很親切，所以也沒多想，便將自己的小名說了出來。

「敏兒，很高興再次見到妳。」

「嗯，我也是，我是來這裡買東西的，妳呢？妳也是嗎？」敏兒天真地問。

「不是的，我只是與這裡的老闆認識而已，找他說些事情，現在解決了，就準備留下來瞧瞧，說真的，我這還是第二次看呢！」上一次對她來說是最震撼的一次。

「哦？妳和這裡的老闆認識？妳果然不簡單。」少女笑看著韓香怡說。

「對了，我這裡還有我最新做出來的香粉，若妳喜歡，我可以送妳一盒。」說著，韓香怡從袖中取出那盒茶香粉。

敏兒沒想到會在這裡碰到韓香怡，更沒想到她還會帶著香粉，頓時點頭，道：「好呀，我想要。」

韓香怡笑著將香粉盒放在敏兒面前，敏兒將那香粉的蓋子打開，頓時，香粉香氣便蔓延開來，原本敏兒距離香粉就不遠，所以一下子就聞到這獨特的茶香，頓時雙眼亮起，急忙用手沾了一些塗抹在自己的手背上，然後用鼻子聞了聞，驚喜道：「果然是好東西呀！一股茶香，我喜歡。」

「是嗎？妳喜歡就好，那就送給妳了。」韓香怡笑著，大方地送給她。

敏兒興奮地將香粉收好，然後不解道：「怎麼？妳還沒有把這香粉賣出去嗎？」

「是的，我還沒賣，這個只是剛做出來的。」韓香怡笑著說道。

「啊，這樣好嗎？妳還沒賣就送給了我。」

敏兒立刻覺得不好了，想要還給韓香怡，卻被韓香怡攔住了。

「妳就拿去吧！我還可以做，而且我也打算過段時間就推出，沒事的。」

「真的嗎？那好吧，我就收下了，我真的還滿喜歡的呢！」敏兒嘻嘻笑著，收起茶香粉，見拍賣還沒開始，便又問道：「妳這香粉到底是用什麼花做的呀？怎麼聞著有一股茶香呢？太好聞了。」

韓香怡淺淺一笑，道：「這香粉不是花做的，而是用茶葉做的。」

「啊？茶葉？那東西還能做成香粉？真是太不可思議了，香怡，妳真厲害。」敏兒對著韓香怡豎起大拇指，然後又道：「那妳要何時推出呢？到時候我也去買。」

「這個月的月末。」

按照趙勝川說得那樣，十日後就是月末，自己月末開賣，十幾天的時間也夠了。

敏兒點點頭，笑著道：「好的，我記住了，到時候我就去妳那裡。」

「嗯，那先謝謝了。」

「謝什麼，妳都給我這麼好的東西，而且還是妳尚未上市的好東西，所以不要謝我。妳放心，到時我還會帶一些人來，讓她們也都買。」

「嗯，那就謝……」見敏兒瞪眼，韓香怡就把那個謝字嚥了下去。「好吧，我明白了。」

她覺得很奇怪，眼前這個活潑的敏兒，與初見時流露出淡淡憂傷模樣的人，真的是同一個人嗎？

韓香怡會如此做也是有自己的想法。這個叫做敏兒的女子一看就不簡單，所以她希望對方可以幫她拉來一些同樣不簡單的顧客，當然，現在目的達到了，她心裡覺得很滿足，便找了個理由告辭離開了。

待韓香怡離開後，敏兒臉上的笑容便漸漸消失了，取而代之的是一臉冷淡。

「小姐，您看？」一旁一個女子小聲詢問。

她瞭解自己的主子，她不喜歡被陌生人打擾，雖然她之前見過韓香怡，可不代表現在她就允許被人打擾。

「沒事。」敏兒淡淡地搖了搖頭，道：「這個女人很特別，我竟然和她說了那些話，我自己都覺得驚訝；不過沒關係，我們還會再見面的，因為她的香粉真的很不錯。」

敏兒笑著，目光卻是看著窗外，眼中閃過外人無法察覺的光芒。

離開了雲家客棧，韓香怡心滿意足地上了馬車，回到家裡。

此刻修明澤已返家了，正在屋內讀書，見韓香怡回來了，便放下書，詢問結果。

韓香怡大致和修明澤說了一遍，並把趙勝川的話重點說了。

修明澤點了點頭，道：「這個趙勝川說得沒錯，咱們的確準備得不夠充分，一旦真的被那些傢伙遺忘，咱們即便推出，相信效果也不會很理想。」

「沒錯，所以我想還是別著急，反正還有時間，就先等等，等我準備得多一些再說吧！畢竟這也不是小事。」

「嗯，那就慢慢來吧，只要趙勝川那裡給妳方便，妳就有時間準備，做多一些茶香粉。對了，藍老闆和沈大姐那邊妳要……」

修明澤的話還沒說完，韓香怡已經開始磨墨準備寫信了。

這廂韓香怡才剛寄出信，第二日便收到回信。

他們的想法與趙勝川差不多，也都覺得還太早，什麼都沒準備好；此外，藍老闆還把茶葉送來了，讓韓香怡開心的是這些茶葉都是乾的，這樣一來她就節省了更多時間。

藍老闆在信上表示，既然茶香粉已經製作出來，那麼以後茶葉曬乾這種事情就交給他了，畢竟他們那裡四季都能栽種茶葉，所以陽光很充足，這對韓香怡來說真的是天大的好消息。

茶葉有了，接下來便是製作茶香粉，當然，若光靠韓香怡一人趕工是不可能的，所以她把製作茶香粉的步驟交給香兒，再由香兒交給小陽和小雨。

四個人一起做，這樣才更快。

就這樣，時間一晃便過去十日。

這一日，正是月末。

天空白雪飄飄，鵝毛般的大雪好似無止盡一般，不停地自天空中灑落而下，落在地面之上，將地面鋪成厚厚的一層，白得好似那飯館裡的白雪糕一般。

眼看時機成熟了，前幾日，藍老闆、沈大姐以及趙勝川都來了消息，他們把她的茶香粉介紹給很多人，相信要不了多久，她的茶香粉就會被很多人知曉。

而這一日，便是茶香粉推出的重大日子。

當鋪子高掛起大牌子，茶香粉的推出立刻吸引大批顧客光臨，當然，這裡面大多數都是來自趙勝川的雲家客棧。來人都提到趙勝川，彷彿在告訴韓香怡，「我就是從那裡知曉的」一般。

看著來往的客人都是奔著自己的茶香粉而來，韓香怡自然是開心的。她也十分慶幸，若不是趙勝川提醒，自己還不能有如此多的存貨，就算到時推出了，小陽和小雨在後面忙碌著，存貨也僅夠十幾日而已。

光今日單單一個上午就賣出三十盒，且每盒要價十兩銀子。

一上午就賣出三百兩銀子，如何能不賺錢？

香粉果然是奢侈品，就連韓香怡自己都暗暗咂舌，若是她自己，她是肯定花不下手的。

就這樣一連三日，慕名而來的人潮很多，甚至還有人代買，短短三日的時間，竟已賣出一千三百兩銀子。

雖然之後幾日人潮稍退，但客人還是絡繹不絕，除去前三日賺的一千三百兩銀子外，剩下的幾日也賺了幾百兩銀子。

這樣的成績韓香怡很滿足，因為這還只是開始，只要自己的香粉能順利推廣出去，將有更多人傳揚，就會引來更多顧客來購買，這便足夠了。

第三十三章

這一日，是推出茶香粉的第九日，晌午剛過，韓香怡和香兒以及小陽、小雨兩個丫頭在外面簡單吃了一些午膳後便回到鋪子。

鋪子剛開不久，有笑聲自門外傳來，便看到一個白衣少女帶著兩個少女走了進來。白衣少女正是叫做敏兒的女子，而在她身旁兩個年紀稍微小一些的少女卻沒見過。

韓香怡走到櫃檯前，笑著道：「敏兒姑娘，買茶香粉嗎？」

敏兒拉著兩個白衣少女走了過來，笑著道：「是啊，韓掌櫃，我來買茶香粉，這不，我還帶了我的兩個妹妹來妳這裡一起買呢！」

「哦？那真要謝謝敏兒姑娘了，不知敏兒姑娘妳要買多少呢？」

瞧那兩女的打扮也不簡單，韓香怡猜測，這兩女也不是一般人。

「先給我兩盒吧！我順便送給我姊妹一盒。」左邊少女隨意道。

「給我三盒吧！我也拿去送人，姊姊推薦的，一定很不錯。」右邊少女也跟著附和。

敏兒倒是想了想，才道：「給我也拿三盒吧，不過我還想要兩盒茉莉花香的。」

「可以，請稍等。」

韓香怡點點頭，轉身到後頭取貨。茶香粉她們沒有擺在外面，都是現買現拿，因為這東西可是珍貴著。

後面香兒正與小陽和小雨一起製作香粉，見韓香怡進來，笑著問道：「大少奶奶，又有人來買茶香粉了？」

「是啊，還是大手筆呢！給我拿八盒茶香粉，兩盒茉莉花香。」

「八盒？還真是大手筆。不過還要茉莉花香？大少奶奶，若香兒沒記錯，這茉莉花香好像就剩下一盒了。」香兒說著，已經去翻找，八盒茶香粉準備妥當，可茉莉花香卻翻找了半天，才找到一盒。

韓香怡皺了皺眉頭，道：「沒事，那就先拿這些吧！」

這些日子光顧著製作茶香粉，都忘記其他的香粉也都賣得差不多了，要是再這麼下去，就算茶香粉足夠，其他的怕也要斷貨了，想到這裡，她不由暗罵自己笨，這件事情都能忘，真是糊塗。

拿著九盒香粉，韓香怡來到前頭，帶著歉意地說道：「真是抱歉，敏兒姑娘，茉莉花香只剩下一盒了。」

「一盒嗎？沒事，一盒也夠了。」

好在敏兒姑娘也沒在意，笑著讓那兩個少女接過香粉，付了錢，便離開了。

看著三人離開，韓香怡將錢收好，然後心裡暗想：果然不簡單，只是……不知到底是多麼不簡單。

好奇便是關注一個人的開始，這樣下去只會越想越多，韓香怡急忙打消這個念頭，轉身到後面幫著製作香粉。

韓家，書房。

韓景福此刻臉色已經難看到極點，這些日子韓家香粉鋪子在帝都的生意也是一落千丈，很多人都去韓香怡的香粉鋪子買她剛推出的茶香粉。

在他面前的桌子上也擺著一盒香粉，正是他派人去買來的茶香粉。

他不得不承認，這香粉的確很好，且還是用茶葉製作出來的，本身就充滿賣點，尤其對那些喜歡喝茶、品茶的人，知道茶葉還能做香粉，更會去看一看、瞧一瞧，滿足好奇心。

「真是越來越不把韓家放在眼裡了。」一旁的趙氏氣呼呼地嬌喝道：「這個臭丫頭真是越來越沒規矩了，當初若不是咱們韓家不管她，她又怎麼可能在帝都開起香粉鋪子呢？如今還敢和咱們韓家搶生意，真是豈有此理，老爺，您叫人去把那臭丫頭的鋪子封了吧！」

「哼！妳個婦道人家知道什麼。封了，怎麼封？找官？人家宋家可是給皇家做事的；找江湖道上的？別忘了，曾龍就是血林幫的幫主，妳覺得在帝都還有人比他更厲害嗎？既是如此，妳覺得我怎麼封？怕是我真的這麼做了，到時咱們的鋪子就要提前關門了。」

聽著韓景福的話，趙氏不由也是一臉鬱悶，那個在她眼裡什麼都不是的臭丫頭，沒想到如今已經成為如此厲害的角色，他們韓家竟然都不能動她，這讓趙氏既氣憤又無奈。

「早知如此，當初就不該讓那個臭丫頭嫁到修家去。」趙氏憤憤說道。

韓景福聽到這話原本已經壓下去的火氣再次竄了起來，指著趙氏罵道：「妳給我閉嘴，妳還有臉在這裡跟我說這話？當初我是怎麼說的？我讓妳女兒嫁給修明澤妳怎麼不同意？還不是嫌棄對方是個傻子，這才讓韓香怡那丫頭嫁過去，現在知道那小子不是個傻子妳就後悔了？以後這種話別再讓我聽到，若是再讓我聽到，有妳好看，滾。」

趙氏被韓景福嚇得一哆嗦，哪裡還敢多嘴，急急忙忙跑了出去。離開屋子之後，趙氏只覺胸中更氣，轉身就朝韓如玲的住處走去，心想：這個死丫頭這個時候要是不學禮儀，就等著自己打她手板吧！

「小李，你進來。」韓景福對著外面喊了一聲，很快便有一個男子走了進來。

「老爺，您找我何事？」叫小李的男子淡淡說著，絲毫沒有因為對方是韓家家主就表現出任何恭敬。

韓景福似乎也習慣了，笑著道：「你去趟韓香怡的鋪子，找她談談，看可不可以讓她把茶葉香粉的製作方子賣給我們，多少錢都可以，我們都買。」

「知道了。」小李點點頭，什麼也沒多問，便轉身離開了。

韓香怡又送走一個客人後，伸了個懶腰，這些日子的生意果真是要比之前都好上太多，讓她開心之餘，身體也有些吃不消了。

「或許應該休息休息，要不然怕是撐不住了……」

韓香怡捏了捏自己的肩，正準備回後面時，卻聽到腳步聲傳來。

她轉頭一看，見來者是一個模樣十分木訥的男子。

是的，木訥，這個詞對於一般人來說或許不好形容，可對眼前這人來說卻十分貼切，因為他面無表情，而且走路也是正正經經的，給人的感覺就兩個字——彆扭。

雖然心裡覺得怪怪的，韓香怡還是笑著走回櫃檯，笑著道：「請問您要買什麼香粉？」

小李看著韓香怡，淡淡道：「我是韓家主叫來的。」

聽到韓家主三個字後，韓香怡臉色不由一變。

他叫人來自己這裡要做什麼？莫不是要買茶香粉的製作方法？

韓香怡心裡有了一個想法，也收起了笑容，冷淡道：「他叫你來的？所為何事？」

「韓家主說，他希望妳可以把茶香粉的方子賣給我們，多少錢都可以，只要妳肯賣。」

小李看著韓香怡，一字一句地說道。

韓香怡沒有回答，而是走出櫃檯，走到椅子前。

「坐吧！我先去泡杯茶。」說完，她也不等小李答話，便轉身離開。

過了半晌，韓香怡端著茶回來了，見小李依舊坐在那裡，筆直地坐著，樣子很古怪，看著很不舒服。

「你……一直都是這樣的坐姿？」韓香怡一邊倒茶，一邊道。

「是的。」小李淡淡道。

「請喝茶。」

「多謝。」

小李道謝也依舊是一副呆頭呆腦的樣子，就好像他真的不會其他的表情一般。

「你說是他讓你來我這裡，想買我的茶香粉方子，對嗎？」

「沒錯。」

「也說多少錢都可以，只要我肯賣？」

「是的。」

韓香怡點點頭，笑著道：「我要是不肯賣呢？」

小李扯了扯嘴角，那牽強的樣子讓韓香怡都有些擔心，他力道再大一些嘴角是否會裂開。「不肯？妳是怕我們出不起價錢嗎？妳大可放心，我們有錢，只要妳肯賣，多少錢都可以。」

韓香怡搖了搖頭，道：「抱歉，我是不會賣的，這是我自己的東西，若你們有了製作方子，都賣起茶香粉，你覺得我還能賺到錢嗎？」

韓香怡說得是事實，現在茶香粉的確賣得不錯，那是因為這東西只她一家才有，想要買便只能來她這裡。

一旦韓家得到這茶香粉的製作方法，那麼她的鋪子怕是不能再吸引更多的客人，畢竟韓香怡的香粉鋪子還只是一個不起眼的小鋪子，所以想要贏過韓家的香粉鋪子，唯一的辦法就是擁有他們沒有的東西。

而茶香粉就是唯一一個他們沒有的東西，所以她是不會賣掉的。

「多少錢都可以，一千兩銀子。」

「不賣。」

「兩千兩百銀子。」

「我這些天就賺了兩千多兩銀子了。」韓香怡聳肩道。

「那就五千兩銀子買妳的方子，五千兩很多了，五千兩妳可以買很多東西。」小李繼續道。

「就算是一萬兩銀子我都不賣。」韓香怡直接抬高了一倍。

小李頓時就愣住了，他以為自己來了，只要開口對方就一定會賣，可她卻一而再、再而三反對，五千兩銀子她都不要，更沒想到的是她還提高到了一萬兩，這不是開玩笑嗎？

一萬兩銀子就為了買一個製作方子？他若真的答應，那自己就真的傻了。

「一萬兩銀子很多，我不能保證，但是五千、七千兩我還可以答應。怎麼樣？要賣嗎？」小李繼續說道。

韓香怡看著他，心裡暗自感到好笑。

韓景福是怎麼想的？怎麼會想到要讓這麼個傢伙來自己這裡呢？

她還是搖頭，道：「抱歉，我還是不會賣。我的製作方子以後還可以賺更多錢，絕不僅僅是幾千兩銀子就可以買到的，所以你回去告訴他，韓香怡說了，這個茶香粉的製作方子是不會賣的，你走吧！」

說完，韓香怡便站起身子，準備離開，身後卻傳來小李的聲音。

只聽他依舊是淡淡說道：「妳還是賣給我吧，我可以再加幾百兩銀子，真的很多了，妳賣給我不吃虧。」

韓香怡腳步一頓，露出苦笑，她終於知道韓景福為何會用他了，因為不是他會說，而是他能說。面對一個只顧著自己說話，卻不想聽別人說話的傢伙，韓香怡只能選擇默默地離開。

她見對方沒有要離開的意思，便起身走到後面，在她關門之前，小李依舊坐在那裡，沒有離開。

「大少奶奶，您要取什麼香粉？」香兒見韓香怡走了進來，習慣性地問道。

「不取東西，我只是來這裡避難。」韓香怡聳了聳肩，一臉無奈。

「避難？莫非前面有壞蛋？」

香兒立刻警覺起來，就連一旁的小陽和小雨也都緊張了起來。

韓香怡見狀急忙擺手，道：「不是，妳別亂說，只是來了個讓人鬱悶的傢伙。」

韓香怡簡單地將事情說了一遍，三人這才明白過來，隨即見香兒眼珠子一轉，嘻嘻一笑，道：「大少奶奶，您在這裡等著，香兒去替您把他弄走。」

「怎麼？妳有辦法？」

香兒這個小丫頭，機靈著呢！

「嗯，我有辦法，您就瞧著吧！」

說完，香兒笑嘻嘻地下了炕，推門走了出去，韓香怡則是趴在門縫向外看。

只見香兒邁著步子，雙手背後，來到小李的面前。

小李看著很木訥，其實年紀也就十六、七歲而已，只不過因為穿著古板，所以顯得整個人有些年紀，可終究還是個少年。而香兒是個十來歲、機靈的小丫頭，她笑嘻嘻地在小李面前走來走去，一雙眼睛直直盯著他瞧。

「妳們掌櫃的在哪裡？請叫她出來，我有事情與她說。」小李目視前方，淡淡說道。

「找我們掌櫃？有什麼事情？我們掌櫃忙著呢，沒空招待你，你與我說便是。」香兒一屁股坐在一旁的椅子上，拿著杯蓋一邊轉，一邊道。

「這不可以，這件事情我只能與妳家掌櫃的說，妳不可以。」小李依舊看著前方淡聲說道。

「我不可以？你說我不可以？」

香兒佯裝憤怒地站起身子，一步邁到小李的面前，伸出一隻手，指著他的鼻尖，憤然道：「你竟然敢說我不可以？你真是氣死我了，快給我道歉，說你錯了。」

小李伸手將香兒的手指撥開，看著她淡淡道：「我並沒有說錯什麼話，所以我不需要道歉，而且我必須要見妳們掌櫃，我有話要說。」

「哼，你說見就要給你見？你當我們掌櫃的是什麼？再說，你不就是想要買我們茶香粉的製作方法嗎？我現在就告訴你，我們不會賣的。」

「我可以給妳們很高的價錢，只要妳們肯賣。」

「很高？多高？一萬兩還是兩萬兩？」

「一萬是不可能的，我跟妳們買的只是一張紙，或者說是一個方子而已，我承認妳們以後可以用這個茶香粉賣更多錢，但我不可能無限期給妳們錢，一、兩萬太高，這不可能，根據我的估算，六千兩銀子足矣。」

「足你個大頭鬼呀！六千兩就想買我們茶香粉的製作方法，你還真以為自己很厲害？我告訴你，這不可能。而且我覺得你說得對，我們的香粉以後賣得會更多，賺得也會更多，一萬、兩萬是遠遠不夠的，所以我覺得你起碼要給我們十萬兩銀子，要是你明兒個就拿來十萬兩銀子，我保證，我會求我們掌櫃的賣給你的。」

「十萬兩……這是不可能的，我不與妳談，妳把妳們掌櫃叫來，我要與她說。」小李顯然是被香兒氣到了，說話都抖了。

香兒也注意到這點，不由暗自好笑，心想：哼，好樣的，我氣死你。

想著，香兒又往前邁了一步，身體已經靠近小李，聲音也變得輕柔了許多。

「你說，我要是不給你呢？你要怎麼樣？」
「妳……請妳離我遠一些，男女授受不親。」
「男女授受不親？」香兒一臉莫名地看著小李，詫異道：「你在說什麼呀，我聽不懂。我沒讀過書，不懂你說的。」
說完，又往前前進了一步，她的雙腿已經貼在小李的雙腿前，眼看著身子就要探過去。
小李嚇得一哆嗦，下一秒便有些失態且急忙地推開香兒，快步向外跑去，一邊跑還一邊喊道：「我還會來的。」
「來吧，我等你啊！」香兒笑著大聲喊道，隨即格格笑個不停，顯然是被小李的傻樣逗得不行。
門打開了，韓香怡和小陽、小雨都走了出來，韓香怡笑著道：「妳這丫頭，妳把人家嚇得都奪門而出了，瞧那樣子真恨不得多長一雙腿呢！」
「嘻嘻，大少奶奶，這可怪不得香兒，都是那傢伙太可惡，還跟我說一、兩萬太多，給我們六千足矣。我呸呸呸，咱們的茶香粉可是很值錢的，相信以後一定會賣出更多錢，絕不止六千兩這麼少。」
韓香怡笑著搖了搖頭，道：「雖然我不想承認，但我覺得他說得沒錯，咱們的茶香粉值得錢並不多，製作方子也不會很貴，當然，值錢與否也要看當事人肯出多少錢；可是這種東西就與咱們之前的那些香粉一樣，只是一時的東西，不能長久，或許可以堅持一年、兩年，但以後呢？終究還是會被人們遺忘的，誰也不會一雙筷子用一輩子，壞了就要換，舊了也想換。

「咱們要想讓更多人記住，就一直需要有新的東西出來才好，所以在這一年的時間內，我希望可以做出更多新香粉，這樣即便記不住一種香粉，也可以記住咱們的招牌，這才是最重要的。」

聽完韓香怡的話，香兒恍然大悟，猛點頭，道：「大少奶奶，香兒明白了。」

至於小陽和小雨，則是一臉的迷茫，這些對她們來說還有些複雜，她們不懂也是可以理解的。

一天轉眼過去了，今日的客人比昨日少了一些，但總體來說還算不錯，賣出的利潤也讓人滿意。雖然按照這個趨勢，來購買香粉的人會越來越少，可這對她來說，已算是不錯的結果了。畢竟香粉不是生活中的必備之物，這種東西只是需要的時候拿來用一用便可，誰也不會因為喜歡就買很多，那不現實，自己用的話，一、兩盒便足夠了。

夕陽西下，韓香怡幾人關了鋪子，回到住處。

這個時候修明澤一定還在書院沒回來，韓香怡心想自己可以好好泡上半個時辰的熱水澡，讓自己好好放鬆一下。

瞧著忙著添加熱水的香兒，韓香怡的腦海中不由得冒出趙勝川那日的那些話。

「一個小丫頭，年紀大概十三、四歲，長得很可愛，最主要的是，她的背後有一塊胎記，胎記不大，類似於水滴的形狀……」韓香怡嘟囔著。

突然福至心靈，有道念頭閃過她的腦海，也許趙勝川找的這個人就在她身邊，只是她沒有注意過。於是她想到了香兒。

「香兒，陪我一起洗澡吧！」

香兒被韓香怡這句話弄得一愣。因兩人是主僕，她從未想過跟自己的主子一起洗澡，所以她愣住了，一時半刻不知該怎麼回答。

「怎麼？不想嗎？」

「啊？不、不是的。」香兒忙擺手，一邊脫衣服，一邊道：「我想……啊，我是說，好的，大少奶奶。」

見香兒那慌張的模樣，韓香怡不由笑著搖了搖頭，道：「別著急，小心滑倒。」

「嗯！」香兒害羞地應了一聲，此刻已經脫掉衣服，光溜溜地站在那裡，有些不知所措地看著韓香怡。

韓香怡笑道：「還看我幹麼？不進來嗎？」

香兒聽罷，俏臉又紅，急忙害羞地鑽進水中。

十歲的香兒還是個瘦弱的小女孩，身子瘦瘦小小的，惹人憐愛。

見她一副拘謹的模樣，韓香怡不由笑著道：「這是在做什麼？我又不會吃了妳。」

「不是的，大少奶奶，香兒……香兒有些不太習慣。」

香兒忙擺手，然後又發現自己動作太大，水花都濺到韓香怡的身上，便急忙縮回了手，一副乖巧的模樣。

韓香怡不由感到好笑，這個丫頭平日裡也沒見她這麼害羞過，現在倒是變了個樣子。

「來，轉過身來，我替妳搓背。」

「啊？大少奶奶，這可萬萬使不得啊！香兒……香兒自己洗就好了。」

香兒實在是被韓香怡的舉動嚇得不輕，心想：今兒個大少奶奶怎麼了？好生古怪呀，怎麼無緣無故想到要與我洗澡呢？而且還要替我搓背……

「哪來這些廢話，快轉過去，我替妳搓。」韓香怡白了她一眼，輕聲呵斥道。

香兒頓時身子一僵，只得聽話地轉過身去，背對著韓香怡，輕聲道：「大……大少奶奶，還是我給您……」

「不要說話，我來。」韓香怡說著，看向她的背。

嗯？

韓香怡一看眼睛便離不開了，因為，在她的背上竟然真的有一塊胎記。

可是……這胎記看著有李子般大小，卻是圓圓的，哪裡是什麼水滴形狀呢？莫非自己想多了？想著，韓香怡還是不由自主地問道：「香兒，妳後背這是胎記嗎？」

「是的，大少奶奶，香兒背後這個是胎記。」

「嗯。那妳清楚自己的胎記長什麼樣子嗎？」韓香怡又問了一句。

因為她有些不死心。
只見香兒點了點頭，道：「知道呀，圓圓的，長大了呢！以前不是這個樣子的。」
咦？
韓香怡雙眼一亮，以前不是這樣？莫非……
想到這裡，韓香怡又問道：「哦？這胎記還能變樣？那以前是什麼樣子？」
「我也覺得奇怪呢，我這胎記以前是水滴狀，只有櫻桃那麼大，如今卻長得好似李子那般大小，而且形狀也變了，不是水滴的樣子，變成圓圓的，難看死了。」
香兒說完後，韓香怡也無話可說了。
趙大哥要找的那個丫頭就是她。
雖然她還不清楚為何趙勝川要找的女孩年齡與香兒的年齡不同，可兩人都曾有水滴形的胎記，這卻是錯不了的。
而且她不相信這是巧合。
對韓香怡來說，香兒就猶如自己的妹妹，她希望她得到幸福。當她確定香兒確實有趙勝川所說的那個胎記後，她便覺得香兒很可能就是趙勝川尋找的那個女孩。
「香兒。」
「嗯？」
「妳有沒有想過妳自己還有什麼親人呢？」

「親人？大少奶奶，您怎麼這麼問？」香兒緊張地問道。

「沒事，就是隨便問問。」韓香怡見她緊張，便笑著道。

「哦，香兒沒想過，香兒從小就被爹娘賣了，香兒只有一個人，沒有什麼親人，也沒想過要有什麼親人，香兒以後就跟著大少奶奶您。」

韓香怡笑著揉了揉她的腦袋，道：「跟著我做什麼？以後妳也要有自己的生活，妳也要找屬於自己的男人，有一個自己的家，生兒育女，相夫教子，這才是女人該做的事情。」

「可香兒只想跟著您，哪兒也不想去。」香兒低著頭小聲道。

唉！

韓香怡暗暗嘆氣，香兒因小時候的遭遇而看輕了自己，所以不認為自己能擁有那些幸福。

為了讓香兒過上好日子，韓香怡認為促成此事是義不容辭。

「香兒，明早妳隨我去見一個人吧！」

「好的，大少奶奶。」香兒想也沒想便回答道。

清晨，日頭出來得很晚，也沒有一絲溫暖的感覺。

韓香怡主僕兩人裹得嚴嚴實實的，踏著白雪出門去了。韓香怡沒坐馬車，而是與香兒一起步行，來到雲家客棧時，已經是兩刻鐘後。

看門的夥計早就認得韓香怡，知曉她與自家掌櫃熟識，便也沒阻攔，任其進入。

韓香怡微笑打招呼，與香兒上了二樓，來到趙勝川的屋門前。

「進吧！」

沒等韓香怡敲門，屋內就傳出趙勝川的聲音。

韓香怡也沒客氣，推門便走了進去。

趙勝川在屋子裡的床上坐著，似乎剛剛還在睡覺一樣，此刻沒什麼精神地看著韓香怡，道：「怎麼？又有事情求我？」

「不是有事求您，而是有事與您說。」韓香怡笑著搖搖頭，然後拉著香兒的手，笑著道：「還記得之前您要我找一個小丫頭嗎？」

趙勝川原本懶散的目光在聽到韓香怡的話後，立刻來了精神，目光一轉，看向韓香怡身旁的香兒，隨即臉色一冷。

「丫頭，妳這是在耍我嗎？這分明就是妳的丫鬟，若我沒有記錯，她是叫香兒吧！妳拿妳的丫鬟來糊弄我，妳覺得這樣做我會高興？」

韓香怡知曉他會誤會自己，所以也不生氣，而是笑著道：「香兒，告訴他，妳的背後是否有胎記？」

香兒一走進來就很緊張，一想到昨晚韓香怡對自己說的那些話，她就覺得不對勁。

如今來到這裡，又聽到那趙勝川在找小丫頭。

莫不是那個小丫頭就是自己？而且怎麼還與胎記有關？

雖然心裡疑惑，但她還是老實地點點頭，道：「是的，我背後有胎記，之前是水滴形狀的，不過現在長大了，變圓了。」

趙勝川雙眼微微瞇起。

韓香怡應該不會傻到隨便找個人來騙自己，可是哪有這麼巧合的事情，他要找的人就是她的丫鬟？

「丫頭，妳說的我也不是不相信，只是這實在太難讓人信服。這樣吧，我還記得那胎記的位置，口說無憑，妳讓她把背後露出來讓我瞧瞧，若位置沒錯，我便信妳。」

見趙勝川還是不相信，韓香怡也不生氣，為了香兒並促成此事，她覺得自己要更沈著穩重。

於是她看著香兒，道：「香兒，讓他瞧瞧如何？」

香兒咬著唇，點點頭，沒有說什麼，而是轉過身子。

韓香怡見狀，也是無奈地嘆了口氣，然後將她脖子處的扣子解開，將衣服拉到脖子以下一隻手掌的距離，背部左下方有一顆圓圓如李子般大小的黑色胎記。

趙勝川剛開始還不相信，可當他看到那胎記的位置後，他整個人都顫抖了起來，快步下了床，也顧不得穿上鞋子，就這麼朝著香兒走了過去。

韓香怡抱著香兒，讓她的臉貼著自己的胸口。

「趙大哥，只許看。」韓香怡警告道。

趙勝川自然知曉，瞪了她一眼，站近了一些，看了看，又想了想，再看了看，最後方才點了點頭。

「沒錯，就是這個位置，我是不會忘記的。好了，穿好吧！涼，別凍著。」

剛剛趙勝川的語氣遠沒有現在這般柔和，當他確定香兒的身分後，他說起話來，語氣溫柔很多。

為香兒扣好扣子，韓香怡才道：「趙大哥，這下您可以說說，您找香兒做什麼？」

趙勝川看了她一眼，然後直直地看著香兒，一邊點頭，還一邊輕聲自語著。

「像，真像，太像了。和她娘小時候很像，雖然年紀還小，但已經很像了。」

之前他沒往這方面想，所以自然不會仔細觀察香兒的樣貌，如今仔細一看，便發現，她真的很像她娘親。

韓香怡聽到了他的輕聲細語，更聽到了趙勝川口中「她娘」兩字。

莫非趙勝川是香兒的爺爺？這……

韓香怡聽到了，香兒卻沒聽到，或許說，她的注意力並未放在這上面，因為她滿腦子都在想一件事情：大少奶奶好像不要自己了，她不會是想把自己送人吧？

「趙大哥，您別光顧著看，您倒是說句話啊！」韓香怡將香兒拉到自己身後，笑看著他問道。

趙勝川咳了一聲，道：「妳想讓我說什麼？」
「說什麼想必您就不該問我了，您之前讓我找人，我給您找到了，您不覺得應該跟我解釋一下嗎？」
「這丫頭是我那死去小子的女兒，是我的孫女，妳覺得我還要解釋什麼？難道妳還猜不到？」趙勝川看著韓香怡，一臉譏諷地說道。
她當然猜到了，自從在香兒身上看到那胎記後，她便猜到這個可能，因為趙勝川實在沒那個閒情逸致花這麼多精力找個小姑娘，唯一可能便是這女孩與他有血緣關係。
「原本還只是猜想而已，如今得到了確認。」
韓香怡淺淺一笑，然後轉頭看著已經被兩人的對話弄得愣在那裡的香兒，雙手抓著她的肩，輕聲道：「香兒，真的很抱歉，這件事情我之前沒有與妳說，不是我不想，而是我不能，我怕我說了，妳就不來了。」
香兒只是發呆，沒有說話。
「香兒，妳要知道，有家人是一件多麼幸福的事情，之前妳都說自己沒有親人，是個孤兒，當時我還說讓我做妳的姊姊。香兒，現在看來妳並不是一個人，妳還有一個爺爺，妳是有親人的。我知道妳一時很難接受，妳也不需要馬上接受這個事實，但我希望妳不要全然拒絕，可以嗎，香兒？」
香兒呆呆地看著韓香怡，她不知道該說些什麼，也不清楚現在該怎麼辦。

人。

她是孤兒，自從爹娘把她賣了以後，她以為自己從此以後就是一個人，不會再有什麼親人。

親人在她的印象中，就是一個可憎、可恨的存在，雙親當初丟棄她、讓她餓死街頭，她那幾年所受的苦，讓她不再相信什麼親人，因為那些傢伙都是壞人。

直到現在，她相信的、崇拜的、依賴的人就只有一個，那就是韓香怡，這個對自己如親妹妹一般的主子，她一直認為自己要跟著主子，跟著主子一輩子，直到自己死去。

可現在，有人卻突然告訴她，她還有個爺爺，她的心情很是複雜，怕是連她自己都不清楚。

「孩子。」

趙勝川笑著開口，伸手便要去抓香兒，香兒卻如受驚的兔子一般，一步跳開，躲在了韓香怡的身後。

趙勝川伸出去的手僵在那裡，臉色也是十分尷尬。

韓香怡則是拉著香兒的手，皺眉道：「趙大哥，香兒一時半刻還不能接受您，所以您不要急著做什麼，希望您可以給她一些適應的時間。」

趙勝川也清楚是自己太激動了，急忙調整狀態道：「妳放心，我有分寸，只不過她……似乎很怕我。」

韓香怡點點頭，道：「她當然怕您，因為您不清楚她之前所經歷的那些事情。」

韓香怡看著趙勝川，將香兒所經歷的事情都說給他聽。

趙勝川的臉色也是一變再變，最後當韓香怡講完自己所知曉的事情後，他也沈默了。

是啊，任何一個小孩子在經歷這樣的事情後，心都會封閉，不會再接受任何人的存在，更別說是被自己的親人賣掉，這對一個小孩子來說是多麼痛苦的回憶，所以她剛剛才會這麼怕自己、才會如此驚嚇。他理解，也明白了。

「趙大哥，我該說的都已經說完了，接下來該您說了，您說她是您的孫女，那您可有什麼證據？」

「證據嗎？」趙勝川輕聲呢喃著，然後將事情的始末原原本本地說了出來。

原來，趙勝川曾有個兒子叫趙鐵賢，娶了個媳婦劉氏，沒多久便生下一個女孩。

當時趙勝川還沒有如今這麼厲害，他只是經營著一間小飯館，生活還算富足，兒子、媳婦也很聽話，在客棧幫忙，一家人過得很溫馨。

無奈好景不長，突如其來的一場災禍降臨，趙勝川的兒子和兒媳都在一場大火中被燒死了，即便大夥奮力搶救，飯館還是被燒毀，什麼都沒有剩下；而當時若不是趙勝川外出進貨，怕也會葬身在這場大火之中。

當時趙勝川悲痛欲絕，甚至都動了一死了之的念頭，可是當他們清理現場的時候，卻發現被燒毀的客棧裡，只有兩具燒焦的屍體，沒有他孫女的，也沒有一個叫做阿楊的女人屍體。

阿楊是趙勝川雇來照看孩子的人，她當時家裡也有剛出生不久的孩子，因此奶水很足，一來趙勝川和兒子、兒媳忙，沒時間照看孩了；二來劉氏身子不好，沒多少奶水，也算是替香兒找了奶娘。

雖然趙勝川的兒子、兒媳葬身火場，阿楊和孫女卻可能還活在人世，這讓趙勝川打消想死的念頭，發誓要找到自家孫女。於是他動用當時所有關係去找阿楊，一開始去她城裡的家，卻發現他們一家人早就在他客棧失火的那天夜裡就悄悄搬走了。

趙勝川加派人手擴大範圍尋找，終於在一年後在一個村子裡找到那兩人，卻發現阿楊竟和她的男人一起把他的孫女給賣了。

當時趙勝川十分惱怒，直接把兩人給打了，接著去尋買主，卻沒有找到下落，他孫女的消息也是自那以後便斷了。

之後的幾年裡，他一邊做生意，一邊把自己的生意做大、做強，一邊繼續暗中尋找著他孫女的下落。

這一找便是幾年，卻依舊音訊全無，這讓趙勝川失去了希望，因為在他想來，那麼小的女娃娃一個人怎麼活下去？

之前拜託韓香怡也只是出於不想放棄的最後念想罷了，若她都找不到，那真的沒希望了。

讓他沒想到的是，她……竟然真的找到了。

這對他來說無疑是天大的驚喜，辛辛苦苦找了這麼多年，竟然就這樣找到了，就連他自己都覺得這實在太不可思議了。

「這就是我的故事，香兒是我的孫女，是我的親孫女。」趙勝川聲音顫抖，激動地說道。

離開雲家客棧的時候，韓香怡是一個人，雖然她知道，香兒並不想一個人待在那裡，可那裡畢竟才是她的家，那裡有她的親人。

這個事情從發生到現在，一切都是那麼不可思議，韓香怡作夢也不會想到跟隨自己這幾個月的香兒竟會是趙勝川的孫女，而她也在機緣巧合下認識了趙勝川，之後發生的一連串事情也讓兩人接觸不少，繼而知曉了香兒的身世。

可以說，這一切都是緣分兩字促成的，若她當初沒有選擇香兒留在自己身邊，若之前她與趙勝川只是萍水相逢、毫無瓜葛，那麼香兒的身世也就無法解開，她會是自己身邊的一個小丫鬟，而自己也還會一直把她當作妹妹一般看待，這些境遇讓韓香怡覺得很奇妙。

韓香怡獨自一人走在大街上，看著來來往往的行人，不由緊了緊衣服。

這個寒冬，真冷。

雲家客棧。

「孫女，妳要吃點什麼東西嗎？咱們這裡什麼好吃的都有，保證不重複。」趙勝川看著坐在那裡不出聲的香兒殷勤問道。

若是被那些夥計瞧見平日裡霸道非常的老闆對一個小女娃如此表情，想必都會震驚到下巴掉一地吧！

可是香兒只是坐在那裡不出聲。若放在之前，她一定會被好吃的吸引，可現在她對那些東西都沒了興趣，因為大少奶奶不在她的身邊了。

香兒霍然抬頭，看著趙勝川，聲音顫抖地道：「我要回去，我要回去找大少奶奶。」

「孫女，妳如今不再是什麼丫鬟，也不必再叫她大少奶奶，妳是我趙勝川的孫女，妳的身分地位並不比她差，所以妳以後都不必辛苦了，妳就待在這裡，爺爺會讓妳過上大小姐一樣錦衣玉食的生活。」

香兒卻彷彿聽不進去一樣，只是一個勁搖頭，大聲喊道：「不要，我不要，我不要大小姐的生活，我也不要錦衣玉食，我只要回到大少奶奶身邊。爺爺，您就讓我回去吧！我不要待在這裡。」

原本想要發火的趙勝川卻被香兒那聲爺爺叫得心都顫抖了。爺爺，這兩個字他可是苦苦等了十多年，終於聽到孫女叫自己了。

趙勝川軟了心，好聲好氣道：「可妳是回不去的，妳是我趙勝川的孫女。」

「那又如何？」香兒一臉不在乎地說道。

趙勝川呼吸一滯，一句「那又如何」讓他徹底無話可說。

如今帝都有多少人想要做他的孫子、孫女，可他們做不了，他所擁有的東西是他們夢寐以求的，相信只要他一句話，馬上就會有幾十個孫子、孫女出現在自己面前，可她卻說「那又如何」。

這讓一向自傲的趙勝川開始嫉妒起韓香怡那個丫頭了。因為他擁有了很多，卻無法擁有自家孫女的心，在她的心裡，韓香怡遠比他這個做爺爺的更重要。

「我的孫女啊！若之前不知道妳是我的孫女，妳做她的丫鬟我不管；可如今妳是我孫女，我就不允許妳再去做別人的丫鬟。」

「您覺得丫鬟丟人嗎？」

「丟人。」趙勝川毫不猶豫地回答道，隨即覺得不妥，便解釋道：「我的意思是說，若放在其他人身上，或許不丟人，可放在妳身上，就是丟人，因為妳是我趙勝川的孫女，我的孫女怎麼可以做別人的丫鬟呢？」

「那您可以不要認我做您孫女。」香兒擦了擦眼角的淚，聲音平靜地說道。

「妳……」趙勝川看著香兒，一臉錯愕。

這是他聽到的話嗎？他真的沒有聽錯嗎？她竟然要他別認她做孫女。這是什麼話，這像話嗎！

「我不想騙您，我從來都把自己當作孤兒，我經歷了很多，有很多次我都差點死掉，所以我覺得自己是一個孤兒；可自從跟了大少奶奶，我發覺自己不是一個人了，有人關心我，有人照顧我，有人在意我，從那以後我就告訴自己，以後我就跟著大少奶奶了，我哪兒也不去，跟著她一輩子。」

香兒說得很平靜，就好像在說一件再平常不過的事情一樣。

因為她說得很投入，讓趙勝川聽了心裡也暗暗自責，如果當初他把香兒帶在身邊，或許這一切就不會發生了……

不過世事無如果，事情已經發生了，他就是沒有找到她，沒有在她最需要他的時候給她關懷、給她溫暖，讓她感受到家人的愛，所以如今她不接受他，這也是他需要承受的苦果。

趙勝川苦笑著點了點頭，道：「孫女，妳說得是對的，我也清楚妳心裡面在乎的只有韓香怡那個丫頭；可妳要知道，我是妳的爺爺，我是妳在這個世界上唯一的親人，妳難道就不想跟爺爺住在一起嗎？」

香兒咬著唇，她覺得這是一個很難回答的問題。一邊是她最想要在一起的大少奶奶，一邊是她不怎麼親近的爺爺；一邊是主僕情，一邊則是親情，這讓她有些難以取捨。

見香兒沈默，趙勝川才露出一絲笑容，因為沈默代表她在選擇，選擇就說明她兩邊都有不捨，他只怕她無心於親情，若她想也不想就說出韓香怡的名字，那才真的會讓趙勝川受傷；所以如今這樣，他反倒是欣慰不少，起碼她心裡還是有他這個爺爺一席之地的。

「我還是想要回去，我想要回去和大少奶奶待在一起。」

香兒想了再三，雖然她覺得爺爺是自己的親人沒有錯，可她同樣已經把韓香怡當作親姊姊了，她還是希望可以回到韓香怡身邊去。

這一次，趙勝川沒有反對，非但沒有反對，反而還點點頭，道：「好，既然妳執意要回去，那我就成全妳，而且我要親自送妳回去。」

「真的？」

「真的。」

「爺爺，謝謝您。」

趙勝川再一次被香兒這聲爺爺叫得渾身舒暢。果然自己對這個小丫頭還是狠不下心來啊！

「不過妳今晚要待在這裡，明早我再親自送妳回去。」

「嗯嗯，那就這樣說定了。」香兒立即露出開心的笑容，隨即又道：「爺爺，我餓了，給我弄些好吃的吧！」

「好，好吃的有得是，馬上就來。」

一聽見孫女要吃東西，趙勝川立刻來了精神，快步走出去，吩咐了一番，又走了進來。

對待好不容易相認的孫女，他可以說是有求必應，凡做到，必做好。

第三十四章

送香兒去雲家客棧後，韓香怡已經沒了去香粉鋪的念頭，而是直接回到修家，回到自家屋子裡倒在床上。

韓香怡雖然祝福香兒，可她一個人的時候，還是會覺得寂寞，自從與香兒認識後所發生的一幕幕都在她的腦海中一一浮現。

直到這時，她深刻認知到香兒對她來說，已經是如親妹妹一般的存在，她們已經是無法分離的姊妹了，突然之間只剩下她一個人，她的心裡面變得空落落的……

「可我不能這麼自私不是嗎？她有屬於她的生活，她不能再做自己的丫鬟了，再說自己還能見到她啊，為何還是這麼難過呢？」

韓香怡眼角濕潤了，她擦了擦，卻發現淚水擦不完。

她不知自己何時睡著的，醒來時天色已經很晚，修明澤正坐在床邊看著她。

見韓香怡醒了，修明澤伸手在她的臉上捏了捏，韓香怡不由覺得心裡一暖，將臉湊了上去，在他的掌心蹭了蹭，如受傷的小鳥一般。

「香兒回去了。」

「去了哪裡？」

「她的家。」

「這裡不就是她的家嗎？」修明澤不由詫異道。

他剛剛回來後，看到韓香怡眼角的淚痕，便知道她哭過，這才靜靜地等著她醒來，沒承想，一醒來就說出讓他感到莫名其妙的話。

「雲家客棧，她回雲家客棧了，趙勝川是她的爺爺。」韓香怡將臉緊貼在修明澤的手掌心上，輕聲說道。

修明澤先是一怔，隨後沈默了片刻，才伸出另外一隻手，在她的腦袋上輕輕地揉著。

「我的傻娘子，雖然妳們分開了，可妳們都在一個城裡，想見面還是可以見到的；而且我相信，香兒這丫頭雖然身分不同了，她還是會去鋪子裡與妳一起，即便不住在這裡，妳們也還是可以見面的，所以妳不必如此難過。」

聽到修明澤的話，韓香怡點點頭，道：「夫君你說得是對的，我們都還在這裡，我們每日都能見面，既然如此，我為何還要傷心呢？我想通了，謝謝你，夫君。」

「呵呵，謝我做什麼？我並沒有做什麼，不過我倒是覺得妳該好好地想想，以後身邊沒了香兒服侍，妳該怎麼辦，是否考慮要再找一個呢？」

「這個倒不用，我相信小陽和小雨會幫助我的，至於其他的丫鬟，我想用都得要經過孫氏，我不放心放在我身邊。」韓香怡搖了搖頭說道。

修明澤點頭表示同意，道：「嗯，這倒沒錯，之前我娘還在的時候，起碼可以通過我娘，如今我娘不在了，就需要經過孫氏，到時即便再好的人都會變，所以暫時還是算了。」

「嗯，暫時不需要再找其他的丫鬟。」

「好了，妳的事情說完了，那麼接下來咱們就說說我的事情吧！」修明澤說完，又道：「首先我要說的是明日一早，我會離開一段時間，不算長，三、五日的時間就會回來，所以妳放心。其次，當我離開的這段時間內，若孫氏敢欺負妳，妳就找景軒，或者妳可以去血林幫，我相信沒人敢欺負妳的。」

聽到修明澤離開之前還這麼惦記自己，韓香怡心裡暖暖的，看著修明澤，道：「夫君你就放心去吧，家裡我會看好的，而且孫氏是不敢欺負我的，你就放心吧！」

修明澤笑著點點頭，伸手在韓香怡那還沒凸起的小腹上摸了摸，輕聲道：「孩子，爹爹就要走了，不要想爹爹，爹爹會盡快回來帶你們出去玩的。」

瞧著修明澤那慈愛的樣子，韓香怡心裡更暖，這才是一家人的感覺。

翌日一早送走了修明澤，家裡就只剩下了自己，韓香怡突然之間也沒了做香粉的興趣。對啊，香兒應該會去鋪子的，她是不是要去那裡等她？

正想著，韓香怡急忙整理一下自己，才剛踏出屋子，便見一個丫鬟急匆匆地跑了過來。

那丫鬟看到韓香怡後，恭敬地道：「大少奶奶。」

「怎麼了？慌慌張張的，出什麼事了？」韓香怡看著她疑惑道。

「大少奶奶，香兒……香兒她回來了。」

「香兒回來了？在哪裡？」韓香怡哪裡還想聽後面的話？她一把抓住那丫鬟，問道。

「啊，她……她在大廳，正在……」

沒等那丫鬟說完，韓香怡便已經朝著大廳跑去。

香兒回來了，這丫頭回來了。

修家大廳。

修雲天此刻正一臉笑意地看著坐在他對面的兩人，這兩人便是趙勝川與香兒。

一大早就被趙勝川的陣仗嚇到了，他實在沒想到，這個令人毫不在意的小丫鬟竟然是雲家客棧趙勝川的孫女。

雲家客棧不是一般的客棧，若真把趙勝川當作一般的人，那就真的是不知死活，所以修雲天哪裡敢怠慢呢，早早便陪著趙勝川。

「瞧瞧，也真是的，還讓您親自來一趟，您來人招呼一聲，我不就讓香怡去拜訪您了嗎？」修雲天笑著，看向香兒的目光也柔和很多。「早便瞧著這丫頭不簡單，長得可愛又聰明，香怡還總誇她呢！」

「呵呵，修家主您客氣了，我這孫女是個好孩子，隨我。」趙勝川倒也不客氣，誇了香兒，也誇了自己。

坐在一旁的香兒卻不在乎這邊兩人討論什麼，她在意的只是何時能看到大少奶奶，剛剛說叫丫鬟去請了，可都一會兒了，怎麼還沒瞧見大少奶奶呢？

香兒心下焦急著要起身去找，卻發現大廳外面韓香怡正快步朝著這邊跑來，香兒再也坐不住了，露著開心的笑容，也站起身子迎了出去。

「大少奶奶。」

「香兒。」

兩人同時喊著，也同時抱在一起，僅僅只是一日，兩人便如隔三秋般想念，這對姊妹倒也真的是離不開彼此了。

趙勝川瞧著這一幕，只是淺笑，並未開口。

一直觀察趙勝川的修雲天見狀，心下暗自鬆了一口氣，他也知道韓香怡與趙勝川有些聯繫，可聽說趙勝川脾氣古怪，對人、對物都有自己的想法，所以對於香兒曾作為她的丫鬟這件事情，也怕趙勝川會遷怒於她。

突然，只聽趙勝川笑道：「丫頭，妳說妳下了什麼迷幻藥給我這個孫女，讓她如此死心塌地跟著妳，連我這個爺爺都不要了，妳今兒個要不給我個理由，我可不饒妳。」

修雲天心裡一突，心說：不會出什麼事情吧？

他正想著，就見韓香怡拉著香兒的手走了進來。

一走進來，韓香怡朝著兩人福了福身子，這才笑著道：「趙大哥您說笑了，不是我給香兒妹妹下了什麼迷魂藥，而是我們姊妹有緣，我們分不開的。」

「哼，我還沒聽說過什麼人是分不開的，我孫女不喜與我住，卻非要來找妳，我可不覺得這是什麼緣分，我瞧著這分明就是妳給我孫女下了藥，讓她對妳念念不忘。」趙勝川吃味地說著，雙眼卻看向香兒，道：「孫女，要不妳還是跟著爺爺回去吧！這裡有什麼好的，要什麼沒什麼，還要住妳那間小破屋子，我擔心對妳身體不好。」

「趙大哥這是哪裡話，香兒要是回來住，我馬上就叫人在那院子裡建一個屋子，絕對不會差的，您請放心。」修雲天接過話去。

他其實心裡還是希望香兒住在這裡的，要知道，只要人在這裡，他們修家與趙勝川就會有千絲萬縷的聯繫，這才是他想要的。

「哼，你建個屋子又如何？還抵得過我的屋子？我孫女要是想，我讓她住整個客棧都可以，想住哪間就住哪間。」趙勝川一臉不屑地說道。

別說帝都，就是放眼整個王朝，能比得上雲家客棧水平的院子也是寥寥無幾，更別說修家了。

修雲天老臉一紅，沒有接話。

韓香怡笑著道：「您就別說這些了，睡覺的地方無非就是一張床，屋子再大又如何？難道還能都睡上？您不捨便說不捨，何必說這些。」

「沒錯，妳這丫頭說得沒錯，我就是捨不得我的寶貝孫女在妳這裡受苦，之前做妳丫鬟，誰曉得以後住在這裡會不會還要給妳端茶倒水，我的寶貝孫女可是矜貴著呢！」

「爺爺。」香兒氣得瞪了他一眼。

這個老頭真是討厭，大少奶奶可不是這樣的人，他淨胡說。

趙勝川呼吸一滯，孫女瞪自己，他能怎麼辦，忍著吧！

可忍了香兒，卻是忍不了韓香怡，又聽他酸酸地道：「是，妳就喜歡她，爺爺明白了，今兒個爺爺來就是送送妳，順便告訴所有人，妳是我趙勝川的孫女。好了，妳既然這麼不喜歡我在這裡，那我就走了。」

說完，趙勝川站起身子，準備離開。

「趙大哥，幹麼急著走呢，留下來吃個午飯再走吧！」

修雲天好不容易和他有了關係，怎麼會輕易讓他離開，說話同時，還不忘對韓香怡使眼色。

韓香怡自然明白他的意思，笑著道：「是啊，趙大哥，您就留下來吃個飯吧！不急著走。」

可韓香怡說完了，趙勝川還是往前走，眼瞧著要走出大廳了。

韓香怡用手頂了頂香兒，香兒有些鬱悶地道：「爺爺，您別走了，留下來吃個飯吧！」

原本一隻腳已經邁出去的趙勝川，停在半空，緩緩地收了回來，轉身微笑道：「既然我孫女都這麼說了，那我就留下來吃個午飯吧！」

屋子裡三人都覺得哭笑不得。

韓香怡心想：這個趙大哥年紀不大，倒像個老小孩了。

趙勝川留下來了，也真的是吃過午飯才離開，離開之前，還對香兒千叮嚀、萬囑咐，告訴她一定不要怕，有事就找爺爺，爺爺什麼事都能搞定；而且還特意叮囑韓香怡，一定不要讓香兒做粗活、累活，要是讓他知道他的寶貝孫女做了什麼勞累的事情，他保證拆了修家。

直到趙勝川離開，修雲天都沒說上一句話，到最後更是一頭冷汗。

這個趙勝川果真是個怪脾氣，他毫不懷疑香兒要是出了事，他會拆了修家，因為以他的實力，真的做得到。

趙勝川離開了，修雲天也沒閒著，急忙叫來下人，趕快找來能工巧匠，必須要在十日內建造出一間很好的屋子。

相比修雲天的擔心，兩姊妹此時已經回到小院內，圍坐在火爐旁，笑著聊天。

「怎麼樣？有了爺爺心情好多了吧？」韓香怡笑著道。

她看著香兒臉上的笑容就知道，雖然她裝得不喜歡，其實她心裡面還是很高興的，起碼證明她不是一個人。

想到這裡，她反倒羨慕香兒，因為就算自己有親人，卻也好像沒有一樣。

韓家，她沒想過可以和他們成為親人，即便那裡有她的爹爹，有她的兄弟姊妹，可除了韓朝鋒與韓朝陽以外，她真沒覺得韓家還有什麼是值得留戀的。

而那個不知道跑哪裡去的舅父曾龍也沒了消息，更加別說她有什麼可以依靠的親人了。

所以香兒還是幸福的，雖然她之前受了很多苦，可好人有好報，她還是找到她的爺爺，且一看便知道是個會對她百般疼愛的爺爺。

「才沒有呢，他煩死了，才一個晚上就總念叨我，我都煩死了，還是跟著大少奶奶您好，在這裡香兒住著舒坦。」

香兒搖著頭，嘴上說著不喜歡，眼睛裡卻滿滿都是幸福，滿得都快溢出來了。

韓香怡笑了笑，也沒揭穿，而是詫異道：「是嗎？怎麼會呢，我去過，我曉得那裡的床很舒服的，吃的東西也很美味，難道香兒妳都不喜歡？」

香兒俏臉一紅，她還是不想騙大少奶奶，便嘻嘻一笑。

「倒是喜歡，床很大、很舒服，吃的東西很多、很美味，大少奶奶您要是喜歡，以後香兒常帶您去，讓您吃個夠。」

「算了，雖然我也喜歡好吃的東西，不過我不想吃了以後變成一個肥女人。」

「大少奶奶，您現在可是有孕在身，多吃才能讓肚子裡的孩子長得壯壯的啊！」香兒一臉天真地說道。

韓香怡噗哧一笑，道：「妳這丫頭哪裡聽來的話，雖然多吃一些有營養的東西的確對孩子有好處，可也不是什麼都能吃的。好了，不說這個了，我和妳說一件事情。」

「大少奶奶您說。」

「現在妳已經不是修家的丫鬟了，妳有身分，妳是趙大哥的孫女，所以香兒，以後妳還是不要叫我大少奶奶了。」

「啊？大少奶奶，香兒要叫您什麼呀？」

「叫我姊姊吧！」

「姊姊？」香兒瞪大雙眼，有些不可思議。

「當然啊！我想認妳做妹妹，妳就叫我姊姊，這樣不是更好嗎？」

韓香怡笑看著香兒，她其實看得出來，香兒一直把她當成姊姊一樣看待，而她也是把香兒當作妹妹一樣，所以她才會這麼說。

香兒自然沒有意見了，忙不迭地點頭，道：「嗯嗯，好啊！那香兒就叫大少奶奶……香怡姐吧！」

「好啊，香怡姐也不錯。」韓香怡伸手摸了摸香兒的頭，親暱地說道。

「嘻嘻，香怡姐。」

「嗯。」

「夫人，這下那個韓香怡可是得意了，就連她那個小丫鬟都這麼有身分，真是想想都可氣。」孫氏身旁的丫鬟小英一臉憤憤說道。

孫氏喝著茶，表情冷淡地道：「我看是妳這丫頭羨慕人家有個好爺爺吧！」

小英呼吸一滯，隨即擺手道：「夫人，小英不敢。」

「哼，諒妳也不敢。不過那小賤人倒還真是命好，身邊的人沒一個是簡單的，修明澤、宋景軒這些人都是咱們看得見的，看不見的還有血林幫，真是沒想到曾龍那個傢伙竟然是她的親人。如今倒好，血林幫怕都是她的人了，這就算了，沒想到突然又冒出一個什麼香兒，這個臭丫頭竟是雲家客棧老闆趙勝川的孫女。雲家客棧我倒是去過一次，那裡可真不是一個簡單的地方，什麼樣的達官貴人都有，甚至連皇城裡面的人都去過，這個趙勝川可不簡單。該死的，有了這層關係，咱們就是想動手都不容易了。」

「夫人，雖然那香兒身分不簡單，可畢竟是她，不是那個韓香怡啊！咱們要動韓香怡，她就算再生氣，我相信她爺爺也不會為了一件小事而大動干戈，而且咱們動手還需要自己出手嗎？」

孫氏轉頭瞥了一眼小英，冷笑道：「妳這丫頭餿主意倒是不少，怎麼？妳又有主意了？」

小英點點頭，俯下身子在孫氏耳畔小聲地說了些什麼，孫氏雙眼微微瞇起。

片刻，小英抬起頭，孫氏不由露出一抹森然的笑容，道：「妳這丫頭不錯，腦子還算夠用。好吧，就按妳說的，咱們好好教訓教訓這個小賤人，讓她再也不敢囂張。」

「是。」小英也是壞笑著說道。

這幾日韓香怡沒事都待在鋪子裡，一來在家閒來無事，二來如今懷有身孕的她實在怕悶在家裡，便在修家和香粉鋪兩頭跑。

此時，韓香怡正與香兒聊著天，正準備待會兒關鋪子外出吃午飯，突然聽到腳步聲，兩人都抬頭看向門口處。

香兒看到小李那個木訥少年，又升起了調戲的心情，嘻嘻笑著走了過去。

「喂，我說你，你怎麼又來了？怎麼，錢帶夠了？好吧，只要你給夠錢，我們就賣給你。」

韓香怡也不阻止，只是坐在一旁看著。

小李看到香兒朝自己走過來，便下意識向後退一步，然後一臉警惕地說道：「妳離我遠一些，我不想和妳說話。」

「為何？我會吃了你？」香兒說著，又往前邁出一步。

小李臉色有些紅，繞過香兒，看向韓香怡，道：「韓掌櫃，我回去與家主商量過了，錢可以再給妳加，但最多不可超過一萬兩，只要妳答應，錢就給妳。」

「抱歉，我不想賣，還請你回去告訴你家家主，就說想招攬客人，就想辦法自己拿出更好的東西來，別老想著買別人的，買了去也還是別人的，終究不屬於自己。香兒，咱們走吧！」

說完，韓香怡便與香兒、小陽、小雨幾人一起離開了鋪子。

這一次小李沒有再多說什麼，只是站在那裡，呆呆地出神。

「喂，呆頭鵝，快出來啊！我們要關門了。」

外面香兒大聲喊著，小李這才回過神來，快步走了出去。他看著韓香怡，一字一句，認真地說：「妳的話我會一字不差說給家主聽，若他還要我來，我還會來的，告辭。」說完，一拱手，轉身離開了。

「香怡姐，這個傢伙還挺有意思的。」香兒看著他的背影，不自覺說道。

韓香怡扭頭看著香兒，心裡一動，道：「嗯，的確挺有意思。怎麼，相中了？」

「哪有，人家才沒有呢！」

香兒俏臉一紅，忙搖頭，不讓韓香怡繼續問下去，拉著她便往修家走去。

一路上傳來了四女的歡聲笑語，讓已被染紅的天空多了一分快樂。

翌日清晨，天剛濛濛亮，韓香怡便被敲門聲給叫醒了。

冬日的早晨很冷，儘管屋子裡昨夜燒了火爐，畢竟已經沒了火，早上還是有些冷的。

緊了緊被子，韓香怡有些不情願地起床，穿好衣服，打開門卻見小雨此刻正一臉焦急地看著自己，一張小臉通紅，也不知是凍得還是急得。

「怎麼了？出什麼事情了？」原本還有些睏意的韓香怡也提起精神，急忙問道。

「大少奶奶，不……不好了，咱們放在小庫房裡的乾花都……都被人澆了糞水，用不了了。」

「什麼？」

韓香怡臉色一變，也顧不得穿多一些，急急忙忙朝著小庫房跑去。

果然，離得老遠便聞到了糞臭，韓香怡臉色難看至極。

「大少奶奶。」

「香怡姐。」

香兒與小陽也都跑了過來，看著韓香怡，一臉急切。

韓香怡捂著鼻子，走入小庫房裡，只見庫房裡到處都是散落在地的乾花，而這些乾花都被澆了糞水，臭氣瀰漫整個小屋。

韓香怡臉色陰沈地走了出來，她雖然不清楚到底是誰做的，但她心裡已有幾個懷疑的對象。

「虧她們想得出來，不敢動咱們，就對咱們的乾花潑糞水，這樣咱們就不能做香粉了，不能做香粉，也就不能賣香粉了，她們真的是太狠了。」香兒越說越氣，說到最後，雙拳緊握，一副要吃了她們的模樣。

韓香怡也同樣是一臉憤怒，有些事情即便不想再忍讓，卻總是為了息事寧人而隱忍下來。

可是這似乎只是自己的想法而已，有些人並不這樣想，她們把她的忍讓當成了好欺負。

好吧，或許夫君是對的，她真的不能再這樣下去了，有些事情，該反擊就要反擊。

「香怡姐，這件事情咱們就這樣算了嗎？」香兒一臉不甘地問道。

「算了？當然不可以就這樣算了，若真的這樣算了，怕是有些人真的就把咱們當成軟柿子捏了吧！不過我還要確認一下到底是誰做的，等夫君回來，到時候或許一切都該結束了。」

我本不想做得太過分，怪只怪妳們逼人太甚。

因為小庫房裡臭味太大，所以很多人都知道這裡出了事情，一時間修家上上下下都傳著這件事情，顯然這對他們來說是平靜生活裡的一味添加劑，可以在無聊的時候打發時間。

在孫氏的屋子裡，此刻孫氏正與小英一起笑著，她們笑得自然是乾花潑糞水的事情。

「夫人，看她們還敢囂張不，這次還只是一個教訓，若她們還敢這麼做，就會比這次更慘。」小英得意地說著，同時也為自己能夠想到如此好的主意感到驕傲。

孫氏也是笑著點點頭，道：「這只是一個教訓而已，是要警告她們不要太囂張，我要告訴她們，這裡是修家，不是她們可以撒野的地方。哼，小英，這次妳做得好，我記下了，明個兒給妳買套新衣服。」

「謝謝夫人。」

小英開心地點頭，同時也在考慮下一次該怎麼做才能討夫人歡心呢？

這邊主僕兩人都在幸災樂禍，而另一邊，韓香怡則是讓小陽和小雨一起收拾一下小庫房，同時開著庫房門，讓味道散去；雖然味道難聞了一些，但也總比讓小庫房裡囤積著臭味要好得多。

收拾好了以後，韓香怡便修信一封，叫人送去給沈美娟，告訴她這裡的情況，讓她盡快送多一些乾花瓣來。

雖然小庫房裡的大半乾花被澆了糞水，好在鋪子裡還存了一小部分，夠支援一段時間，可這些存量想要度過這個冬日，遠遠不夠，所以韓香怡才要讓沈美娟多送來一些原料。另一方面，她也修信一封給藍老闆，同樣把發生的事情大致說了一遍，讓他也多送一些貨來——當然，這些貨的目的地自然是香粉鋪子，因為家裡已經不安全了。

做完這些事情，韓香怡便出了門。

坐在馬車裡，韓香怡的腦袋裡想了很多，直覺孫氏是此事的嫌疑人。說起她，兩人的恩怨倒也深，她們兩個之前一次又一次的衝突，最終都是以她慘輸敗下陣去作結。

對於孫氏的為人，韓香怡不敢說有多瞭解，可對她的人品卻知之甚深，一個錙銖必較、一件小事可以無限上綱的主，她不覺得對方可以在她出了如此大的糗後還可以做到「不聞不問」，從每一次她對自己做出來的事情可以看得出來，她針對她已經到怎樣的地步。

這一次，孫氏之所以選擇這樣的方法，想必也是要教訓她，所以才會派人對付她，而且這些人十有八九是孫氏從外頭買通的，讓人誤以為是其他仇家尋仇才這麼做，屆時她們也能為自己的所作所為撇清嫌疑，可也正是因為如此，韓香怡才對她們更加懷疑。

因為若是以前的孫氏，早就跑來湊熱鬧，不奚落自己一番她們怎麼會甘休？

她自己也很清楚，兩人的關係怕是已經沒有轉圜餘地了吧！

當然，這些只是她的推測，想要證明自己是對的，就要想辦法了。

她接下來要做的，就是讓這些傢伙主動跳出來，揭穿她們。

「大少奶奶，到了。」

外面車伕喊了一嗓子，放下板凳。

韓香怡撩起簾子下了馬車，看了看四周，最後目光落在面前的那間大宅子上。

這間宅子不是別的地方，正是血林幫的總部。

血林幫似乎早就知曉韓香怡的到來一樣，早早大門便打開，此時門口正一前一後走出兩人，正是曾龍的親近屬下，大龍與小龍。

「在下大龍，小姐，請進吧！」大龍看著韓香怡，恭敬地說道。

韓香怡點了點頭，隨著大龍走了進去。

這是她第二次來血林幫，血林幫看上去並沒有名字那樣血淋淋，反而是充滿古典的氣息，青石板路兩旁是各三根石柱，石柱高約一丈，上面雕刻著六幅獸圖，分別是虎、蟒、狼、狐、犬、豬。

六種獸圖分別代表血林幫的六個分舵，這六個分舵分散在各個地方，這也是為何血林幫的消息最靈通；因為血林幫有一張很大的情報網，通過這個網，他們幾乎可以得知任何資訊、任何想知道的事情。

心中思慮千迴百轉，韓香怡已經隨著大龍一起進入大廳，入座後，便聽大龍笑著道：「小姐，不知您來幫裡有何事？」

「大龍大哥，香怡來幫裡的確是有事情需要麻煩你。」韓香怡禮貌地回答。

「有事您就說，曾龍大哥走的時候說過，只要是小姐您的事情，我們都一定要做到，所以您說吧！」大龍笑著，倒也覺得隨意。

「大龍大哥，其實我來這裡，是想請你派出兩個兄弟，幫我做點事情。」

「派人？可以啊！我們這裡人多得是，您想要什麼樣的人？」

他還以為是什麼難事，原來是這事，那就太簡單了，血林幫身為大幫，別的不敢說多，但人絕對夠多，別說兩個，就是兩百個都不是問題。

「可以暗中監視而不被察覺，在關鍵時刻抓人而不被發現的人。」韓香怡面帶微笑地說。

大龍雙眼微瞇，隨即恢復原本神態。這樣的人他有，但不多，因為在血林幫，這樣的人都是隱匿功夫十分了得的傢伙，他們只聽幫主的話，即便是他都不能夠命令他們，所以他不敢保證可以請得動他們。

想到這裡，他有些為難地道：「小姐，人我們是有，卻不敢保證能請得動，畢竟他們是全權歸幫主管理，也只有幫主才能命令他們，所以我只能試試。」

「那香怡就在這裡先謝謝大龍大哥了。」

「謝就免了，因為我也不敢保證我能請得動。」說到這裡，大龍突然心頭一動。「我請不動，但或許小姐您可以請得動。」

「哦？此話怎講？」韓香怡詫異地問。

「想必小姐略有耳聞關於外面六根石柱的來歷，咱們血林幫有六個分舵，分別是虎、蟒、狼、狐、犬、豬，其中狐便是您說的那種人。」

「狐？」

「狐，我們稱之為影狐。影狐，如狐狸一般狡猾，猶如影子一般善於隱匿，這就是影狐涵義。血林幫的影狐分舵是六個分舵裡面人數最少的，其他的分舵人數最多的是虎，足有五千多人，而影狐則最少，不到百人；不過不到百人卻可以一敵十，倒不是她們的功夫有多高，而是因為她們善於隱藏，只要她們想殺一個人，可以在對方不知不覺間將其殺死。」

韓香怡心裡暗暗吃驚，她從未接觸過江湖之人，所以無法瞭解這些江湖之事，聽到大龍這一番話，她頓時感到自己這個舅父的強大。

原來他竟然有這樣一個讓人膽寒的幫派，而且如此強大。

心裡想著，韓香怡點點頭。

大龍又道：「而且最為主要的是，這些影狐全都是女人。」

「女人？」韓香怡這回是真的驚訝了。

女人？血林幫有女人她不驚訝，可讓她驚訝的是，一個分舵幾十人都是女人就讓人震驚了，而且還十分厲害。

手裡沾染過鮮血的女人，這樣的女人，不會比男人差。

「是的，都是女人，這些女人分布在各地，剛好現在總部有幾個在，過些天還要出去，所以妳若想要用人，就要在這些天內找她們，過了怕是一時半刻也找不到了；而且最好還是由小姐您親自去，我的話她們從來都是左耳進、右耳出的，我若問了怕也沒有結果，所以……」

「好吧！我明白了，我去說。」韓香怡站起身子，笑著說道。

雖然她不確定自己能否請到影狐相助，但她還是要嘗試一下；若實在不行，就再找其他人，何況對付她們用影狐也算是大材小用了，不過她不介意自己接觸影狐，畢竟以後她要面對的敵人或許還會更多。

見韓香怡同意，大龍心裡也是暗自鬆了一口氣。他還真怕韓香怡不答應，那他只能硬著頭皮去。

要知道，他可是在那些女人手裡栽過跟頭的，那時候他被影狐扔進井裡，若不是恰巧有幫內兄弟經過，自己就要被淹死了，想想都覺得可怕。

「好，那小姐您就隨我來吧！我帶您去。」大龍站起身子，朝外走去。

韓香怡也緊隨其後，跟著大龍，兩人一路往內走去。

不得不說，血林幫總部的這個宅子真的很大，走了大約一盞茶的工夫，才終於在宅子的最後面看到一處相對僻靜的地方，這裡有一個單獨的小院落，院內有四間屋子，每間屋子又被單獨隔離開。

就在兩人踏入籬笆外三丈左右的距離，突然兩道身影已經悄悄無聲出現在兩人的身後。

韓香怡不由心裡大驚，下意識往前邁出一步。

在她身旁的大龍，脖子上卻已經出現一把寒光逼人的匕首。

因為韓香怡的動作，使得她身後的身影頓了一個呼吸的時間，可韓香怡還是被對方用匕首抵住脖子。

「不是說過，沒有幫主的允許，你們不可以隨便進入嗎？難道你們想死？」

大龍的身後傳來一道女子的聲音，那聲音寒冷如冰，單是聽著都讓人覺得渾身發冷，雖然是冬日，卻好似比往常還冷。

韓香怡身子一哆嗦，險些被匕首劃傷脖子。

身後的女子又道：「妳是誰？」

「她是幫主的外甥女，妳們快放開她。」沒等韓香怡回答，一旁的大龍已經大聲喝道。

「什麼？少幫主？」

站在大龍身後的女子驚訝地叫了一聲，一個閃身出現在韓香怡身前。於此同時，站在韓香怡身後的身影也閃現而出，站在那人的身旁，兩人齊齊地向著韓香怡鞠躬拱手。

「影雪、影風見過少幫主。」

少幫主？

韓香怡心裡對這個稱呼感到詫異不已，而一旁的大龍也是一臉錯愕。

少幫主？莫非大哥想要讓韓香怡接管血林幫？

韓香怡心裡疑惑，影狐如此對待自己，莫非她們也是受了舅父所託，要幫助她？

只聽影雪恭敬道：「幫主離開之時曾說過，若以後少幫主前來此處，叫我們定要全力協助少幫主。」

影雪的話解開韓香怡心裡的疑惑，同時也暗自慶幸，果然影狐的人都只聽命於舅父，若他沒有說過那樣的話，恐怕就算以他外甥女這樣的身分都未必可以請得動她們。

與韓香怡相比，一旁的大龍更驚訝不已。

沒想到平日裡總是一副高高在上、高傲模樣的影狐們，竟然向韓香怡行禮，還叫她少幫主，這還真的是頭一回見著，新鮮得很啊！

當大龍詫異的時候，影風卻是冷冷看著他，道：「你回去吧！這裡不歡迎你。」

「這個……小姐您就在這裡待著吧，我回大廳等您了。」

大龍可不敢和她們對著幹，下場會很慘的，所以他也不多停留，轉身離開了。

「少幫主，請。」影雪一伸手，表情恭敬。

韓香怡點點頭，邁步走了進去。

進了院子，院內很乾淨，沒有一絲雪的痕跡，一切都很井然有序，她隨著影雪、影風兩人走進一間屋子，屋子裡此刻已經坐了八名與影雪、影風同樣穿著夜行衣的女子；而且讓她驚訝的是，算上影雪、影風兩人，這十名女子竟然都長得不錯，雖不敢說傾城之姿，但也是美麗的女子，沒想到這些花樣少女竟然都是血林幫的人。

看著她們坐在那裡，一個個都面無表情的樣子，一想到她們每個人手裡或許都有幾十條人命的時候，韓香怡的心裡沒有害怕，反倒是升起一絲同情與憐憫。

她清楚，這些女子年紀不大，或許都是無父無母的孩子，被血林幫撿回來變成了如今的模樣，她們原本可以擁有平凡快樂的生活，無奈生活太難、活著太難。

「見過少幫主。」八名影狐齊齊站起身子，向韓香怡恭敬行禮。

「好了，都不要這樣，我不習慣。」韓香怡有些不習慣地擺了擺手。

影雪和影風歸隊，十個女子都看著韓香怡，那感覺很古怪。

韓香怡忙走到一旁坐下，也示意她們坐下，這才道：「今天來這裡，是希望妳們可以幫我一個忙。」

「少幫主您說，我們一定做好。」影雪看著韓香怡，表情雖然冷酷，但話語裡卻滿是自信。

「其實這件事情原本不需要找妳們，因為實在是殺雞用牛刀，大材小用了；但我覺得，請妳們幫忙可以保證萬無一失，所以我便來了。其實要辦的事也很簡單，我需要兩個人隨我回去，暗中跟蹤兩個人，並且在我需要的時候，抓住我要抓住的人。我相信這對妳們來說一定很簡單的，是嗎？」

「當然，我們一定會做好，既然少幫主您需要兩個人，那便由我與影風一起。」影雪看著韓香怡，冷聲說道。

韓香怡帶著影雪與影風，三人離開了血林幫，在大龍的目送下，搭著馬車離開了。

大龍撇了撇嘴，對於影狐，他只有遠觀的分。

「嘿，其實影狐那些娘兒們也是不錯的，要是能找個做媳婦，也不錯。」大龍作夢一般地想著，轉身離開了。

第三十五章

馬車上，只有一個人，那便是韓香怡。在踏出血林幫的那一刻，影雪與影風就已經隱匿起來。當然，她看不到，車伕自然也不會看到，這才是影狐。

如平常一般，韓香怡沒有回家，而是來到鋪子，鋪子裡客人不多，但每日的淨利基本都可以保證在二十兩銀子以上。

來到鋪子後面，只有韓香怡與香兒在的時候，香兒小聲詢問道：「香怡姐，怎麼樣了？」

韓香怡笑著點點頭，香兒這才吐了口氣，然後拍著胸口道：「我還以為沒成功呢，都沒瞧見有人跟妳回來。」

「其實她們就在我身邊，只是我們看不到而已。」韓香怡含笑道。

「啊？」

香兒驚訝地捂住嘴巴，一雙眼睛急忙看向四周，可是連一隻蟲子都沒看到，更別說兩個大活人了。

「香怡姐，她們怎麼藏起來的呀？」

「不清楚，不過這不重要，重要的是，咱們能抓到人才是關鍵。怎麼樣？茶葉快到了嗎？」

「還沒，不過來信說已經在路上，估算著時間，明兒個晌午就能到了。」

「好，那咱們就等到明日晌午。」

晌午時分，冬日陽光沒有夏天的毒辣，但是照在人身上還是暖暖的、很舒服。

韓香怡的鋪子門前此刻停著一輛馬車，有兩個人在往下搬東西，那是一筐一筐的乾茶葉。香兒指揮著他們，將四分之三的茶葉都搬到後面放好後，韓香怡便與香兒一起上了車，讓車伕駛回修家。

剩下的四分之一乾茶葉，她準備繼續放在院子裡的小庫房裡，那裡已經讓人打掃乾淨了，雖然還有些味道，但空間可以放置乾茶葉。

韓香怡沒有刻意隱瞞此事，反而讓府上很多人都看到她讓人把乾茶葉放在小庫房——這是她刻意為之的，不然，怎麼會被有心人看到呢？

給了些錢，送走兩個夥計後，韓香怡與香兒回到院子。

兩人忙活了半天，吃了些東西，然後帶著少許點心，又一起回香粉鋪了。

「夫人，剛聽姊妹們說，韓香怡又將乾茶葉放在小庫房了。」小英將果子遞給了孫氏。

孫氏接過果子，咬了一口，一邊咀嚼一邊冷笑道：「這不是很明顯嗎？就是想告訴咱們，妳們把我的茶葉毀了，我照樣敢放在這裡，其實就是想等著看看還會不會有人再做出上次那樣的事情，想必她也會派人日夜盯著，只要有人再動手，就逮個正著，然後逼問出是誰指使的。哼。這種小把戲還想騙我，真是作夢。」

「是，還是夫人您最聰明了，那個女人可是比不得的。」小英急忙讚美道。

孫氏得意地笑了笑，吃著果子，想了想，道：「妳找的人身手如何？」

「夫人您大可放心，他可是高手，做這種小事必不會被發現，所以只要咱們如之前那般做便好，即便她們盯著、防著，也不會發現的，到時真是要好好地氣氣她們呢！」小英笑著說。

孫氏將果核放在一旁的盤子裡，拿帕子擦了擦嘴角，搖了搖頭。

「不，如上次那般可不成，我們這次不要如此簡單，我們要把那些乾茶葉都燒了，燒得連渣都不剩。」

「燒？夫人，這恐怕不好吧！」

「不好？怎會不好？要知道，現在是冬季，天乾物燥，很容易發生這樣的事情，所以我們才要告訴她，以後千萬不要把什麼乾花、乾茶葉的東西放在家裡，容易出事的。」

「沒錯，還是夫人說得對，這種東西容易著火。」小英也是捂著嘴巴，笑著說道。

「我這是在幫她長記性，想跟我鬥，她還嫩了點。」

「咱們把乾茶葉放回小庫房，就是要讓孫氏她們再來，不管她做什麼，即便是放火燒也不怕，因為我對於影狐還是很信任的。」因為她見識過影狐的身手，所以她覺得，即便孫氏找的人很厲害，也絕不會比影狐厲害。

「可是香怡姐，妳怎麼能夠確定她們還會來呢？上一次她們做了以後，這一次再做就不怕引起懷疑嗎？」香兒一臉不解地問道。

韓香怡端起茶杯，喝了一口，然後用雙手握住茶杯，暖著身子，笑著道：「放心吧，咱們能想到的，她孫氏也同樣會想到，咱們這樣大搖大擺把乾茶葉放入小庫房裡，就是明擺著告訴她們，我們還是要這麼做，有本事妳們再來，我們一定會抓住妳們。

「她們這麼想，就是正中下懷，要知道咱們就是要利用她們的這個心理來抓人。她們覺得咱們即便盯著也不可能抓到人，那咱們就讓她們如此認為，這樣的話，到時候一切就都會按照咱們的想法去發展，抓到人也是遲早的事情。不過我現在並不擔心這件事情，而是擔心被抓的那個人到底有怎樣的覺悟。」

「覺悟？香怡姐，這是什麼意思啊？」

「意思就是說，對方是不是一個效忠主子的人，若是，或許要他洩漏口風也會顯得困難，當然，在我看來，能在孫氏身邊待著的人應該不具備這樣的忠誠。不過，該注意的還是要注意，該小心的還是要小心對待，只要今晚一抓到人，很多事情就可以結束了。」

香兒聽完韓香怡的話，也是興奮地揮了揮拳頭，對於可以讓孫氏越來越難過，她可是很上心的。

是夜，月明星稀。

月光將地面照得幽亮，一道身影自遠處向著這邊快速移動而來，離得近了便可以看到，那是一個身著黑色勁裝的蒙面男子。

男子身手矯健，移動的速度很快，十幾個呼吸的時間就來到一處小院前，蒙面男子看著院子裡面的情況，感覺一切過於安靜，安靜得有些不尋常。

因為按照孫氏所說，她們一定不會如此大意放過任何一個人，畢竟她們的目的就是要抓住對乾茶葉潑糞的人。

他十分謹慎地靠近柵欄，輕鬆地翻過，然後輕車熟路地朝著小庫房的方向走去，這一路他很小心。不過讓他擔心的事情並未發生，因為小庫房的四周並無一人。

莫非是孫氏太緊張了？

不過為了保險一些，蒙面男子還是選擇繞過大門，走到側面的一個窗子旁，捅出了一個窟窿，朝裡面看去。

雖然黑，但勉強還可以看到些什麼，小庫房裡靜悄悄的，沒有一個人。

看來真的是自己多心了。想想也是，這大半夜的，而且還是冬日，這麼冷的天，誰會晚上在這裡看著啊！

想到這裡，蒙面男子也稍稍放下心，然後走回到正門，拿出工具，開始開鎖，很快，只聽「喀嚓」一聲，門鎖被打開，蒙面男子這才再次提神，小心翼翼地將門推開，走了進去。

蒙面男子來到那一堆乾茶葉前，正準備動手的時候，突然，身後有風傳來。

頓時，他心裡大驚，急忙往前快走幾步，然後轉身向後看去，卻發現在他身後什麼都沒有，好似是自己想多了一般。

可是剛剛那種感覺很真實……實在是太過真實，以至於他以為自己被人發現了。

就在他剛吐一口氣的時候，身後突然再次有風聲響動，不過這一次不等他轉身，就已經感覺到背後一陣劇痛傳來，他整個人撲倒在地，再也直不起身子；而且他的脖子上已經多了一把冰冷刺骨的匕首，只要他一動，那匕首便會毫不猶豫地割下去。

小庫房的燈臺被點亮，房裡亮了起來，蒙面男子也是在這時看到了庫房裡的情況。

只見韓香怡與香兒正站在一個角落裡，冷冷看著自己，而在她面前也站著一個黑衣女子。自己身後和韓香怡面前站著的這兩女雖然蒙著臉，看不到樣子，但可以知曉的是，她們都很強。

蒙面男子十分震驚，因為他作夢也想不到，韓香怡身邊竟然有如此厲害的人物，當初小英那丫頭還說她身邊沒有什麼厲害的練家子，可以放心地去做。

現在好了，他被人家擒住了，一條小命就像砧板上的魚，任人宰割。

韓香怡緩步來到蒙面男子的面前，一把扯下他的面紗，那是一個長相一般的男子，他看著韓香怡，臉上有些驚慌。

「說吧，是誰派你來的？」韓香怡坐下來看著他，冷淡地說道。

「我不曉得妳在說什麼，什麼誰派來的，我做的事情是我自己的意思，既然被妳抓住了，我也無話可說，要殺要剮隨妳便，我皺一下眉頭就不是爺們。」

男子說得鏗鏘有力，韓香怡聽得卻是十分無趣。

只見她搖了搖頭，道：「殺你當然容易，她們倆要是殺你，估計連骨頭渣都找不到，可我不想這麼做，因為我覺得這麼做還不夠，你想死得痛快是嗎？這不是我的風格，如果你肯告訴我是誰指使你這麼做的，我可以讓你活下去；你如果不肯說，那麼實在抱歉，我記得什麼地方有野獸出沒，到時把你扔在那裡，就讓你自生自滅去吧！」

男子一聽這話，身子嚇得都抖了一下。他說不怕那是假的，他怎麼會不怕，可他們有屬於自己的規矩，若出事被抓，生死無論。

「妳……妳怎麼可以這麼做，妳可是……」

「我可是誰？你覺得我該是誰？你覺得我是你口中那個就該被你們欺負、被你們如此對待的人？抱歉，我不是你口中的那種人，現在不是，以後更不會是。」

韓香怡笑著，道：「其實就算你不說，我也知道是誰讓你這麼做的，是孫氏，對吧？」

男子臉色微微一變，沒想到她都清楚，不過隨即釋然，既然都派人在這裡抓他，想必心裡有數，要不然不會這麼做。

「我是不會說的，如果我說了，我就只剩死路一條，所以我寧願不說。」男子沈默了片刻後，淡淡說道。

韓香怡搖了搖頭，道：「其實你不必如此固執，我都知曉了，所以你不說也無妨，可我需要你作證，日後證明她將我的乾花澆糞水的事情，只要你願意，就能少受點罪。」

「我……」男子又猶豫了。

就在這時，一旁一直沈默著的影雪冷聲道：「少幫主，不如讓我們來吧，我們一定會讓他同意的。」

「好的，那就交給妳們了。」

韓香怡很放心地把事情交給她們後，便與香兒一起出了房門。

影雪將門關上後，轉頭目光冰冷地看著地上的男子，冷聲道：「準備好了嗎？我們要開始了。」

「啊！」

韓香怡與香兒一起到外頭等待，沒一會兒，就聽到屋子裡響起慘叫聲，緊接著是片刻的沈寂，接著又是慘叫聲，而且還是接二連三的慘叫。

之後慘叫聲停止了，一會兒後，影雪與影風推開門走了出來。

影雪來到韓香怡面前，恭敬道：「少幫主，辦好了，他已經答應到時會指認孫氏。」

韓香怡與香兒一起走了進去，隨即兩人都是臉色一變，只見地上躺著的那個男子，此時的他，兩隻手已經各有兩根手指被硬生生掰斷了，而他也已經陷入了昏迷，怕是沒有一、兩日是醒不過來的。

這個孫氏一而再、再而三挑戰自己的底線，這一次她真的觸碰到自己的逆鱗，如此一來，絕不能甘休。

這件事情搞定了，韓香怡想讓影雪與影風離開，可她們卻沒有答應。

「少幫主，之前我們因為其他的事情不在帝都，我們也是這幾日才回來，原本就算您不找我們，我們也打算保護您的，只是沒想讓您知曉；如今既然您已經知曉我們的存在，我們也就不瞞著您了，這次來後我們就沒打算回去，所以少幫主您就正常過您的生活，不必在意我們，我們會在暗中保護您。」

聽到影雪這麼一說，韓香怡心裡反倒生出一種奇怪的感覺，那感覺就好像自己以後的生活都要被人監視。當然，說監視並不恰當，可時刻被人關注，好像自己以後都沒有隱私一樣，那種感覺真的不會很好。

似乎看出韓香怡心裡的想法，影雪難得扯了扯嘴角，但那絕對不是笑容，對於一個長期不知笑為何物的人來說，笑是一件很難的事情。不，應該說很牽強。

「少幫主您放心，我們的職責是保護您，而不是監視您，所以我們只會看我們該看的，聽我們該聽的，您的隱私，我們絕不會知曉。」

被人戳破了小心思，韓香怡有些尷尬地笑了笑，然後道：「嗯，我相信妳們。」

「那我們就……」

話沒說完，影雪與影風一起消失在韓香怡的視線之內。

那速度之快讓韓香怡不禁暗暗咂舌，和這種人打，不是找死是什麼？

倒在床上，韓香怡想了很多，這段時間發生的事情讓她有些應接不暇，好在一路上都有貴人相助，才讓自己沒有倒下去。

可她還是覺得心裡有些累，不是遇到的這些事情讓她覺得累，而是人心讓她覺得累。

人心叵測，她不想用這個詞來形容她看到的這個世界，卻又真真實實地擺在她面前，讓她不得不這麼想。當然，這裡面好人與壞人的區分，她心裡有分寸，可有些事情她卻很難分出好與壞。

「算了，想這麼多又能怎樣，現在自己最該想的是如何讓自己的香粉被更多人知曉、被更多人喜歡，如何讓自己的香粉賣得更好，這才是最重要的。」

韓香怡伸了個懶腰，就這麼穿著衣服，躲在被子裡，昏昏沈沈進入夢鄉。

清晨，陽光如昨日一般燦爛，卻沒有熾烈的溫度，讓人感到溫暖。

韓香怡是被一雙手撫摸而清醒的，可她沒有驚訝，因為她熟悉這雙手，更熟悉這雙手的主人。她親暱地湊過去，蹭了蹭，這才慵懶地道：「夫君，你終於回來了。」

「怎麼？想我了嗎？」修明澤柔和中充滿磁性的聲音在韓香怡的耳畔響起。

韓香怡緊閉著雙眼，抬起了頭，修明澤不禁好笑，但還是低下頭在她的唇上吻了一下，然後才笑著道：「睏的話就再睡一會兒，妳現在有孕在身，不能太累，要有足夠的睡眠才是。」

「我已經睡飽了，夫君，我們一起吃早飯吧！」韓香怡猛地睜開雙眼，看著近在咫尺的修明澤，笑嘻嘻地說道。

「好啊，都依妳。」修明澤笑著，又在她的唇上啄了一口，這才將她拉起，然後目光看了看窗外，笑著道：「她們是何時來的？」

韓香怡先是一怔，然後想到了什麼，才道：「昨晚才來。」

「嗯，妳舅父對妳果然很好，這樣的高手留在妳身邊，我很放心。」修明澤伸手在韓香怡的額前一撥，將她額前的幾縷青絲撥到耳後，這才又接著道：「不過妳確定她們不會打擾咱們的生活？」

韓香怡自然知曉他所說的生活指的是什麼，不由俏臉微紅，嗔怪道：「夫君，你就不要拿這種事情開玩笑，她們不會的，她們只會看自己該看的、聽自己該聽的，咱們的生活不會被她們打擾。」

「最好是如此。」修明澤笑著，卻沒說下去。

「夫君，我可以問你件事情嗎？」

「當然，問吧！」

「你和她們比，誰更厲害？」韓香怡雙眼滿是期待地看著修明澤。

修明澤無奈一笑，伸手在她的腦袋上摸了摸。

「妳覺得呢？」

韓香怡歪著腦袋想了想，笑著道：「要我說啊，當然是我夫君厲害了。」

「算妳會說話，不過話說她們怎麼會突然來了？莫非妳去了血林幫總部？」修明澤面露疑惑之色，看著韓香怡問道。

「嗯，我的確去了那裡，因為我有事要做。」韓香怡點點頭說。

「有事？何事？」修明澤眉頭一皺。

「其實事情是這樣的……」

於是韓香怡把之前發生的事情原原本本都說了一遍，孫氏如何把自己小庫房裡的乾花瓣等東西澆了糞水，自己如何去處理，都一一與修明澤說了。

「就這樣，我叫來影雪與影風抓住孫氏派來的人，還是個高手的樣子，不過被影雪與影風審問過後就承認了，的確就是孫氏所為。」

修明澤冷笑一聲，道：「這個孫氏還真是得寸進尺，不過娘子妳放心，這次咱們絕不能輕饒了她，既然已經到了這個地步，咱們就讓她什麼都得不到，而且還要她為之前所做的事情付出代價。」

「夫君，你是打算……」

「沒錯，我要把她之前所有對不起修家的事情都說出來，定叫她後悔當初招惹我們。」

瞧著修明澤那模樣，韓香怡不由問道：「這回你是真的準備好了嗎？」

「嗯，我已經叫我的人把咱們帝都以外的修家產業都清查了一遍，不過數量畢竟太多、太複雜，需要的時間也多，我之所以還沒付諸行動，就是為了確保一次出擊就讓對方無還手餘地，只要他們把我需要的證據都準備齊全，我就不信到時候爹還會維護她。」

韓香怡聽罷點點頭，沒有反對。

人都會犯錯，也會有小奸小惡的一面，可若不知醒悟又何必再給予機會？

我可以忍你一次，讓你兩次，可一而再、再而三地欺我，就不要祈求我可以對你仁慈。

韓香怡已不再對孫氏仁慈，因為好心，真的沒什麼用處。

夫妻兩人一起吃過早飯，韓香怡又將香兒的事情簡單地說了一番。

修明澤倒是沒有表現得多麼驚訝，這不由得讓韓香怡有些疑惑。

「夫君，難道你聽到這樣的事情，都不覺得驚訝嗎？」

「驚訝？」修明澤倒是愣住了，不解道：「我為何要驚訝？」

「這……難道你聽到香兒執意要回來這件事情，你不覺得驚訝嗎？」

「哦，妳說的是這件事情啊！這的確是件不可思議的事情，按理說她什麼都有了，不回來住也是可以的，因為即便不住在一起，妳們還是可以天天見面；可她還是選擇了回來，這就說明她很喜歡妳，很想和妳在一起，她把妳當作親姊姊一般，這些我早便想到了，所以就沒什麼好驚訝了。」

「好吧！你這麼說，我倒是覺得舒服了一些。」韓香怡聳了聳肩，又道：「要去看看那個被抓的傢伙嗎？他還被關在小庫房裡。」

「大冷的天把他關在那裡，妳就不怕把他凍死？」

「這倒不會，夫君你放心吧，小庫房暖和著呢！我讓曉陽、小雨弄了個火爐，雖然早上會冷一些，但晚上還是暖和的。」

「嗯，這樣便好，那咱們就去看看他吧！希望他不要改變主意，不然，他可就要嚐嚐我的手段了。」

「手段？雖然我不清楚你的手段如何，但我想，在暗中保護我的兩個女子，她們的手段也不簡單。」

「哦？如何不簡單？」

「夫君你去了便知。」

韓香怡也不解釋，拉著他就向著小庫房走去。

來到小庫房前打開門，就看到躺在草蓆上、手綁白布的男子；白布上依稀可見鮮血滲出的痕跡，而且他的雙腿好像也受了傷，雖不至於站不起來，但這幾日怕也只能躺著了。

「怎麼樣？厲害吧！」

修明澤撇撇嘴。「一般，與我比起來，還差那麼一些。」

若是換作他，別說手，就連腳都會打斷。畢竟敢在他的地盤撒野，找死。

那躺在地上的男子看到修明澤後，原本平靜的臉上起了變化。

男子正要說什麼，修明澤卻是一步邁出，搶先一步，冷冷地說道：「我來，就是想告訴你一件事情，我娘子的話就是我的話，我只想說，要聽話，不要亂說，若是到時你說的話不符合事實，我不介意讓你消失在這個世界上，只當從未出現過，相信我，我可以做得到。」

說完，也不給那男子說話的機會，他便拉著韓香怡，轉身離開了。

關上門，修明澤再次恢復笑容，道：「怎麼樣？妳夫君我剛剛是不是很帥氣？」

「嗯，的確很帥，果然還是我夫君最厲害。」韓香怡捂嘴笑道。

修明澤一把摟住韓香怡的肩，看著天空，輕聲道：「娘子，這段日子，真是委屈妳了。」

「夫君說得這是什麼話，何來委屈一說，我好著呢！我不覺得委屈，反而覺得很不錯。」韓香怡靠著修明澤，輕聲說道。

「我的傻娘子，妳真傻。」

「嗯，我就是傻，所以才會嫁給你，怎麼？你不喜歡嗎？」

「喜歡，當然喜歡，我喜歡的就是妳的傻。」

隔日，天空中沒有暖人的日頭，倒是多了很多的雲，一層壓一層，給人一種喘不過氣的感覺。很快，天空中飄起了雪花，雪花如鵝毛紛紛落下，好似天上有一雙手不停地拋灑，雪花紛紛揚揚，在空中打著轉，落在地上，疊壓在一起，越來越厚。

從睡夢中醒來的韓香怡，此刻已經站在院子裡，腳下的雪越積越多，已經淹沒過了腳面。「瞧這樣子，似乎還要下很久。」

「是啊，這雲如此多，這雪如此大，怕是要下一天了。」修明澤不知何時出現在她的身後，為她披上厚厚的衣服，在她耳畔輕聲說道。

「是啊，雪下得好大，大得讓人有些不知所措。」

「不管怎樣，該來的還是要來，躲也躲不掉，稍後要發生的事情，雖然是我幾年前就想做的，可真的到了這個時候，我反倒放鬆了；娘已經不在了，可我還有妳，我很知足，我不會放過她，因為她不可以待在修家了。」

「夫君，你想讓他們永遠離開修家？這……可能嗎？」

她很想說，爹爹會這麼做嗎？畢竟他們還是結髮夫妻，就算再大的錯，他也未必會真的狠心將他們母子趕出修家。

可是修明澤卻是笑著搖了搖頭，道：「離開與否我沒有決定的權力，我只能說，我要說的事情，一定會讓她徹底完蛋。」

第三十六章

天空中，飄灑而下的雪花，帶走存留在空氣中的最後一絲溫暖，讓這片天地充斥著冷意。

修家大廳內此刻坐滿了人，修雲天以及孫氏坐在主位，修明澤夫妻倆、修芸則坐在下面左手邊，右手邊則是修明海。

一個男子跪在大廳中央的地上，手指被包裹著，似乎受了重傷，整個人看上去也十分虛弱。

「這個人就是破壞香怡庫房的傢伙？」

剛聽完修明澤的話，修雲天已經大致有了瞭解，只是不知這小子為何為這等小事把全家召集過來，似乎有些小題大作。

坐在修雲天一旁的孫氏雖然臉上表現平靜，可心裡卻起了波瀾，藏在袖中的雙手更是緊握著。

昨晚一夜沒有消息，孫氏便知道不好，果然，今早天一亮，修明澤便召集了大家來此，想必就是為了這件事情。

「爹，就是他把我娘子庫房裡的乾花都澆了糞水，使得我娘子的鋪子損失了不下千兩的銀子。」修明澤看著修雲天，淡淡說道。

「噗哧。」一旁的修明海笑出了聲音，看著修明澤，嘲諷道：「我說大哥，你是在開玩笑嗎？一千兩，區區一千兩而已，你至於如此放在心上嗎？嘖嘖，你要是缺錢，告訴我，我給你。」

他不會放過任何一個嘲諷修明澤的機會，因為他恨他。

修明澤懶得理他，而是繼續道：「當然，若只是如此，我自然不會把大家都叫來這裡，也沒有必要。沒錯，一千兩對於修家來說的確不多，而且也不值得如此小題大作，可問題是，難道你們就不想知道，是誰指使他這麼做的嗎？」

嗯？

此話一出，大廳內的眾人頓時反應過來。

是啊！這個人為何要用糞水毀掉韓香怡的乾花瓣呢？沒有人會無緣無故去做一些事情，既然要做，就需要做這件事情的理由，若此人不是跟韓香怡結怨，那麼很有可能背後有主使者。

「是誰？」修雲天皺眉問道。

修明澤目光在大廳內掃了一圈，最後在孫氏那裡停留了片刻。

這一幕讓在場的眾人都瞬間明白了。

不過修明澤轉頭看向那跪在地上的男子，冷冷地道：「說吧！是誰讓你做的。」

跪在地上的男子一哆嗦，然後顫顫巍巍直起身子，目光看向孫氏，顫抖著聲音道：「是……是夫人。」

「放屁！你、你莫要胡說。」孫氏也意識到自己反應過於激烈，冷靜下來，低喝道：「我與你素未謀面，你這樣誣賴我，是何居心？還是說，是某些人想要故意栽贓陷害？老爺，您要明斷。」

修雲天看著孫氏，又看向那下跪之人，眉頭緊鎖。

他最不願做的就是處理家事，都說家不平，何以平天下；可是家事往往是最難、最讓人頭疼的事情，一個是自己的結髮妻子，一個是自己最器重的兒子，偏偏兩人關係又如此緊張，這讓他十分頭疼。

自己的妻子是什麼樣的人，他心裡自然清楚，既然明澤敢當著這麼多人的面指認孫氏就是主謀，那就不會有錯；可他……

「你說是夫人做的，可有證據？若沒有，我便當你是胡言亂語，胡亂栽贓，送你入官府。」

那男子一聽這話，頓時嚇得都要昏過去了，臉上滿是驚恐地看著修雲天道：「修家主，我……我哪裡有什麼證據啊！可的確是夫人讓在下做的，她還說……」

「夠了，你給我閉嘴！一派胡言，到這時還敢誣賴我。我為何要這麼做？這麼做對我有何好處？我們是一家人，我這麼做能得到什麼？你當大家都是傻子嗎？我看你分明就是故意為之，說！真正指使你的人是誰？

「老爺，我看這傢伙許是明澤這孩子在外面惹到的仇家指使的，老爺切莫聽他胡說啊！」

「哼。」修明澤冷哼一聲，站起身子，走到那男子身旁。他看著孫氏，冷聲道：「既然今日將大家召集在此，我決定什麼事情都要挑明了說，沒有必要再遮遮掩掩，不論是之前，還是現在。」

「不論是之前，還是現在」這九個字就好像是被敲響的鐘一般，迴盪在所有人的心裡，尤其是修雲天和孫氏兩人更是心驚了一下。

之前，指的自然是那些往事；現在，那就不言而喻了。

「明澤，這件事情還需要查明，你這樣武斷……」

「爹，其實您都清楚不是嗎？您想要維護什麼我不管，可我要做什麼您也不能管，很多事情我都不想說，可有些人卻逼得我不說不行；想想看，這些年我過的生活，想想看這麼久以來我的忍讓。爹，我不認為自己是一個好脾氣的人，我可以忍讓，可我的忍讓是有限度的，若不是我娘子……」

說到這裡，修明澤轉頭看了韓香怡一眼，那一眼滿是溫柔，再次轉頭時，卻變得冰冷。

「咱們大家早就坐在這裡說清楚、講明白了，而妳也不會還坐在那個位置上。」最後一句話，修明澤是說給孫氏聽的。

孫氏臉色一變，似乎想到了什麼，臉色更是難看至極。

聽了修明澤的話，修雲天臉上的表情也是漸漸嚴肅起來。

大家都是明白人，有些事情一點就透。修明澤話裡的意思已經很明白了，就是說孫氏做了什麼錯事，只不過他們都不清楚，而清楚的人又一直都沒有說出。

可會是什麼事情呢？

就當所有人都疑惑不解地看向孫氏時，一旁的修明海卻是坐不住了，他猛地站起身子，指著修明澤喝道：「你在胡說什麼？還有，我娘是你的長輩，你怎麼敢這麼對我娘說話，你這是以下犯上，我……」

「閉嘴！聒噪。」修明澤轉頭冷冷看著他，厲聲喝道。

這一聲喝，真是將修明海嚇得一哆嗦，然後再不敢吭聲了。

儘管不想承認，他裝著不懼怕修明澤，但他還是難敵那些恐懼，皆因小時候的陰影，他被修明澤打怕的，正所謂「一朝被蛇咬，十年怕草繩」，就是修明海如今的寫照。

修明海沒了動靜，修明澤看向孫氏，冷笑道：「怎麼？妳沒話說了？好啊，妳沒話說，那就換我說吧！」

修明澤目光掃過四周，緩緩開口道：「首先，對於這件事情，我也不會再多說什麼，事實如何，大家心裡自然有個判斷，是誰做的，自己心裡清楚，若想人不知，除非己莫為，做了就不會不被發現。我娘子的為人如何，我很清楚，她也絕不會隨便誣賴他人，所以這件事我就說到這裡。

「接著我就要說說，我的大娘，她做了哪些好事。」

說到這裡，修明澤臉色露出一抹嘲諷之色，冷笑道：「修家是做綢緞生意的，這些年生意雖然沒有變好，也還算平穩，但是據前些年的調查，我卻發現修家的綢緞生意不僅僅是平穩，綢緞的賣出還是很可觀的，帝都的幾家綢緞鋪子，每日每家可賣出不少於一百兩銀子，一個月至少可以賣出三千兩，那麼幾家加起來的錢數，大家可想而知；而且除去帝都以外的修家產業我也都一一做了清算，其中的帳目也讓我很驚訝，賣出的也是如帝都一般的多。

「若是按照這樣推算下去，這些年的錢可不會僅有如今這些而已，可為何這幾年的成績都是平平呢？其實原因很簡單，那便是有人暗中做了手腳——錢，被人暗中取走了。」

修明澤話音落下，大廳內鴉雀無聲。

修雲天沒說話，而是看著修明澤，示意他說下去。

一旁的孫氏早已嚇得臉上沒了血色，袖中的雙手緊緊地攥在一起，似乎只要再深一寸，細長的指甲就會刺破皮膚。

修明澤看著，心裡冷笑。

坐不住了嗎？害怕了嗎？這還沒完，他這些年裝傻可不是白白裝傻，他所調查、所知曉的還不止這些。

修明澤又道：「大家都清楚，每間鋪子不論做什麼，都會有一本帳本，是要記錄出貨、進貨的買賣，可經我的調查發現，修家的綢緞鋪子卻不只一本帳本。」

話音落下，修明澤拍了拍手，從外面走進來一個黑衣人。

黑衣人蒙著臉，看不清他的樣子，但他拿著兩本帳本遞給修明澤後，就轉身出去了。

此刻誰都沒有在意那個黑衣人是誰，為何會出現在修家，他們在意的是修明澤手上的那兩本帳本。

「我手上的這兩本帳本就是從其中一家綢緞鋪子取來的，這兩本帳本是出自同一家鋪子，大家可以看這帳本的名字，所買賣的商品，都是一樣的，可是往後看……」

大廳內眾人的目光都隨著修明澤的雙手，目不轉睛地看著，就連修明海都不由自主看了過去。

「後面可就不同了，我左手的這本帳本，每天的買賣出入很少，二十格只有七、八格是有的，而我右手的這本，二十格卻有十七格都是寫著出售的，這樣一對比就顯而易見了。

「就說這個，出售了一疋上好的絲綢，一疋就要賣出一百二十兩銀子，可這一百二十兩銀子卻沒有出現在這本帳本上，這是為何？想必無須我多說，你們也都清楚，沒錯，就是被人暗槓了，至於如今進入誰的口袋，那就要問問我的大娘了。」

「你……你……你莫要血口噴人，我整日待在院子裡，大門不出，二門不邁，我怎麼會做此等齷齪之事。我是修家人，我吃喝不愁，我又為何會這麼做？我知道，你恨我，你恨我害了你娘，可你也不能因為這件事情就來誣陷我。老爺，您要替我做主啊！」

孫氏說到最後，竟是哭了出來，哭得那叫一個傷心欲絕，真恨不得把心拿出來讓修雲天瞧瞧，自己是多麼純潔。

可是修雲天這一次卻沒有理會她，而是看著修明澤，冷聲道：「你繼續說下去。」

修明澤點點頭，收起帳本，繼續道：「經過我的調查，幾個鋪子每年都會有幾千、甚至幾萬兩銀子憑空消失，不知去向，我覺得此事有蹊蹺，便一直在暗中調查；好在皇天不負有心人，原來，這幾家鋪子的掌櫃都是有聯繫的，而他們之間的聯繫，都是靠著一個人，至於這個人是誰，來人，把她帶上來。」

隨著修明澤的話音落下，再次有兩名黑衣人走了進來。

隨著他們走進來的還有一個少婦，幾人急忙看去，這一看，頓時都呆住了。

因為這人不是別人，正是孫氏的長女，修明海的姊姊——修曉雲。

大廳內頓時響起倒吸涼氣的聲音。

「我說的這個人，就是她，修曉雲，我的好姊姊。是她暗中控制著那些鋪子的掌櫃，那些被抹去紀錄的錢也都暗自流向她的口袋，不，或許我該說，是她的夫君，一個鹽商的口袋。姊姊，我說的，沒有錯吧？」

聽了修明澤的話，進來後便一直沈默的修曉雲抬起頭，冷眼看著修明澤，聲音有些沙啞地道：「你想要我說什麼，我的好弟弟？」

「不，妳不需要說什麼，因為事實已經擺在眼前，妳也無須狡辯。」

說完，修明澤轉頭看向修雲天。「修曉雲嫁給鹽商的兒子，鹽商那邊我也調查過了，他們這些年的生意其實並不好，卻不知為何，進帳與賣出對不上，總是多出很多錢，而這些錢，卻又恰巧與修家流失掉的那些錢數完全吻合；我想，這個世界上一定不會有這麼巧合的事情，於是我又調查了一番，果然，被我猜到了，他們是通過運送貨物的時候，把那些錢偷偷運送到鹽商劉家，這樣一來，也就做得神不知、鬼不覺了。只可惜，她們卻不清楚，所謂的不知不覺，卻已經被人發現了。

「當然，不得不承認，她們做得很好，分寸掌握得也不錯，該拿的拿，不該拿的不會拿，即便如此，這麼多的錢憑空不見，對修家來說還是一筆不小的損失。所以，爹爹，我該說的就說到這裡，剩下的就由您來定奪了。」

言訖，修明澤回到一旁坐了下來。

大廳裡安靜得可怕，因為今天這一連串的消息實在太過讓人震驚，幾乎所有人都被震懾在原地。

再看那孫氏，臉色已慘白如紙，身子也顫抖得厲害，她這次是真的怕了。

她知道，自己完了，什麼都完了。

修雲天站起身子，邁著步子走到大廳中央，深吸一口氣，臉上的陰沈卻是無論怎麼做都驅散不開。

他與孫氏是結髮夫妻，一起生活了這麼多年，他自認清楚枕邊人的事情，可是今日一聽聞，他才發現自己知曉的也僅僅是皮毛而已，在他看來，孫氏貪一些小錢也就罷了，無傷大雅，自己也無須追究太多，畢竟都是一家人，說出來傷和氣，也傷人心。

可現在，他卻是真的憤怒了。

修家的錢不但自己貪不說，竟然還敢拿給那個鹽商？而且做這件事情的人竟然還是自己的妻子和女兒，這對他來說簡直就是羞辱到極點。

「孫娟，妳不解釋嗎？」修雲天看著孫氏，冷冷地說道。

孫氏此刻已經面如死灰，這件事情她自認做得很隱密，沒人知曉，可為何修明澤這混蛋小子能查到？還有，他是如何知道得這麼詳細呢？

最主要的是，她做的事情一直都是由她的親信布署，就連自己對於部分細節都不是十分清楚，他又到底是如何知曉的呢？

她也派人調查過，完全沒有任何問題和疏失，而且那第二本帳本都鎖在一個專門的櫃子裡，修明澤又是如何拿出來的？

一瞬間，她腦子裡充斥著數十個問題，讓她有些迷茫。

「孫娟，我問妳話，妳不想解釋嗎？」

見孫氏還愣在那裡發呆，修雲天便提高聲音，隱隱有怒吼之意。

這下孫氏回過神來了，她深深地吸了一口氣，然後緩緩吐出，站起了身子。

「老爺，難道您真的相信他的一面之詞嗎？我是您的結髮妻子，我是修家的人，你覺得我會做出這樣的事情嗎？

「老爺，您要相信我，我沒做過，他這是在誣陷，赤裸裸的誣陷。雖然我知道他恨我，可也不必如此對我啊！何況還是這麼大的事情，如此多的銀兩，我又怎麼拿得到呢？老爺您自己想，鋪子的掌櫃可都是您親自挑選的，您不信我，難道還不信他們嗎？」孫氏越說越激動，說到最後，竟也吼了出來。

修雲天眉頭緊皺。他知道，修明澤對孫氏一直有恨，因為他的娘親，說到底會逝世，還是因為當年孫氏下毒所致，如今他娘死了，他自然把所有的恨都集中在孫氏身上，人失去理智的時候，往往會做出一些脫序的行為，比如這次的事情。

可他無法不相信自己的兒子，因為事實已經擺在眼前，那本帳本上所呈現的內容就是證據，修家每年流失掉的錢可不是一筆小數目。

「妳要我相信妳，那妳告訴我，那兩本帳本是如何來的？難道妳說那不是綢緞鋪子的？」

「老爺，那……那裡面一本是真的，一本是假的。」

「哦？那哪一本是真的，哪一本才是假的？」

「當然是他右手的那本了。」孫氏毫不猶豫地說道，隨即意識到不妥，又接著道：「咱們修家的綢緞鋪子一直都是收入平穩的，根本就沒有那麼多的人，他右手的那一本明顯就是做假帳。」

「假帳嗎？」修明澤笑著拿出那本孫氏所說的帳本，道：「妳說這是假帳本，那好，我請問，妳覺得若是假帳本，還需要蓋上修家的印章嗎？」

說完，他將帳本翻到了扉頁，只見那頁的右下角有一個修家的印章。

在帝都這地方，印章這種東西不是隨隨便便就可以做出來的，而且一般人也不可能作假，製作印章的人會發給每一個使用者一張寫上名字的紙條，若有人還要製作相同的印章就需要紙條，若沒有，就無法受理。

看到那印章後，孫氏的臉色又是一變。

她一時想為自己脫罪，卻把這事給忘記了。

是啊，若是修家的帳本，都是需要蓋印章的，所以這個東西不能作假，既然如此，那就說明這本帳本也是真的，這樣一來，她的話就是騙人的。

這讓孫氏害怕了起來，一旦自己承認，後果如何，她不敢想像，所以她打死也不能承認。

「老爺，這我就不清楚了，我還以為那一本是假的，沒想到也是真的，這到底是怎麼一回事我也不清楚，老爺，還請您明察啊！」孫氏一副我很冤枉的模樣，哀求道。

修雲天卻是冷哼了一聲，沒再看她，而是轉頭看向站在那裡低著頭的修曉雲，嘆了口氣。

「我怎麼樣也沒有想到，妳竟然會做出這樣的事情，妳是我修雲天的女兒，可妳都做了什麼？」

「爹，女兒沒做，冤枉啊！」

孫氏不承認，修曉雲也不能承認。她也明白自己一旦承認，後果將不堪設想，所以寧可否認到底。

修雲天看著修曉雲，見她還不承認，孫氏也不承認，這樣他就不能做出裁決，因為他不可以在不確定的情況下解決這件事情，往後會惹人非議，他還需要更多東西來證明她們是真的做了此事。

修雲天又看向修明澤，畢竟這件事情是他挑起的，他需要修明澤有更好的說明才行，要不然，今天也只能如此，他不可能因為一個不確定的證據就下決定。

修明澤自然清楚修雲天所想的，所以他點點頭，像是早有準備一樣，再次拍了拍手。這一次，走進來的依舊是兩名黑衣人，只不過此刻有一個男子正被兩人帶著走進來。

屋子裡的人都認得那人，正是修家一間綢緞鋪子裡的掌櫃，老周。

修雲天臉色一沈，這個老周可是他當初親自挑選的，也是他最為信任的人，若是其他的掌櫃出現在這裡，他還覺得好一些，偏偏出現的人是他，修雲天的心都顫抖了。

「既然妳不願承認，那我也只能找人來了。老周，你在我修家的鋪子待了多久？」

「七……七年了。」老周自打進來大廳，就被這陣仗嚇得渾身哆嗦，說起話來都有些打顫。

「嗯，七年，這麼久了，你覺得修家待你如何？」修明澤雙手反剪，淡笑著說道。

「修家待我很好……」

這是實話，他在修家的鋪子做掌櫃，真的很不錯，這點是無庸置疑的。

「很好，也就是說，你在修家這七年裡，修家待你不薄。據我所知，你這個掌櫃的每月在修家領的錢有五十多兩銀子，足夠你大吃大喝花上幾個月，所以這七年來，想必也存了不少錢了，可是……這些你並不覺得夠吧？」

修明澤身子微微俯下，看著老周，聲音中帶著冷笑與嘲諷。

「據我的調查，老周你有兩個嗜好，一個是喝酒，一個是賭錢，喝酒的嗜好在接管修家綢緞鋪子之前就有，所以並沒什麼，而且一罈好酒你也喝得起；唯獨賭錢，你似乎輸了不少，又借了很多錢，就你一個月五十多兩的銀子，根本不夠賭一次，可為何你還是每個月都可以去當常客，莫非你的運氣好到每一次都賺得盆滿鍋滿？還是老周你有高人相助？」

「這，我……」

「我想，這並非是運氣，而是高人相助，所謂的高人就是我的大娘，孫氏。」

「你不要血口噴人，我……」

「我的話還沒問完，請妳不要插嘴。」修明澤看都沒看孫氏，又繼續道：「是不是她給了你很多錢，替你還清了賭債，可她卻藉此事來威脅你，要你為她做事，我說得對不對？」

「我……」

「你因為迫於無奈，所以只好應了下來，然後開始為孫氏做一本新的帳本，一個記錄真實帳目的帳本，這一做好幾年，以至於到了現在，已經收不住了，我說得對嗎？老周。」

老周此刻已經被嚇得渾身哆嗦了，他點著頭，儘量平靜地說道：「大少爺說得沒錯，老周我的確是嗜賭成性，可是我沒那個命，逢賭必輸，因此欠下了很多債；可我沒錢了，就在這時，夫人知曉了此事，找到了我，還給我送了很多錢，並且說會為我保密，我當時雖然覺得不妥，無奈那些人催帳催得緊，若我不按照日期還了，估計性命就要不保，所以我接受了夫人的錢。

「原以為事情就這樣過去了，沒想到，之後夫人屢次來找我，並以借錢的事情威脅我，讓我為她做假帳，把錢秘密送到曉雲小姐的夫家，雖然我不情願如此，但我還是做了，因為……我還想做我的掌櫃。」

聽到這裡，修明澤心裡暗暗冷笑。一直以為這個老周是個老實人，沒想到，老實只是他的偽裝，他其實是個狡猾之人。

他清楚自己是被孫氏威脅著才做了這樣的事情，可那只是一開始，之後的事情完全是他自願為之。因為有錢可以拿，他到現在都沒有戒掉賭錢，所以還是有心甘情願的成分在裡面，若不是如此，他又怎麼會做了這麼多年呢？

看著兩人在那裡說話，孫氏此刻早已經被氣得雙眼上翻，險些氣昏過去。

這個老周，簡直是個畜生，當初雖說是自己威脅他，讓他為自己做事，可她也答應給他好處；起初他是推辭了，可後來他拿得比誰都要多，此刻還敢把一切都往她身上推。

「周賜海，你莫要胡說！我何時找過你？我何時威脅過你？我看這些事情分明就是你一個人所為，什麼假帳本，什麼我女兒夫家，我看這些都是你與修明澤一起串通起來陷害我的。老爺，您要想清楚啊！我沒有做，我沒有。」

孫氏看著修雲天，險些沒哭出來，那樣子，要多可憐就有多可憐。

可修雲天卻是冷冷看著她，他不信她的話了，是真的不會相信了，事實都已經擺在眼前，她卻還在狡辯，這叫什麼？這就叫不見棺材不掉淚。

她是他的妻子，他不想把事情做絕，可她偏偏還一而再、再而三地說謊辯白，這讓他如何不憤怒。

「妳覺得，我還會相信妳的話嗎？」修雲天冷眼瞧著孫娟，聲音也逐漸冰冷了下來。

孫氏臉色一變，再次變得蒼白。

她知道，自己無論如何解釋，他都不會再聽自己的話了。

想到這裡，孫氏不由得雙腳一軟，直接坐在地上，淚水順著她的眼角流下，痛哭流涕。

「夫君，我錯了，我真的知道錯了，之前都是我糊塗。夫君，您就原諒我吧！」

修雲天重重哼了一聲，冷漠道：「其實妳拿一些錢，我不會說什麼，我都可以當作沒看到，畢竟我們是這麼多年的夫妻；可妳……竟然拿了這麼多，妳讓我憤怒，更讓我痛心，我萬萬沒有想到，和我一起這麼多年、每晚躺在我身側的人竟然背著我做出這樣的事情，妳說我難道不該生氣嗎？」

孫氏臉色慘白，哭得更甚，她已經無力辯解什麼，從坐在這裡開始，一切就已經將她推向這個地步。

她為什麼要拿走那麼多錢？之所以這麼做完全是為了她的兒子，誰讓她的兒子不爭氣，誰讓她的兒子不是長子，誰讓他樣樣都比不得修明澤。

就因為如此，她才需要為自己的兒子尋求一個保障，一個即便什麼都沒有了，也有錢的保障。

而修曉雲自然是因為娘親和弟弟，才會答應這件事情，說到底，一切都是為了這個弟弟，修明海。

可她能說嗎？她不能說，即便說了，又有何用？自己終歸還是拿了錢，而且還是不少錢。

這對任何人來說，都是不可原諒的事情。

見孫氏無話可說，修雲天也沈默了下來，一時間，屋內的氣氛變得異常壓抑。

修明海一臉茫然，表情不解。作為孫氏的兒子，他並不曉得娘親為何要偷走那麼多的錢，他更不清楚接下來會發生什麼樣的事情，他只知道，現在情勢似乎很不好。

自始至終，韓香怡都沒開口，只是坐在那裡靜靜地看著事態的發展，她突然覺得有一句話說得特別好，「善有善報，惡有惡報，不是不報，時候未到。」

現在，孫氏種下的惡果，也該輪到她自己親自品嚐了。

「孫娟，以妳這樣的行為，我完全可以把妳抓去官府，讓妳在牢裡過完妳的下半生，可我念在妳我夫妻一場的情分上，妳把錢還回來，便不再追究。之後……」

說到這裡，修雲天沈默了片刻，然後袖袍一揮，冷淡道：「妳我不再是夫妻，等著我一紙休書吧！」

話音落下，修雲天舉步離開了屋子，留下一個蕭瑟的背影。

孫氏則是跪坐在地上，掩面痛哭起來。

自作孽，不可活啊！

事情就這樣結束了。當日晚上，孫氏就接到修雲天的休書，帶著悔恨離開了修家；而那些跟孫氏合謀作惡的傢伙，由於家醜不宜外揚，他直接讓人扔了出去，懶得去理會。

至於修明海，修雲天並沒有多說什麼，僅是讓他自己好好醒悟便是。

對於修明澤與韓香怡，修雲天自然少不了讚許與表揚，當然，也叫人給他們送去一些好東西。

錯了要罰，對了要賞，這就是修家，這就是修雲天。

離開大廳，回到住處，韓香怡與修明澤都未開口，只是相對而坐，剛剛發生的事情，對他們來說雖然是好事，可也不是什麼值得高興的事情。

雖然他們讓孫氏得到應有的懲罰，可是看到修雲天那落寞的樣子，他們也笑不出來。

「這樣做明明是對的，可我卻笑不出來。」韓香怡聳了聳肩無奈道。

修明澤伸手握住韓香怡的手，道：「娘子，妳也不必想太多，像孫氏這種人，得到這種下場還算是輕的，而且沒了她，咱們的日子也可以過得安生些。」

「是啊，這是我想看到的結果，可是一想到爹爹那難過的表情，我也有些不忍心。」

「娘子。」修明澤搖了搖頭，笑道：「對於爹爹，妳也不必傷心難過，咱們往後自然會好好對待他，可對待壞人卻要讓他們自食惡果，咱們也沒有必要過分在意，這樣只會傷害到自己。」

「嗯，夫君你說得是，我明白了。」韓香怡笑著說道。

「明白了？嗯，這很好，夫君我很是欣慰，來來來，讓我好好地獎勵獎勵妳。」

修明澤哈哈大笑著，一把抱起韓香怡，向著屋子裡走去。

韓香怡頓時驚慌地推他的胸口，道：「你別胡來，我有孕呢！」

「嗯？娘子，妳想歪了，我抱妳進去，又沒說要與妳做什麼。娘子，妳的思想不純潔哦！」

修明澤壞笑著，在韓香怡羞紅的目光中，哈哈笑著進了屋子。

修家綢緞鋪子裡，一個夥計急匆匆跑到掌櫃面前著急道：「掌櫃的，咱們的假帳本不見了。」

卻見掌櫃的一個人傻傻地站在那裡，沒了動靜，他手上則握著一封信，那信上只有簡單的一行字：

修家不需要偷盜者，你可以離開了。

同樣的事情也相繼發生在其他幾間綢緞鋪子裡，一時間，所有修家綢緞鋪子的掌櫃都離開了。

第二日便有了新的掌櫃接替綢緞鋪子，一切都照常運行，像是無事發生過。

唯一較令知情者匪夷所思的是，那些帳本卻憑空神秘消失了……

清晨，陽光正好。

韓香怡獨自一人坐在屋內喝著煮好的碧螺春，感受著濃郁的茶香，心情格外舒暢，現在的她已經愛上喝茶，喝茶能讓她放鬆心情，更能很有精神地做事情。

突然，一道身影出現在韓香怡的身後，悄聲說道：「少幫主，您讓影雪辦的事情，影雪已經辦好了。」

韓香怡並未驚訝，而是點了點頭，心想：以後在修家就真的可以安心了啊！

「謝謝妳，影雪。」

「少主客氣了。沒什麼事情，影雪就先離開了。」

說完，影雪便消失在她的身後，一切都好像沒有發生過一樣。

韓香怡站起身子，向外走去。

在她身後的火爐裡，正燃燒著一本本的帳本。

火焰燃燒著，很是明亮。

修家的事情結束了，一切再次恢復平靜。

日子依舊一天一天過去，韓香怡的小腹也日漸隆起。

轉眼間，韓香怡已經懷孕兩個月了，再半個多月的時日便是春節，所以那些在街道上忙碌的行人臉上都不自覺帶著準備迎接喜慶的笑容。

「香怡姐，這個給妳。」香兒笑嘻嘻地遞給韓香怡一顆酸果子。

韓香怡接過來，看也沒看便扔進了嘴裡，她最近很喜歡吃酸的，每次見到酸的東西就垂涎三尺。

這不，早上的時候，就吃了一碗特別酸的麵，修明澤嚐了一口，下一秒就吐了。

他不由暗暗讚嘆，女人果然是一種十分強大的生物。

「香怡姐，快到春節了，妳有什麼想要的東西嗎？」坐在櫃檯後面，香兒雙手撐著下巴，看著喝著酸茶的韓香怡問道。

瞧著她喝著酸到掉牙的茶，香兒都覺得自己有些渾身不舒服了。

韓香怡放下茶杯，想了想，笑著道：「我還沒有想好，不過我覺得，現在的我其實也不需要什麼，若真需要的話，那麼我想，就是這個小傢伙可以平安無事吧！」

說完，韓香怡摸了摸自己那微微隆起的小腹，臉上籠罩著母性的光輝。

我的小傢伙，我們都等著你，你可要平安出來啊！

青雲寺，位於青雲山山腰，有石階蜿蜒而上。

此時，青雲山山腳下，一名壯碩男子正站立在那裡，仰著頭，看著聳立高山，沈默不語。

這人正是離開帝都的曾龍。

「該來的終歸還是來了，躲也躲不掉，曾以為離開了這裡，這輩子都不可能再回來，沒想到，不到二十年，我又來了。自作孽不可活，說的就是我吧！」曾龍苦笑自語，片刻後，他邁出腳步，登上石階，向上走去。

青雲寺是一座古寺，在百餘年前建立，如今百年已過，卻依舊保持當時的原樣，除了舊磚、舊瓦和掉漆的門柱外，其餘的一切如常，彷彿滄海桑田，都不曾抹去古顏風韻。

青雲山山腳下有一小鎮，故時常有人來青雲寺燒香禮佛，倒也不冷清。不過在這大雪隆冬的時節，來的人倒是少了許多，雖是白日，除去他之外，再也看不到一個人影。
山路長且難行，因為剛剛下過一場大雪，石階上是厚厚積雪，尚未被人踩實，所以一腳踩上，便會陷下去，偏偏石階之上結了厚厚的冰，讓這路更難行。
曾龍卻好似並無阻礙一般，每一腳踩上去都踩得很穩、很重。
轉眼間，已經走了一半的石階，抬頭看了一眼山腰處的青雲寺，曾龍又是一聲嘆息，臉上的表情也凝重了幾分。
一路向上，在一炷香後，曾龍終於邁上最後一階石階，看著出現在自己眼前那熟悉又陌生的青雲寺寺門，他的眼角竟是有些濕潤了。
走到寺門前，曾龍伸出手，就在手快觸及寺門時，他突然停住了，這個看似很小的距離，對他而言，卻好似一條鴻溝難以跨越。
呀！
門被打開了，一個小和尚從裡面走了出來，看到伸出一隻手的曾龍，不由疑惑道：「施主，請問您有什麼事情嗎？青雲寺還有半個時辰才開門呢！」
「哦，我是來找住持方丈明秀大師的。」曾龍手掌合十，禮貌道。
小和尚臉色一變，看著曾龍道：「施主，明秀師祖已經圓寂了。」
「什麼？」曾龍臉色大變，一把抓住了那小和尚的肩，沈聲道：「明秀方丈何時圓寂的？」

「就在三年前。」

小和尚吃痛，急忙掙脫開曾龍的雙手，身子也不由後退了幾步，縮回到門後。

「三年前？三年前……」

曾龍如瘋魔一般，呆呆站在那裡。他曾想過自己重回舊地後可能會發生的事情，無論被罰、被打、被罵，他都可以接受，可他唯獨不能接受的就是明秀方丈圓寂的消息，這對他來說，是一種打擊，一種沈重的打擊。

因為明秀方丈是他的師父，說起來，這已經是二十多年前的事情了……

那時候他只是個十多歲的毛頭小子，親妹妹也還是個不到十歲的小丫頭，兩人都是孤兒，爹娘在戰亂中被壞人殺死了，兩兄妹一路乞討來到青雲山山腳下，那時他們已經兩天兩夜沒吃東西，早已餓得沒了氣力，兩兄妹一起靠坐在山腳下，準備一起迎接死亡的到來，可就在這時，明秀方丈出現了……

直到現在，曾龍都清晰地記得，那時候的方丈穿著一身紅絲袈裟，手拿禪杖，俯身看著自己兄妹兩人，那滿是褶皺的臉上都是慈祥。

那是他這輩子見過最慈祥、最暖人心的笑容。

他還清楚地記得，當時他說的第一句話便是──「可憐的孩子，一定多日沒有進食了，來，吃點東西吧！」

吃了東西、喝了水，兩兄妹隨著明秀方丈進入青雲寺。由於兩兄妹都是孤兒，也沒地方可去，便被明秀方丈安排在青雲寺住了下來。

這一住，便是十年。這十年來，他們兄妹兩人都過得很開心、很快樂，在這裡，有疼他們的師兄，敬他們的師弟，更有對他們如同對待自己孩子的明秀方丈。在那時的曾龍眼中，明秀方丈就如他的爹爹一樣。

在這十年裡，曾龍也隨著青雲寺的武僧學會十分厲害的功夫。

那一日，他這輩子都不會忘記。

「明秀方丈，我要離開。」

「離開？去哪裡？」

「去帝都。」

「所為何事？」

「報仇雪恨。」

明秀方丈臉色微微一變，放下手中的書，看著他，沈聲道：「十年，十年的時間，卻未能磨去你的戾氣。你雖是我青雲的俗家弟子，可你也算是出家之人，出家之人不可殺生，你難道不知？」

曾龍深深鞠了一個躬，一臉決絕地道：「知道，可知道歸知道，我還是要去。殺父弒母之仇不共戴天，若不能報，我不配為人子。」

「哎！冤冤相報何時了，你報了仇，人家卻又來找你報仇，仇恨是一切罪孽的開始，你這是在造孽。」

明秀無奈嘆氣。對於曾龍這個孩子，他喜歡得很，不但聰明，而且還是個武學天才，僅僅十年就學會他人怕是一輩子都無法學會的功夫，他很欣慰，也很擔心。

欣慰的是，或許有人能傳承他的衣缽，青雲寺多是文僧，少有武僧，加上他也才不過十餘人，這裡面只有曾龍這孩子可以算是武學天才；擔憂的是，他學武很快，這讓他擔心有一天他會選擇離開。

果然，他擔心的事情發生了，也是直到這時，他才突然發現，原來自己起了私心，這是要不得的，矛盾在他心裡滋生。

「師父。」

這是曾龍來到青雲寺的十年裡，第二次喊他師父；第一次，是明秀方丈教他武學之時，第二次，便是他即將離開的時候。

「師父，我有恨在心，難以靜心修行，即便待在這裡，也只是人在心不在，還望您可以放我出去，等我報了仇、解了恨，我會再回來，到時我定會剃度為僧，做一個真正的和尚，師父。」曾龍說著，雙膝跪地，重重磕了一個響頭。

明秀方丈有私心，也瞭解他，清楚他若真的離開，怕是就不會再回來。

這一刻，他有些想通了，又有些責怪自己，自己這是怎麼了？人是自由的，每個人都可以有選擇的權力，他雖好，卻不是自己可以留下的人，既然他選擇了離開，自己又為何要強行讓他留下呢？

想到這裡，明秀方丈瞬間醒悟，只見他擺了擺手，無奈道：「去吧！不過你一旦踏出青雲寺的門，便不要再回來了，手裡沾著鮮血的人，永遠不要再回來。」說完，便緩緩閉上了雙眼。

曾龍跪在那裡，呆呆看著閉目的明秀方丈，心裡發酸，卻不後悔。因為這仇他必須要報，所以他站起身子，毅然決然地離開了。

師父，您放心，等弟子報仇之後，一定會回來的，即便到時您不准，我也要回來。

回想著過往的一幕幕，曾龍心裡五味雜陳，自己當年打算要回去的，可卻沒有實踐諾言，沒想到這一別竟是天人永隔。

曾龍收回思緒，看著那小和尚，沈聲說道：「我要進去。」

小和尚有些害怕地躲在門後，搖了搖頭。

「不可以的施主，我們還有半個時辰才可以開門，您等半個時辰後再進來吧！」

「你這小和尚，你可知我的身分？論起輩分，你怕是還要叫我一聲師叔呢！」曾龍瞪了他一眼，有些不悅地說。

小和尚聽罷，瞪大了眼睛，一雙大眼睛滴溜溜地亂轉，看著曾龍，驚訝道：「施主曾在青雲寺做過和尚？」

「帶髮修行。」

「哦，那您現在是要來剃度？」
「不是。」
「那就不行了。」
「什麼？」
「您若是來剃度的話，我可以幫您問一問，可若不是，那就等半個時辰後再來吧！」說完，小和尚便要關門。
「我偏要進去。」
曾龍冷哼一聲，一把推開大門，小和尚頓時被一股力量推得一屁股坐在地上，同時也愣住了，一時之間竟不知該作何反應。
曾龍哼了一聲，跨過門檻，朝著裡面走去。
「何人來我青雲寺撒野。」
就在曾龍剛剛走下臺階時，一聲大喝突然在天空中響起，只見一道人影自天空射來，那拳頭虎虎生風，直朝曾龍的胸口砸來。
曾龍發出一聲冷笑，一隻腳往後伸出，一隻手緊握成拳，然後看著那砸來的身影，毫不猶豫一拳由下往上，揮了出去。
砰。
兩個拳頭相撞，曾龍向後倒退了兩步方才站住，而對方則是在半空中一個後空翻，這才落地。

待得那人落地，曾龍才看清楚對方，可當他看到那人的臉後，先是一怔，然後便驚叫道：「子玉師兄。」

子玉隨即定睛看去，當他看到了曾龍後，也是驚訝地叫了出來。

「是你。」

當初在青雲寺裡子玉是相當照顧曾龍的師兄，那個時候只有他們倆的關係最好，曾龍的一身功夫有一小部分是他教的，所以也算得上他的半個師父。

原本以為會是一場兄弟之間的久別重逢，可是讓曾龍沒有想到的是，子玉在看清楚來人是誰後，不但沒有高興，反而是臉色一沈。

「你這傢伙還敢回來。」

曾龍一怔，然後不解道：「子玉師兄，你這話是何意？我難道不能回來嗎？」

「當然不能，當初師父可是說過，只要你離開，就不准你再回來。你今日為何要回來？」

「我有事要辦，所以不得不回來。」曾龍收起了驚愕，肅然道。

「哼，有事要辦？青雲寺已與你無半點瓜葛，也沒有你可以辦事的地方，施主，請回吧，這裡不歡迎你。」

子玉冷冷看著曾龍，聲音中帶著冷意，似乎真的不願意再見到他一樣。

曾龍表情錯愕地看著子玉。印象中子玉師兄是個和藹的人，常常把笑容掛在嘴邊，可是為何今日一見，卻再也找不到當日的一絲痕跡了？難道這些年發生了什麼事情，要不然一個人的性格怎會發生如此大的變化呢？

「子玉師兄，我是真的有事情要辦，而且，我聽說師父他……我想要看看他。」

「看師父？你不配。從你離開青雲寺的那天起，你就不配了，請你離開吧！這裡不歡迎你。」

子玉冷哼一聲，看著他，從背後取出一根木棍。他一手握著木棍，那架勢似乎只要曾龍敢踏出一步，他就出手。

「子玉師兄，我不與你打。」曾龍有些無奈地搖了搖頭，道：「我知道，像我這種手裡沾滿鮮血的罪惡之人想要回來，需要經過棍棒一百的洗禮，我接受，只要讓我進去。」

子玉眼瞳收縮。

棍棒一百，那是對付大奸大惡之人來此地的懲罰，而他之所以這麼對他，就是不希望他為了回來而選擇接受這個懲罰。

見他一副我意已決的模樣，子玉的冷漠終於在頃刻瓦解，無奈地搖了搖頭。

「師弟，你這又是何苦呢？既然離開了，又何必再回來，走吧！這裡沒有你需要的東西，你來這裡，只是徒增傷害罷了。」

看到子玉真正的樣子，曾龍露出了開心的笑容。

這才是自己認識的那個師兄，是的，他不會變，一直都不會變。也正因為如此，他才選擇來這裡。

其實當初他來這裡之前，就已經做好了準備。棍棒一百，聽著簡單，可真打下去，那一百棍子可不是說笑的，一百棍子要是打下去，不死也重傷，可他還是要做，就因為這裡有他需要的東西。

曾龍邁前一步，看著子玉師兄，深深地鞠了一躬，方才說道：「子玉師兄，我要進去。」

「你這是在找死。」子玉瞪著眼睛，低聲喝道。

這個傢伙就是個倔強的人，小時候就很有自己的主意，現在大了也越發嚴重了。

「是啊，子玉師兄，或許我是在找死吧，可我真的有必須要做的事情，希望你可以答應我。」曾龍真摯地說道。

「好吧，既然你心意已決，那我就不再多說什麼了，你在這裡等著。」說完，子玉便轉身離開了。

「謝謝你，師兄。」

子玉身子一顫，腳步一頓。

「其實，師父他老人家很疼你，真的很疼你，你……不該離開的。」說完，他才邁步離去。

曾龍怔怔地站在原地，眼角再次濕潤。

師父……

日頭懸掛在頭頂，陽光照射著大地，青雲寺清冷的院子裡，此刻站著兩排和尚，而在兩排和尚的中央，站著一個壯碩男子，正是曾龍。

這兩排共二十個和尚，交錯站立，每一個人手裡都拿著一根木棍，每一根木棍都有兩指粗細。

一百棍，每人打五棍。

「曾龍，你可想清楚了，是否真的要入我青雲寺？」子玉站在前方，看著站在那裡的曾龍，表情肅穆，大聲喝道。

「曾龍已想好，入。」曾龍同樣表情嚴肅，大聲回道。

「好，那就接受棍棒一百吧！」子玉點頭，眼中有不忍閃過，但還是高聲說道。

曾龍深吸一口氣，一隻腳已經邁了出去。

砰。

隨著他第一隻腳邁出去，一根木棍已經重重打在曾龍的背上，頓時，一股劇痛傳遍曾龍背部，可他只是皺了皺眉，接著，第二棍又打了下來，第三棍緊接而來……

接連五棍，看的人都覺得渾身都痛，更別說被真真實實打在身上的曾龍了，可他卻沒有吭一聲，除了臉色有些發白以外，沒有任何表情。

挨完了五棍，曾龍再次邁出一步，接著，第二個和尚舉起木棍，朝著他的前胸打了下去。

砰、砰、砰、砰、砰。

五棍下去，曾龍的身子晃了兩晃，但還是穩住了，劇痛傳遍全身，可他依舊眼神堅定地朝前走去。

一根根棍子重重地打在曾龍的身上，痛也是越加劇烈，臉色也更加慘白，可他的腳步卻是那樣的堅定。

對他來說，這不算什麼，與自己之前所經歷的那些更為淒慘的事情相比，這不算什麼，區區一百棍而已，他挺得過來。

子玉看著一步步朝著自己走來、衣上已經沾染鮮血的曾龍，他目光中滿是不忍之色，可他也只能看著，因為這是對方的選擇。

砰。

終於，又是一棍打下來，曾龍終是堅持不住，單膝跪地，一口鮮血噴了出來，這已經是他接受的第七十五棍了。

以他的身體強度來說，或者說，像他這樣的人可以堅持到現在，已經很不簡單了。

擦了擦嘴角的血跡，曾龍再次站起了身子，深吸一口氣，再次邁出一步。

一棍打下，曾龍身子再次猛烈地一晃，喉嚨一甜，一口鮮血險些再次噴出，卻被他硬生生吞嚥了下去，然後閉上雙眼，開始運氣調息。

砰、砰、砰、砰——接連四棍打下來，曾龍的嘴角還是溢出了鮮血，可他卻還在堅持。

一步，五棍。

快了，還差十棍，還差十棍。

曾龍心裡吶喊著，嘴角的血滴落在地面上，顯得異常刺眼。

砰、砰、砰、砰、砰。

又是五棍打下來，曾龍這次整個人險些趴在地上，兩隻手臂強撐著地面，讓自己保持平衡，只要不趴下，就不算失敗。

他咬著牙，拚命堅持著，終於，他再次站了起來。

還差最後五棍，就可以了。

終於，他抬起左腳，邁出一步，這一步，是最艱難的一步，也是最後的一步。

砰、砰、砰、砰、砰。

哇！

一口鮮血自曾龍的口中噴出，一股強烈的痛感讓他險些昏死過去，可他還是咬著牙，流著血，站到子玉的面前，嘴角一咧，血腥的笑容中滿是興奮。

「我……走過來了。」

然而，隨著他話音落下，整個人直接倒在地上，沒了知覺。

儘管許多年未見，子玉還是將曾龍當作自己的師弟，若不然，他也不會在意他，也不會驅趕他，因為不想讓他遭受這般痛苦。

「快送他去我房間，快。」子玉大聲且焦急地吼著。

夜晚的天空是朦朧的，坐在院子裡，看著天上稀少的星辰，韓香怡心裡莫名有些難受，抓了抓心口的衣服，她不知道這是一種什麼樣的感覺，她莫名想起了曾龍，那個她到現在還有些不知該如何對待的親人。

「娘子，夜裡涼，快些進去休息吧！」

修明澤不知何時來到了韓香怡的身後，為她披上衣服，雙手握著她的肩。

韓香怡點點頭，隨著修明澤進屋休息去了。

第三十七章

睜開雙眼的時候，天色已經完全黑了下來。曾龍赤裸著上身，此刻被白布包裹得好似一個粽子，稍稍一動，便覺得渾身劇痛無比。

「不要動，你現在身上都是傷，你再亂動，包紮好的傷口又會裂開了。」

耳畔傳來子玉師兄的聲音，曾龍轉頭看去，只見子玉此刻手裡拿著一本經書，就著燈光看著。

「子玉師兄，謝謝你。」曾龍滿是感激地說。

「你也不必謝我，我什麼都沒做；相反，之前我還讓你離開這裡，如今你能進來，都是靠你自己。」子玉放下經書，看著曾龍，認真地說道。

他清楚，曾龍是個死腦筋的人，若他想要做一件事情，任憑別人說得再多，說得再好，即便是好話，都沒有半分用處，這就是他。

曾龍搖搖頭，認真說道：「子玉師兄不要這麼說，不管如何，我都要謝謝你，是你讓我有這個機會；也是你，我才可以躺在這裡，若不是你，我怕是早就死在外面了，所以這個謝字，你當得。」

「唉。」子玉嘆了口氣，無奈道：「你說說你，既然已經選擇離開，又為何要回來？這裡留不下你，你就不應該回來，現在弄得這一身的傷，何苦呢？」

「子玉師兄，這些都是師弟我自願承受的，因為我有重要的事情要完成，若不能完成，我死不瞑目。」

子玉皺了皺眉，思索了片刻，道：「這些年在外面，到底發生了什麼事情？對了，你妹妹呢？怎麼沒有看到她的人？」

提到親妹妹，曾龍臉上的表情一暗，低沈地道：「我妹妹她……死了。」

「什麼？那丫頭死了？到底發生了些什麼？你快告訴我。」子玉臉色一變，驚聲道。

曾龍看了一眼子玉，便將這些年發生的事情與子玉說了一遍。

聽完曾龍的話後，子玉深深地吸了一口氣，然後驚魂未定地說道：「沒想到，真是沒想到，這麼多年竟然發生這許多的事情，那小丫頭竟是這樣死的。阿彌陀佛，善哉善哉。師弟，你來這裡，到底所為何事？」

曾龍想了想，道：「事情都發生了，後來我曾親自去一趟我妹妹住過的那個村子，在那裡我無意中發現了一封寫給我的信。」

「寫給你的信？你是說小丫頭寫給你的？」子玉也是驚訝不已。

「是的，我也覺得很驚訝，妹妹竟然寫了信給我，於是我便拆開來看了。」

「那信上說了些什麼？」子玉接著問。

「那信上說……香怡的親爹不是韓景福，而是另有其人。」

「什麼？」

子玉聽過曾龍說完事情的大概，自然也清楚韓香怡是誰，因此才會如此震驚。

韓香怡不是韓景福的女兒，豈不是說，小丫頭是與他人……

「那信上還說了些什麼？」子玉迫不及待地追問道。

「那信上說，若想知曉香怡的親生爹爹是誰，就來青雲寺找明秀方丈，便可知道答案。」

「找師父？」子玉皺眉，道：「可是師父他老人家已經圓寂了，這該如何是好？」

「所以我才更要進來，我要去師父他老人家生前住的地方，我一定要找到我妹妹所說的答案。」曾龍握緊了拳頭，瞪著眼睛說。

子玉點點頭，道：「好吧，我明白了，既然如此，我會讓你去的；不過你也不要太過分，畢竟那裡曾是師父他老人家在時的……」

「子玉師兄你就放心吧，我比任何人都尊敬師父，所以我不會做出什麼對師父不敬的事情來，一旦我找到妹妹所說的答案，我就會離開這裡。」曾龍點頭，認真保證道。

「好吧，隨你吧！時候也不早了，你早些休息，你的傷還需要養一段時日，最好不要亂動，我先走了。」

「師兄。」

「嗯？」

「以後……我還可以再回來嗎？」看著子玉的背影，曾龍猶豫了片刻問道。

子玉腳步不停，背對著他道：「可不可以，我不能給你答案，但若你想，便可回來。」說完，他便推開門，離開了。

看著關上的門，曾龍吐了口氣，既然他已經來了，那就好好地待上一段時日吧！畢竟自己難得回來一趟，也是不容易。

想到這裡，他看了看自己身上包裹得如同粽子般的身體，無奈地自嘲道：「不過，還是先養好傷再說吧！這傷，還真他娘的疼啊！」

時間轉眼流逝，一晃已經半個月過去。

這半個月的時間裡，韓香怡過得很充實，每天除了去鋪子裡看看，再順便逛一逛街，其餘的時間都在自己的屋子裡看書、寫字、喝茶，按照修明澤的話來說，這叫薰陶，她要在孩子沒有出生前先進行胎教，同時也讓自己變得有學問、有內涵，這樣孩子長大了以後就不會覺得自己的娘親很無知了。

當然，韓香怡雖然心裡憤憤，還是虛心接受了，為了孩子，她還有什麼不能做的？

隨著時間往後推移，韓香怡的小腹也已經鼓了起來，這讓修明澤心情很是愉悅，他這段時日都不怎麼出去，幾乎每日都陪在她的身邊。

韓香怡幸福的同時，也覺得很滿足，這才是自己理想的生活啊！

這一日，韓香怡從床上起來，習慣性摸了摸自己鼓起的小腹，笑容裡充滿著母性的慈祥。「小傢伙，娘起床了，你睡醒了嗎？」

下了床，她穿好衣服，洗漱完畢後，便出了屋子。儘管穿得很多，可一出屋子，還是感覺到有些冷。「果然入了深冬，就更冷了，看樣子下次出門該再多穿一件衣服了。」

韓香怡踏著薄薄的雪，離開院子，離開了修家，向著香粉鋪子走去。

一場大雪一場寒，大雪過後的青雲寺被一片銀白覆蓋，幾個小和尚此刻正拿著掃帚，認真地掃著院子裡的雪。

呀的一聲。門一打開，一道壯碩的身影自屋內走了出來，這人便是在青雲寺待了半個多月的曾龍。

經過這半個月的調養，他身上的傷已無大礙。當然，主要還是因為他是練武之人，所以身體各方面都很強健，才可以在這麼短的時間內恢復過來。

要知道，傷筋動骨一百日，他被打了一百棍子，已經傷了骨頭、斷了筋，卻用了半個多月的時日就好得差不多，這已經是很不可思議的事情。

「你的傷還沒有痊癒，急著出來做什麼？」子玉不知何時出現在他的身旁，皺眉訓斥道。

曾龍嘿嘿一笑，道：「子玉師兄，你就不要說我了，你瞧我人高馬大的，那點皮肉傷算不得什麼，而且我真的沒什麼問題了；再說，我都一個月沒出屋子，快被悶死了，再不讓我出去，我怕我真的要發霉了，出來透透氣，還真是好多了。」

「就你能說、會說，好吧，出來就出來了，走走就好了，不要有大的動作；雖然基本已無大礙，可還是要注意身體，別留下什麼病根才是。」子玉儼然一副師兄的模樣說道。

雖然被訓，可曾龍的心裡還是暖暖的，他笑著點了點頭，道：「師兄你放心吧！我知道分寸的，我自己的身體，我會注意的。」

「希望如此。」

「師兄。」

「嗯？」

「我想去看看師父。」曾龍聲音有些沙啞，卻真摯。

子玉沈默片刻，道：「看來你已經想好了，既是如此，那你便去吧，待查到你需要的，就可自行離去，不必來此告知我，你我的師兄弟情也是結束的時候了。」

說完，子玉轉身進了屋子，留下曾龍一人站在原地，呆呆出神。

半晌，曾龍回過神來，雙手用力拍了拍自己的臉，然後朝著師父的住處行去。

明秀方丈住的地方有些偏僻，但好在靜謐，沒人打擾，是個清修之地。

曾龍站在門前，沒有進去，而是深深一鞠躬。這一鞠躬，代表他深深的愧疚與自責。

不得不承認，師父之前的身體是很硬朗的，絕不會這樣死去。他聽子玉師兄說，自從他走後，師父整日念叨著自己的名字，日子一久，便思念成疾，之後雖有好轉，可是身子卻也一日不如一日，後來終究還是圓寂了。

曾龍從未想過，自己在師父老人家的心裡竟占有如此重要的位置，以至於為了自己，他老人家竟然……

每每想到此處，他都覺得更為自責，若不是自己，師父也許不會這般，這都是因為自己的離開所造成的，他有著不可推卸的責任。

走到門前，輕輕一推，房門應聲打開，屋內很整潔，桌子上也沒有灰塵，看樣子這裡是經常有人打掃的。

關上門，走到床前，看著那張床，曾龍又陷入了沈思。

自己與師父最後一次見面就是在這裡，當時師父就坐在這張床上，而他就站在這裡，轉眼時光已逝，如今再次來到這裡，他依然站在這裡，可師父卻……

「物是人非，一晃已經二十多年了，師父，您若在該有多好。」曾龍傷感地看著床，輕聲自語。

就這樣，曾龍站在那裡足足半個時辰都沒有動一下，直到他收回心神，這才看向四周。

他來這裡，就是為了解開香怡的身世之謎。

目光所及，並未發現他尋找的目標，最後，他的視線鎖定在兩個地方，一個是床，一個是桌子。

他走到床前，在床上摸索了一番後，沒有任何發現，除了木板就是被子、褥子以及枕頭，然後又掀起褥子，在床板上四處敲了敲，發現也沒有什麼異常或機關。床上都無異常，曾龍蹲下身子，開始搜索床下，床板沒有任何東西，床下也空空如也。

既然床上沒有任何東西，那就是桌子了？

曾龍看著桌子，走過去，桌面上沒什麼可看的，他直接摸到桌子下面，摸了一圈，曾龍皺起眉頭。這裡也沒有，那會在哪裡呢？

曾龍邊琢磨著站起身子，再次在屋子裡看了一圈，最終，他的目光落在那掛在牆上的佛像畫。

「難道是在這畫的後面？」曾龍一臉不確定地走到畫前，深深施了一禮，然後恭敬道：「弟子實在有重要的事情，還望佛祖原諒。」

說完，他將那幅畫拿了下來，伸出手指，在畫像後的牆上敲了敲。

嗯？曾龍眼睛一亮，果然，這裡有東西。

他急忙在牆上按了按，這一按，中央處頓時有一塊磚頭大小的地方凸了出來。曾龍將那磚取了下來，看到裡面放著一個小木盒，在木盒旁還放著一封信。

曾龍急忙將木盒與信取了出來，走到桌前坐下。他先拿起信，將信打開，裡面是一封信和一幅畫。

莫非這就是香怡爹爹的畫像？

想到這裡，曾龍有些激動地打開了畫。

果然，畫上畫的是一個俊朗的少年，少年一身白色長衫，手拿白扇，衣冠楚楚，俊朗非凡，看那穿著便不是尋常百姓，倒像是個書生秀才，只是不知是哪家的少爺。

「這就是香怡的爹爹嗎？倒是長得不錯。」曾龍說著，又打開了那封信，信上寥寥數行字，卻讓他心裡震驚不已。

「這畫上畫的是我的夫君，我並不知我夫君到底是何人，有何身分，但我不後悔跟了他。夫君雖死，我卻不悲傷，因為我知道我也很快將會隨他而去，今日將此信交予大師手上，還望大師可以代為看管，只等我兄長來此，為我孩兒尋得親人所在……」

後面又寫了一些，曾龍卻沒再看下去。

妹妹明知自己會死，還在死前託人將信送來，她怎麼會這麼傻……

曾龍痛苦地閉上了雙眼，雙手緊握，青筋暴起。待得他睜開雙眼時，已經恢復了平靜。

「既然妹妹要我去查香怡爹爹是何許人也，那我便一定要查出來。」曾龍雙眼冒出了冰冷的光芒。

這一刻，他是一個兄長，是一個舅父，而他要做的，便是為了親人，做任何事。

冬日，是雪的季節，三、五日便有一場雪，這已是常事。

林城香粉鋪內，爐火正旺，幾人圍坐在火爐旁說笑著。

這幾人分別是沈美娟、楚風，以及他們的朋友。

「現在咱們的香粉鋪子在林城已經徹底站穩腳步，昨兒個聽說韓家的香粉鋪已經相繼撤離林城，瞧這樣子不出幾日，林城的香粉買賣便都是咱們的了。」一個男子一邊烤著手，一邊笑著說道。

沈美娟看著火爐裡的火焰，淡然說道：「林城還不夠，對韓家的打壓也還不夠。從林城撤離了嗎？好啊，那咱們就把買賣做到帝都去，咱們接下來要做的，就是讓韓家在帝都也做不下去。」

「去帝都開香粉鋪子？這能成嗎？在林城咱們可以打壓他們，那是因為這裡就是咱們的地盤，可帝都不一樣啊！那是人家韓家的地盤，咱們這樣過去，豈不是會如他們離開林城一般狼狽？」有一個女子詫異道。

楚風為沈美娟緊了緊衣服，然後淺笑道：「不會的，你們可別忘了，帝都可還有咱們的朋友呢！」

韓家，大廳。

「混帳！該死。」韓景福憤怒地將手裡的書摔在桌子上，指著下面的幾個人怒喝道：

「廢物！都是一群廢物！」
「老爺，您消消氣，氣大傷身。」王氏在一旁順著韓景福的背，朝著那跪著的幾人擺了擺手。
那幾個人見狀如獲大赦，乖乖地退了出去。
「養了一群廢物。」韓景福也沒阻攔，坐下來，喘著粗氣說道。
「老爺，您消消火，這種事情是誰也預料不到的，沒想到這沈美娟這麼厲害，竟然可以在林城發展得如此迅速；不過老爺，這個沈美娟為何要故意打壓咱們韓家的香粉鋪子呢？」
「我怎麼會知道。」韓景福沒好氣地說道：「起初我只以為他們是想在林城樹立起當家人的樣子，畢竟林城是沈家和楚家說了算，我當初將香粉鋪子開到林城時便知道，也做好了準備；可我萬萬沒想到，沈美娟竟然如此不給我面子，一再打壓，甚至最後還讓我連生意都做不下去，她未免做得太狠了一些，莫非她真的以為不在帝都，我就沒人了？」
「她當然不會這麼認為，只是我覺得，她似乎是故意為之。」
「故意為之？妳的意思是說……」
「是的，老爺，我想，以她的聰明，不會想不到得罪咱們韓家的後果，可儘管她知曉，卻還要這麼做，那不是明知故犯又是什麼？所以在我看來，她就是故意想要打壓咱們，只是這其中是何緣故，我就看不懂了。」王氏說完，為韓景福倒了一杯茶，遞到他手上後，繼續道：「而且這段時間我派出去的人也發現，韓香怡那丫頭與沈美娟走得越來越近了，看樣子，這個沈美娟的下一個目標就是帝都。」

「帝都？哼，她敢來。」韓景福冷哼一聲，表情很是不屑。

王氏搖了搖頭，道：「老爺，這您可就說錯了，她還真敢來。」

「嗯？妳是說……韓香怡那丫頭會幫她？」韓景福也是想到了什麼，臉上神色難看，眉頭皺得更緊了。

「是的，這段日子她們走得這麼近，想必要不了多久，沈美娟就會要求將生意做到帝都來，到時以她和韓香怡那丫頭的關係，那丫頭一定會幫的，也許還會不遺餘力地幫忙，到時您還能攔得住嗎？」

「還真攔不住。韓香怡那丫頭有修家和宋家幫忙，咱們又不能做什麼，只能看著她們在這裡開鋪子……」韓景福聲音低沈，臉色難看到了極點。

王氏點點頭，到了這一刻，他們才突然發現，之前一直不被自己看好的一個小丫頭，竟然在不知不覺間成了一個如此重要的人物，這讓王氏覺得十分無奈。

早知今日，當初就該讓那丫頭在韓家好好地生活，起碼也要給她一個家的感覺，這樣她就不會做起事來絲毫不顧及韓家的感受了，這就是自作自受嗎？她感受到了。

「不過老爺您也不必太擔心，即便沈美娟把鋪子開到咱們帝都，她也不敢對咱們怎麼樣；別忘了，這裡是咱們的地盤，林城咱們比不過他們，可這裡是帝都，想在這裡對咱們打壓，那也不是她能做到的。」

聽了王氏的話，韓景福點點頭，喝了口茶，道：「事到如今，也只能如此了，到時看情況再說吧，只希望事情不要變得更糟糕才好。」

「好見……想……嗯？香怡姐，信上說了些什麼呀？」

香兒開始學字已經有小半個月了，教她識字的先生還是趙勝川請來的，可無奈香兒心思都不放在這上面，使得教她識字的先生只能默默嘆息，卻又不敢得罪她爺爺，所以好說歹說，加上韓香怡的話，香兒這才心不甘、情不願地去學習。

這不，今兒個收到沈美娟的信，香兒便主動要求唸信，可是剛唸沒幾句便撓頭了。這些字她認得的不多，讀起來也連貫不起來，所以只好放棄，交給韓香怡。

韓香怡笑著摸了摸她的腦袋，接過信，一邊看一邊笑著說道：「信上說，沈大姐明兒個要來帝都與我見面，似乎是要談談鋪子的事情，而且還要……」

韓香怡話語一頓，接著便是眉頭一皺。

香兒見狀，急忙問道：「還說了什麼？」

「還說……想要把鋪子開到帝都來，希望和我商量。」

韓香怡說完，合上了信，臉上露出思索的神色。

「沈大姐要把鋪子開到帝都來？那敢情好呀！這樣一來，韓家就更不能囂張了呢！」香兒開心地拍了拍手，笑嘻嘻地說。

可是韓香怡卻笑不出來了，因為她比香兒想得要多、想得更細。

沈大姐的意思很明顯，她雖說是商量，想必她已經決定要把香粉鋪子開到帝都來了。

林城之前發生的事情她也聽說了，韓家香粉鋪子接連幾個月都沒有賺到一文錢便關門了，這個消息她當時也沒有太在意，可是現在看著沈大姐信上所說的話，她似乎是……刻意要將韓家打壓下去。

那麼她這麼做，又是為什麼呢？

韓香怡不清楚沈家對韓家的恨，也不會清楚沈美娟對韓家的恨，所以她才無法理解沈美娟為何將韓家鋪子從林城趕出去後，如今又打算來帝都開鋪子呢？

此舉這麼明顯，想必韓家到時也會看明白，到時又會發生什麼事情呢？

韓香怡揉了揉腦袋，事情似乎朝著自己不清楚的方向發展下去了。

她……該怎麼做呢？是幫沈大姐在帝都將香粉鋪子開下去，還是幫韓家，阻止沈大姐在帝都開鋪子呢？無論自己偏向哪一方，她最後都會被另一方記恨。

這時，韓香怡也發現自己被人利用了，這種感覺，很不好。

「香怡姐，妳怎麼了？妳怎麼不高興呢？」香兒也察覺到韓香怡的不對勁，急忙問道。

韓香怡搖了搖頭，道：「我沒事。」

或許，自己該找夫君商量，這個沈美娟，也該重新審視一番了。

聽了韓香怡的話，又看了那封信，修明澤將信放在桌子上，沈思了片刻，然後道：「怕是妳的想法沒有錯，這個沈美娟一直都是在利用咱們，繼而扳倒韓家。」

韓香怡並不想要接受這個事實，可修明澤說得這麼肯定，就表明她想的是對的，這讓她心裡很不舒服。雖然她對韓家沒有什麼好感，可畢竟她姓韓，這是誰也改變不了的事實，即便她不喜韓家，她也不能看著韓家被沈家壓垮。

「她為何要這麼做？為何要利用我？她與韓家又有什麼樣的仇怨呢？」

韓香怡有些不解，也有些迷茫。對於這個沈美娟，她其實瞭解得並不多，所有的一切都是因為她找上自己而開始的。

現在想來，似乎這一切都是一個陰謀。從沈美娟第一次找到她，提出想要與她一起開鋪子，這一切似乎都是沈美娟在引導著她來完成，而她也依照著她的想法去做了，導致現在林城的韓家鋪子關了門；現在，沈美娟又想來帝都，想要在帝都繼續打壓韓家。

她到底與韓家有多麼深的冤仇呢？要這麼緊逼到底，她分明是不想讓韓家好下去啊……

「她與韓家有多大的仇怨我不清楚，但我清楚一點，她這麼做的目的，就是要打垮韓家。韓家如今的生意最主要的還是帝都這一塊，一旦帝都這裡被人打壓下去，就很難再有翻身的機會了，所以她這麼急著要來帝都，要把鋪子開到帝都，無非就是想要趁著韓家此時的削弱，繼續打壓。所以我想，這仇一定不小。」

「可她為何要騙我、利用我呢？難道只因為我是韓家人？」

「當然不止這些，在我想來，她來找妳絕不只因為妳是韓家人，還因為妳是修家的兒媳，這一點很重要，要知道，她利用妳，就需要妳的背景，加上，後來妳又與宋家關係不錯，她才更加看重妳。如今血林幫的曾龍還是妳的舅父，這多重關係，讓妳成為一個十分重要的人，她也是看中這一點，才會選擇在這個時候向妳提出想在帝都開鋪子。因為妳的關係，韓家根本不敢阻攔，他們就可順順利利在這裡開鋪子，然後繼續林城那個套路，相信要不了多久，韓家的鋪子在帝都的生意也會越來越難做。」

「可她就不怕我不幫她？」韓香怡皺眉，有些生氣地說。

「她當然怕，因為沒有了妳，她的計劃就會泡湯，所以她才要與妳見面，至於到時她會說些什麼，我就不清楚了，不過想來是會竭盡可能地勸說妳，只要妳開口答應，一切就可以執行了。」

聽了修明澤的話，韓香怡不置可否地點了點頭。

是啊，她只要一答應，那麼韓家就真的危險了。

「娘子，明日我陪妳去吧！」修明澤不放心韓香怡，伸出手，拉著她道：「兩個人總比妳一個人好。」

韓香怡看著修明澤，片刻，她點點頭。

「好。」

第三十八章

翌日清晨，韓香怡與修明澤睡飽了才起來。

有了身孕的韓香怡，整個人越來越懶散，連睡覺的時間也越來越長，而且總是覺得睡不夠，只要躺著、靠著，她便想睡一會兒。

她清楚，這都是因為肚子裡這個小傢伙。

吃過早飯後，修明澤牽著韓香怡的手，道：「走吧，去見見這個沈美娟，看看她能說出什麼來。」

「嗯。」

兩人一起來到約定的包廂。

沈美娟不知何時到的，似乎早就等在這裡，與她一起來的，是她的夫君楚風。

這是四人第二次見面，雙方互相打過招呼，便坐了下來，要了上好的碧螺春。

沈美娟主動拉著韓香怡的手，看著她那鼓起來的肚子，關切道：「妹妹今日可好？小傢伙沒鬧妳吧？」

「謝姊姊關心了，我沒事，這小傢伙也是個老實的，沒有鬧我。」韓香怡也笑著握了握沈美娟的手。

沈美娟笑著點頭，看向修明澤道：「怎麼？怕我拐了你家娘子？我們見面你也要跟來？」

修明澤笑著搖頭，道：「沈大姐莫要見怪，實在是我家娘子有孕在身，她一個人在外面，我放心不下。」

「聽到沒？妳夫君倒真是個疼人的。」沈美娟笑著，然後看向韓香怡。「妹妹，姊姊來此的目的，想必妹妹已經從信上看明白了，妹妹，妳是什麼想法？」

韓香怡昨夜與修明澤商量了很久，最終有了定論，於是笑著道：「姊姊，這件事情其實不必著急，香粉鋪子在林城剛站穩腳步沒多久，不必急於在帝都開鋪子，帝都不比林城，這裡畢竟是韓家的地盤，我也不好做什麼。」

原以為韓香怡會痛快答應，沒想到她竟然委婉拒絕了，這讓滿臉堆笑的沈美娟笑容漸漸收斂了起來，她鬆開了韓香怡的手，淺笑道：「妹妹是怕姊姊來到這裡對韓家出手？還是怕姊姊來這裡礙了妳的事？」

「姊姊這話怎麼說得，妹妹可從未這麼想過，只是如今的確不是來此開鋪子的好時機，要知道如今帝都幾乎都是韓家的鋪子，也只有一家屬於我自己的小鋪子，想要在帝都站住腳，可不是容易的事，韓家不會允許的；而且姊姊如今林城那邊生意剛剛穩定下來，還是不要……」

「妹妹。」

沈美娟打斷韓香怡的話，看著她，笑容漸漸收起，表情也是冷淡了許多。

「妹妹，妳是對韓家還有情吧！妳是覺得自己還是韓家人，所以怕我在帝都開鋪子，對韓家不利，這才不答應的，對吧？」

韓香怡眉頭皺了起來，看著她，也收起笑容，道：「姊姊這話是什麼意思？」

「什麼意思？就是話裡的意思，若妹妹真的不想答應，便不答應，這沒什麼，不必拐彎抹角，姊姊我是個直腸子，不喜歡彎彎曲曲。」

「是嗎？那倒省去不少麻煩，直說了吧，我們不會同意的。」

這話不是韓香怡說的，而是修明澤。

「哦？修大少爺說得倒是直接，只是我想聽聽理由，你們的態度突然轉變，我想知道原因。」沈美娟皺著眉，瞇著眼，聲音也漸漸冷了下去。

修明澤倒是不在意，倒了一杯茶，一邊喝，一邊道：「有些事情大家都看得清楚，妳也不要把誰當作傻子，妳想對付韓家我們管不著，可妳不要拉著我們一起，我們犯不著，我娘子不說是她還念情，可我無所謂，咱們的關係淺，我說了妳也別在意。」

沈美娟皺起的眉頭舒展開來，知道原因後，她笑了。

「呵呵，我還當是什麼事呢，原來是這件事情啊！我還以為你們早便知曉了呢！哎呀，這件事情說起來也沒什麼，的確，我確實是為了對付韓家才這麼做的，可我也有我的理由啊，你們想聽嗎？」說完，沈美娟看向韓香怡，目光中竟是帶著一抹讓人看不透的笑意。

韓香怡不知為何，心裡生出一絲不安，她總覺得沈美娟有什麼很重要的事情一直瞞著自己。

「若妳想說，我們自然會聽。」修明澤開口道。

他倒很想知道，她與韓家到底有什麼樣的仇恨，以至於讓她這麼對付韓家，想必這仇很深。

「好吧，既然事情到了這個地步，那我就不瞞著你們了，沒錯，我的確恨韓家，因為他們……殺害了我的弟弟。」

「什麼？」韓香怡驚訝地叫出聲。

她曾猜測過雙方結怨的最大可能是在生意上結下梁子，她怎麼也想不到，竟然是殺害親人這般的血海深仇……

修明澤露出驚訝的神色，不過相較韓香怡，倒是冷靜了許多，畢竟殺人什麼的，他也做過，只是他驚訝的是，韓家與沈家竟然有人命的仇恨，那可就真的小不了。

「怎麼？都很驚訝嗎？也是，畢竟是死了一個人的事情，誰聽了都會驚訝。」

「沈大姐，妳有弟弟，可現在還在繈褓之中，被殺的是哪個弟弟？我並未聽說妳還有第二個弟弟啊！」修明澤想了想，問道。

外界知道的，她沈家只有三女一子，兒子還小，哪裡還有第二個弟弟？

「有的，只是你們並不知曉而已。我的弟弟……若是還活著，怕是也有這麼大的女兒了。」沈美娟看著韓香怡，有些痛苦地說。

聽到這裡，韓香怡與修明澤都沈默了下來。

這仇還真的是很深，很深。

「我弟弟是我爹爹的私生子，雖然他的身分不可以公開，可我們沈家人對他都很好，我也很疼我這個弟弟；說真的，我也不清楚為何一個私生子會讓我們沈家如此在乎，可能這就是血濃於水吧！他是我的弟弟，是沈家的兒子，這是不能改變的事實，可是……就在十六年前……」

說到這裡，沈美娟的話語一頓，她的眼角有些濕潤，有些過去，總是不願回憶，那是她的刺，一根扎在心底的刺。

楚風從頭到尾都沒有說過一句話，他一直都是保持著淺淺的笑容，不溫不火，不急不躁，此刻，他卻心疼地摟住沈美娟的肩，看著韓香怡與修明澤，歉意地說道：「抱歉，我娘子不是個壞人，她之所以騙你們，也是要為弟弟報仇，請你們理解一個做姊姊的心。」

「騙我們可以理解，可我們也需要一個可以理解的理由；若是方便，我想知道，十六年前到底發生了什麼，使得韓家與沈家結下如此仇恨。」修明澤也是握住了韓香怡的手，冷靜地問道。

楚風深深地看了修明澤一眼，即便到了這個時候，他還可以冷靜地問出他想要問的話，足以說明他的心機深沈。

「十六年前，我弟弟離開了家，說是要遊歷學習，當然，表面上我們答應讓他去，暗地裡也會派人跟著他，畢竟他是沈家人，是我弟弟，我不可能讓他有任何閃失；沒想到，他這一去，便沒有再回來。」

原來，十六年前，沈美娟的弟弟離家，只為了可以到處走走看看，可是卻在那個時候，他遇到一個女子，一個讓他可以放棄自己的目標、目的，只為守護她的女人。

而他的死，也都是因為那個女人。

聽到這句話，韓香怡明顯能感覺到來自沈美娟的恨，她恨那個女人。

「那個女人……與韓家有關？」

「韓家？那個女人不是韓家人。」

「不是？那妳為何要恨她？莫非她做了什麼事情惹怒韓家不成？」韓香怡不解道。

沈美娟的眼神逐漸冰冷。

「她不檢點，她勾引韓家的男人，她是個蕩婦；要不是她，我弟弟也不會死。就因為她勾引韓家的男人，所以我的弟弟才會被韓家人打死，雖然那個女人已經不在了，但我還能找到韓家，我自然要找韓家討回公道，打死我弟弟的人是他們，我要韓家完蛋。」

「可是妳不是說，你們派人跟著妳弟弟了嗎？怎麼還會出事？」修明澤抓住漏洞問道。

「我也很想知道，為何我的人跟著我弟弟，他還會被韓家人打死，我也很好奇。」沈美娟聲音冰冷地說道。

雖然大致明白沈美娟的弟弟是被韓家人打死的，可她說得卻十分模糊，讓人不清楚她弟弟喜歡的那個女人到底如何勾引韓家男人，又為何她勾引韓家男人就導致她弟弟被人打死呢？這到底是什麼因果關係呢？

修明澤和韓香怡還是不清楚箇中緣由，不過沈美娟顯然不打算說出來，他們也不再多問。

「既然如此，那妳大可去找韓家報仇，又為何非要扯上我們呢？我們可不想成為妳的棋子。」

這話，是韓香怡說的。

「妹妹覺得姊姊還能找到比妳更加合適的人嗎？難道妹妹就不能看在我弟弟的分上幫我一次嗎？」看著韓香怡，沈美娟露出了悲戚之色。

「可是姊姊，妳這樣讓我很為難，一邊是妳，一邊是韓家，妳覺得我能怎麼做？我不想做出選擇，因為這是你們的事，與我無關。」

韓香怡當然不想牽扯進來，因為她想要平靜的生活，一旦自己參與這樣的事情，那麼以後或許就會陷入麻煩之中，無法再過上平凡的日子。

兩個家族之間的複雜，她已經領教過，修家與韓家之間亦好亦壞的關係，已經讓她覺得很累，更別說沈家和韓家還有如此大的仇恨牽扯著，她更不想參與。

「妹妹覺得無關嗎？」沈美娟放下茶杯，看著韓香怡。「若我說，這件事情與妳有關呢？」

「妳這話是什麼意思？」韓香怡皺眉道。

他們兩家的事情，與自己何干？

即便她是韓家人，可她並未經歷之前的事情，扯不上什麼關係吧！

「若我說，那個勾引韓家人的女子就是妳的娘親，妳覺得這件事情與妳可有關係？」

沈美娟本不打算說出來，可沒想到事情發展到如今這般地步，她知道有些事情不說不行，既然如此，她就盡數告知。

韓香怡如遭雷劈一般，呆坐當場。

修明澤更是低聲喝道：「沈美娟，妳在胡說什麼。」

「我沒胡說，那個女人，那個被我弟弟一心喜歡的女人，就是她的娘親，而她的娘親當年便是勾引韓景福，才有了妳。難道我說錯了嗎？妳不就是韓景福的女兒嗎？」沈美娟也是有些激動地喝道。

一旁的楚風拉著沈美娟，讓她冷靜，然後沈聲道：「有些事情或許說出來難聽，卻畢竟是事實；當然，我們並不想將往事翻出來，這樣做傷人傷己，可既然那已經到這個分上，有些事情也不得不說。」

「這不是真的，你們在騙我。」

韓香怡抬起頭，看著沈美娟與楚風，臉上露出憤怒之色。

她才不相信娘親會是一個勾引男人的蕩婦，打死她都不會相信這是真的。她記憶裡的娘親是那樣的溫暖、那樣的和藹、那樣的善良，怎麼可能會是沈美娟口中那個勾引男人的壞女人呢！

而且她更加不相信，娘親會是害死她弟弟的凶手之一。

「騙妳？我為何要騙妳？對我有何好處？我弟弟喜歡妳娘，而妳娘卻為韓景福生下了妳，最後事跡敗露，韓景福便叫人打傷我弟弟，我弟弟重傷在床，不久便死去，這仇我找誰報？不找妳娘，不找那個韓景福，我還找誰？虧得妳娘死了，要不然，我也不會放過她。」沈美娟有些瘋狂地對著韓香怡大聲吼著。

她的弟弟死了，她痛苦了很久，發誓要為自己弟弟報仇，所以這些年她一直在暗中調查韓家，將韓家上上下下摸得透澈，而且還在韓府和修府內安插自己的眼線，為的就是有朝一日可以整垮韓家，為自己弟弟報仇。

經過調查，她也查到原來當初弟弟喜歡的那個女人已經生了女兒，但是並未住在韓家，而是住在一個村子裡。

之後她便想方設法，想要讓這個女孩走出村子，她開始命安插在修家的眼線暗中操作，使修雲天有了想要為自家傻兒子娶妻的想法；又讓人在韓家提醒韓景福這是一個機會，既可以使得兩家的關係更近一些，也能讓韓家的生意有起色，如此便讓韓香怡從那個小村子裡走了出來。

之後便有了這一切，不得不說，沈美娟為了替弟弟報仇，真的是費盡心思，她從頭到尾做了這麼多的事情，只為了已經過世的弟弟。

當然，她並不覺得有什麼，韓香怡受傷，她也不在乎，即使她有些瘋狂了，可她並不後悔自己這樣做，因為她真的很疼愛這個弟弟，護弟心切的她覺得做這一切很值得。

韓香怡一臉痛苦地被修明澤抱在懷裡，修明澤則是眼神冰冷地看著沈美娟。

「今日的話我記下了，你們對我娘子的所作所為，我也一併記下，上一輩人的恩恩怨怨，我不多說，也無權多說，可你們不該拿那時的事情傷害到我的娘子，她是無辜的。」

「無辜？有了這樣的牽扯，誰又能置身事外？若你娘子是無辜的，那我弟弟呢？他就不無辜嗎？就因為她娘這樣的女人，白白丟了性命，我又找誰去說？」沈美娟也是痛苦地喊著。

楚風心疼地摟著她，他理解自己娘子的痛，所以他一直都在幫她。

不論是對是錯，從他第一次見到她的那天起，他就喜歡上她。

愛一個人是沒有理由的，才子佳人是佳話，可是他不要佳人，只要她。

楚風就是這樣一個男子，他雖有名，可他執著，不在乎什麼名，只在乎她。

「事情已經說明了，多說無益，既然大家沒有坐在一起的必要，那我們便告辭了。對你娘子造成的傷害，我很抱歉，可也請你們理解我娘子的苦楚，她失去的是一個親人，是她的弟弟，她的痛並不比你們少，告辭。」楚風冷淡地說完，便摟著痛苦的沈美娟離開了。

一時間，屋子裡靜悄悄的，清晰可聞的只有韓香怡的抽泣聲。

「夫君，你說，她說的是真的嗎？我娘她……」

「娘子，不要聽她胡說八道，我雖然沒有接觸過妳娘，但遇到妳後，我可以看得出來，妳娘絕不是她說的那樣的人，能教出妳這樣的品德，妳娘又怎會如此？」

「可她為何說……」

「不要管她如何去說，我想，這其中一定是有很深的誤會，妳放心，我會去查，一定會查個水落石出。」

韓香怡感動地抱緊他，輕聲道：「夫君，謝謝你。」

「我的傻娘子，謝什麼，我們的關係，還需要說謝嗎？」

沈美娟離開後，再也沒有了音訊，她沒有送信給韓香怡，似乎兩人從此以後就再無瓜葛一般。

其實韓香怡也沒有想好見到沈美娟後該說些什麼，因為她的那些話還深刻印在她的腦海中。

「她不檢點，她勾引韓家的男人，她是個蕩婦；要不是她，我弟弟也不會死。」

這段話她怎麼也無法忘記，可她絕不相信自己娘親是這樣的人，因為她相信自己的眼睛，也相信這十多年在一起的感覺，娘親是好人，這是無庸置疑的。

一轉眼，再幾日便是年關了，很多人都在這段日子開始忙碌起來，韓香怡的鋪子這幾日的生意也格外火紅，每日都有人來買香粉，這倒是出乎韓香怡預料；後來她才知道都是因為香兒的爺爺，他在雲家客棧賣力宣傳才使生意變好的緣故。

韓香怡得知後，打算與香兒一起謝謝她的爺爺。

今日一大早起來，韓香怡還沒與香兒一起出門拜訪趙勝川，府上就來了一個人，一個讓韓香怡心裡顫動的人，那人便是她的舅父——曾龍。

「不請我進去嗎？」站在門外，曾龍笑著說道。

「請進吧！」韓香怡讓出路，引曾龍進來。

此時韓香怡的肚子鼓起得更加明顯了，曾龍看著她隆起的小腹，慈祥地笑著。

「很好，妳娘若知道，一定會很高興。」

「您來找我，有什麼事情嗎？」

韓香怡這麼與曾龍坐在一起聊天，還真是有些不太習慣，可她還是讓自己儘量表現得自然一些。

「妳似乎並不願意看到我。」曾龍倒也不覺得有什麼，而是笑著說道：「我來這裡，給妳帶來了一件好事和一件壞事，妳想先聽哪件？」

一來就說什麼好事、壞事，韓香怡不由怔了片刻，然後才道：「這好事與壞事都與我有關？」

「自然，若不是如此，我也不會來找妳。」曾龍點頭笑道。

韓香怡沒有馬上回答，而是想了想，然後道：「您離開帝都這麼久，就是為了這一件好事和壞事？」

「當然，這對妳來說……很重要，雖然我不知道現在對妳說是否正確，但我想有些事情妳早晚都要知道，所以我決定不隱瞞妳。」

「好吧，那我先聽壞事。」韓香怡表面平靜，內心卻格外緊張。

曾龍從青雲寺回來的路上，他就想了很多，他也在掙扎，到底要不要把這個殘酷的事實告訴韓香怡，可他思前想後都覺得應該告訴她，畢竟這是她的事情，她有權知道真相，只是不知道她能不能接受得了。

尤其是當他看到韓香怡有孕時，他更是猶豫了，可鬼使神差般的，他還是說出了這番話，臨到開口時，他反倒有些猶豫了。

深吸一口氣，曾龍斟酌著話語，片刻才道：「我想說的壞事就是，妳的爹爹……已經死了。」

「什麼？您是說韓景福死了？」韓香怡的確被震驚到了。

韓景福死了可不是小事，她不可能不知道啊！帝都也不可能沒有這個消息，莫非就在剛剛？

「不是，不是他。」曾龍竟然緊張地沒有說出前面該說的話，只說了結果，急忙解釋道：「我是說，妳的爹爹其實並不是韓景福，而是……他。」

說完，他從袖中取出一幅畫，打開後攤放在桌子上。

韓香怡下意識看去，畫上畫著一個男子的畫像，那是一個俊朗的少年，那少年面帶微笑，竟與自己有些相似。

可她……不是韓景福的女兒嗎？他為何說她不是？那她會是誰的女兒？她娘親到底……到底有幾個男人？

她腦海中不由再次浮現出那日沈美娟說的話。「她不檢點，她勾引韓家的男人，她是個蕩婦；要不是她，我弟弟也不會死。」

難道娘親真的是那樣的人？

這一刻，她腦子亂作了一團。

曾龍並不知曉韓香怡已經從沈美娟那裡知道了什麼，他只知道自己現在該解釋清楚事情的真相了，於是便道：「其實這個人才是妳爹，韓景福並不是，不過他……已經死了。至於好事情，我已經有些眉目了，妳爹……似乎家裡還有人，而且還是在林城，我想我的人很快就會查到他的身分，到時妳就可以……香怡，妳還好吧？」

他的話還沒說完，就看到韓香怡一臉不可思議地看著自己，那表情十分詭異。

「您說……這畫上的人是我爹爹，而且他似乎還是……林城的人？難道他……他是沈家人？」

若是這樣，那就說明，她的娘親是清白的，她不是蕩婦，更加不是勾引別人的壞女人，因為她喜歡的人是這畫上的男子。

這一刻的韓香怡咧了咧嘴，抽了抽鼻子，她竟不知自己到底是該哭還是該笑了。

「沈家人？妳說他是沈家人？林城沈家？」曾龍也驚訝了。

他倒是沒想過這人有什麼家族背景，在他看來也就是個窮書生罷了，畢竟他得到的消息有限，可是如今看韓香怡的模樣，應該沒有錯了。

林城沈家，這的確是件麻煩事。

「嗯，沈美娟之前來過，是她告訴我的，說她有個弟弟曾與我娘親……所以我才知曉。」

「原來如此。」曾龍點點頭。

「香怡，既然妳已知曉，妳要不要去一趟沈家，將此事問個明白呢？畢竟……」

「若他真的是我爹，那麼我想最應該去的或許並不是沈家。」韓香怡回過神來，聲音略帶低沈地說道。

「不去沈家，那是哪裡？」

「韓家。」

「韓家？為何？」曾龍感到莫名，卻一下子想到了什麼，急忙問道：「是不是那個沈美娟與妳說了些什麼？」

韓香怡點頭，便將沈美娟與她說的事情從頭至尾說了一遍。

聽罷，曾龍一掌重重拍在桌子上，臉色也難看的可怕。

「她放屁，妳娘親絕不是這樣的人，她為人善良，從不與人為惡，又怎會如此？這該死的女人，當真是什麼話都敢說，當時我不在場，若我在，定叫她下跪道歉。」

「舅父，您就不要再說了，多說無益，如今既然已經知道了我爹爹是誰，我想我該去的便是韓家，因為我需要知道，當年他與我娘以及韓家到底發生了些什麼事情？為何我爹爹會被打成重傷？我娘又為何會成為他的女人？而我……又為何還能活下來……」

是的，她為何還能活下來，這才是她真正想要弄清楚的事情。

若她真的是娘親與這男子的孩子，那韓景福不會不清楚，他既然清楚，怎會讓她存活下來？或許是因為曾龍，可她不覺得韓景福是這樣輕易放下的人，發生這樣的事情，他卻放過了她，她需要一個理由，一個可以說服她的理由。

曾龍點點頭，道：「好，那我陪妳去。」

「嗯，謝謝舅父。」

書房內，韓景福站起身子，看著下人，臉上的表情十分複雜。

「你說什麼？曾龍與韓香怡要見我？」

「是的家主，他們兩人已在大廳等候。」

「好了，你出去吧！告訴他們，我馬上就到。」

「是。」

一屁股坐在椅子上，韓景福仰起頭，閉上了雙眼。

看來，有些事情該來的還是來了，躲，是躲不掉的。

來到大廳，只見曾龍與韓香怡正坐在椅子上喝茶。

見韓景福進來後，韓香怡便站起身子福了福，曾龍卻未站起來，而是淡淡地看了他一眼，便繼續喝茶。

韓景福皺眉走近，看著韓香怡道：「妳怎麼來了？」

韓香怡表情冷淡，道：「來此，是想問問您，關於我身世的事情。」

韓景福雙眼瞳孔猛地收縮，看來果真被她知道了。

一直注意著韓景福表情的韓香怡立刻明瞭，看樣子他是知道的，不過這些年他隱藏得這麼好，倒也不容易。

「身世？什麼身世？妳是韓家人，這就是妳的身世，妳還想要知道些什麼？」

韓景福拂袖走到椅子前坐下，看著曾龍道：「曾兄來此，不會也是要陪著這丫頭胡鬧的吧！」

曾龍放下喝得乾淨的茶杯，冷淡道：「胡鬧不胡鬧，韓家主你還不清楚？今兒個既然來了，就不會毫無結果地走出去，大家都是明白人，不必繞圈子，有話直說吧！」

韓景福眉頭皺得更緊。「直說？說什麼？有何可說？」

「哼，莫非你要告訴我，你還當真是這丫頭的爹爹不成？你當我是傻子嗎？」曾龍臉色陰沈，表情冷漠。

自從離開了韓家，他對這個韓景福的好感越發減少，直至知道事情真相後，他更覺得這個韓景福可惡。

他妹妹，他妹妹的男人，甚至與自己的外甥女，他都要施以毒手。

當初他真的是當局者迷，現在跳出來，才看得清楚，也恨自己當年為他做了那麼多的錯事。

「哈哈哈。」韓景福突然大笑起來，然後冷聲道：「既然都已知曉，那還來我這裡做什麼？莫非是想要治我的罪？為了誰？你妹妹還是她？」

「都不是。」韓香怡冷眼看著韓景福，同樣冷聲說道：「為的是這畫上的人。」說著，她從袖中取出那張畫，舉在面前。「不知您還認得他嗎？」

韓景福第一眼還未認出，可當他細細看去時，卻猛地臉色一變。

認得，當然認得，就算是化成灰都認得。這男人便是險些讓他名譽掃地的傢伙，就是那個讓他難堪、被人譏笑的傢伙。

那個賤人的男人，他又怎會不認得。

「原來，妳都知道了，我當然認得，這人不就是妳爹嗎？」韓景福此刻反倒是平靜了下來，坐下後，冷笑道：「怎麼？妳來此就是為了他？一個死人？」

「是，我來此為的就是他，我的爹爹。」韓香怡跨前一步，冷聲問道：「我想問問您，當年到底發生什麼事情，為何您要下如此重的手，將他打死，他到底犯了什麼錯？」

「犯了什麼錯？」韓景福長長吐了口氣，然後一臉憎惡地說：「他的錯其實都是他自己一手造成的，我只是讓他為自己犯的錯做一個了結而已；至於犯了什麼錯，我想這件事情有一個人比我更加清楚，林江，你進來吧！」

隨著韓景福的話落下，一個身著下人服飾的男子走了進來。

韓香怡與曾龍同時看去，都是心中疑惑。

這人……是誰？

「林江見過家主。」那叫林江的男子雙手抱拳，一臉恭敬。

韓景福點點頭。「嗯，來吧，告訴他們，你是誰。」

林江點頭，看向韓香怡與曾龍，冷淡道：「我就是當年暗中保護沈家少爺的人，當年的一切，我最清楚。」

什麼？竟然是他。

自從沈美娟弟弟死後便再無音訊的人，竟然在韓家。這……怎麼可能？

「你背叛了沈家？」

「這不是背叛，而是更好的選擇。」林江淺淺一笑，絲毫不為自己所做的事情感到可恥。

「那你知道些什麼？」

韓香怡懶得與他爭論這些，不管他是背叛還是有了新的選擇，她關注的只是當年事情的真相。

「當年發生的事情，我最清楚。」林江看著韓香怡，淺笑著說道：「不知您想知道的是什麼？是當年您爹爹如何被人打，還是您娘親如何進入韓家，如何拋棄您爹爹的呢？您想要知道什麼，我都可以告訴您。」

「放屁。」曾龍怒喝一聲，身子眨眼間就來到林江的身前，蒲扇大手猛地探出，一把抓住林江的衣服，一隻手將其提起，雙眼圓睜，怒聲道：「你若再敢亂說，小心我現在就擰下你的腦袋。」

「你……你放開我，我……我說的都是實話。」林江嚇得魂都丟了一半，一邊在半空中蹬著腿，一邊顫抖著聲音說道。

啪！

曾龍可不是那麼好脾氣的人，他一巴掌重重地搧在林江的臉上，左半邊的臉頓時腫起了老高。

「再敢胡言亂語，小心我割了你的舌頭。」

林江是真的怕了，他好歹也是個練武之人，雖敵不過曾龍，可也不是一般人能動的，可他在曾龍手上卻好似個孩童一般，絲毫沒有還手之力，於是只得一臉哀求地看向韓景福。

「曾兄。」韓景福也是臉色難看地低聲喝道：「你這麼做，實在是不妥，放了他吧！」

「放了他？」曾龍扭頭看著韓景福，冷笑一聲，道：「憑什麼？」

「你……你莫要欺人太甚。」韓景福也怒了，站起身子，臉色陰沈。

「欺人太甚？你說我欺人太甚嗎？這丫頭的爹死在你的手中，而我的妹妹也是死在你韓家人手中，兩條人命都沒了，你現在說我欺人太甚？韓景福，你還要臉嗎？」

曾龍也是氣糊塗了，一時間竟把這件事情給說了出來。

啪嗒。

茶杯摔落在地，韓香怡一臉不可思議地看著曾龍，顫抖著聲音道：「舅……舅父，您……您剛剛說什麼？您說我娘死在……死在誰的手上？」

曾龍一怔，這才反應過來自己說漏嘴了，可此時想要不承認已是不可能，況且此刻他也不打算再隱瞞下去，於是便點點頭，沈重道：「妳娘，就是死在他們的手上，是他的老娘，派人害死妳的娘親。」

轟。

這一番話，好似五雷轟頂一般，重重地劈在韓香怡的心裡。

她先是一臉的茫然，然後顫抖著身子，雙眼流下了淚，流下了不知酸苦的淚。

她轉過頭去，看向韓景福，伸出了手，顫抖地指著他，哭著說道：「原來是你們，原來是你們殺死了我娘，先是我爹，後又是我娘，你們好狠，好狠的心。」

韓景福也是眉頭緊皺，就差沒搓在一起，他卻還是讓自己平靜地沈聲道：「這件事情是個誤會，其實……」

「其實什麼？到了這個時候，你還要狡辯什麼？」韓香怡一邊流著淚，一邊搖著頭。可她卻在笑，她笑自己傻，笑自己可笑。她當初還在為韓家著想，不希望沈家對他們做出什麼不好的事情來，她那是在做什麼？把自己的殺父、殺母仇人當成了親人，她難道不傻，難道不可笑嗎？

「呵呵，呵呵……我真是太傻了，其實我早該察覺到的。」

之前一直想不通的事情，如今也都想通了。當初她去徑山寺時，老祖宗對所有人都很好，唯獨對她好似恨不得她死去一般，當初她還很不理解，即便她是私生女、是丫鬟生的女兒，可她也是韓家人，身上也流著韓家的血啊！可老祖宗卻為何那般恨自己呢？

現在她明白了，原來她不是老祖宗的孫兒，也不是她喜歡的人，因為她的存在就是在時刻提醒老祖宗，她是那個人的女兒，她不是韓家人，可卻要背著韓家人的名，這是恥辱，是老祖宗所不能容忍的。

可她不明白，既然她不是韓家人，為何又要讓她成為韓家人？這到底是為何？

「為什麼？這到底是為什麼？既然我不是韓家人，你們為何要讓我擁有這個身分？為何要我用這個身分活到現在？你們完全可以讓我和我娘親離開這裡，不管是生是死都好，不要理會便好，為何還要這麼做，為什麼？」

聽到韓香怡的質問，韓景福臉色也是一陣變化，最後他長長地吐了一口氣，沈聲道：「當時我與妳娘發生事實是真，可孩子不是我的也是真，即便她生下來的不是我的孩子，也算是我的女人，我的女人懷了別人的孩子，妳覺得我會讓這件事情傳出去嗎？為了我的顏面，為了韓家的顏面，這都不可能。」

「呵呵，顏面，好一個顏面，為了一個所謂的顏面，你們就可以殺人滅口，就可以滅絕人性地胡亂殺人嗎？我爹被你們殺害了，我娘也被你們毒死了，你們還想怎樣？是不是等到哪日，若我危害到你們，你們也要讓人害死我呢？」

韓香怡覺得真是太荒謬了，這一切真的太荒謬了。

她的爹娘死得好委屈，死得好不值，被這麼一群豬狗不如的傢伙殺害，他們一定死不瞑目吧！

「香怡，接下來妳想怎麼做？舅父聽妳的。」曾龍一把將那林江甩到一旁，看著韓香怡問道。

韓香怡扭頭看著曾龍，擦了擦眼角的淚，那一抹脆弱被她掩蓋，她眼神漸漸冷漠，伸手指著韓景福，冷冷說道：「我要他付出代價。」

「妳要做什麼？」韓景福臉色不由一變，急忙後退了幾步。

「香怡妳說。」曾龍看向韓景福，彷彿是在看一個死人。

韓香怡深吸一口氣，然後冷淡道：「你放心，我沒有你那麼沒有人性，我不會要你的性命，可是你也該為你造的孽付出一些代價。舅父，我要他從此以後再也無法走出韓家。」

聽到韓香怡的話，曾龍瞬間明白了，然後在韓景福驚恐的目光中，幾步走到他的面前，手中不知何時多出一把匕首，只見他手起刀落，緊接著傳來韓景福的一聲慘叫。

「啊！」

韓景福的四肢筋脈全都被曾龍用匕首割斷了。

鮮血流著，可曾龍卻沒有一絲憐憫之意，而是冷冷看著他道：「血債血償，這就是你罪有應得的，我知道你是個孝子，這樣也好，你娘犯的錯，便由你來一併承擔了吧！」說完，他轉身來到韓香怡的身旁站定。

韓香怡則是冷漠地看著躺在地上的韓景福，冷聲道：「不是我心狠手辣，而是你們欺人太甚，這就是所謂的惡有惡報。韓景福，我留你一命，讓你看著韓家一點一點地衰落。」

隨即她看了一眼地上的林江，冷淡道：「帶他一起離開，我要知道事情的始末，若他不說，就想辦法讓他說。」

「好。」

曾龍毫不猶豫地一把抓起來不及反抗的林江，隨著韓香怡朝外走去。

「你們……」

躺在地上的韓景福痛苦地看著兩人離去的背影，心中早已悔恨不已。

「老爺，老爺受傷了，快叫大夫，快叫大夫。」

韓家眾人呼喊救命，卻沒人注意已經一腳邁出韓家大門的韓香怡三人。

此時，韓香怡與韓家真的再無瓜葛了。

第三十九章

將林江扔進血林幫的一處僻靜屋內，韓香怡與曾龍分別坐在兩邊看著他。

只聽曾龍道：「說吧，當年到底發生了什麼？你要一五一十地說出來，如若說謊，我定叫你生不如死。」

林江現在就是待宰羔羊、板上魚肉，哪裡還敢有半分謊言敢說，於是便將當年發生的事情，一字不忘地說了出來。

原來，當年沈美娟的弟弟——沈家私生子沈騰龍與家裡人鬧翻，非要看看外面的世界，想要讀萬卷書、行萬里路，用他的話來說，書中所學畢竟死板，只有書外才能學到真章，於是他揹著行囊離家後去了很多地方，學到很多，也長了不少見識。

那日他來到帝都，和以往一樣先尋好住處，便準備吃東西，就在他下樓時，遇到了當時曾龍的妹妹曾柔兒——是的，曾龍的妹妹真名為柔兒，只是這名字很少被人提起罷了。

兩人不是一見鍾情，而是日久生情，一來二去互相都有了喜歡之意，隨後兩人關係甚好，當時，沈騰龍並不知曉曾柔兒有一位哥哥，因曾柔兒不曾提起過。

可是好景不長，曾柔兒不知為何，有一日突然被人帶走，隨後又莫名其妙做了韓家王氏的丫鬟，這一切都來得糊裡糊塗，沈騰龍當時也是一頭霧水，可即便如此，他還是愛著曾柔兒，兩人也經常來往。

未料，韓景福竟也對曾柔兒有意，想要與之親近，可是卻被曾柔兒拒絕，得知她有喜歡之人後，年輕氣盛的韓景福，對於這樣的事情很是氣憤，就在當時強要了曾柔兒的身子。沈騰龍知曉後是怒從心中起，去到韓家討公道，不料遭人毒打了一頓。沈騰龍本就是個手無縛雞之力的書生，這麼毒打一頓，自然是奄奄一息，後被沈家人知曉時，已經是救治不及，死了。

據說韓景福與曾柔兒發生關係之後，曾柔兒曾多次尋死，卻被人阻攔而不果。

隨後曾柔兒懷了身孕，可算過日子，這孩子竟不是韓景福的，那就不言而喻了。當時韓景福有將曾柔兒納來做妾的想法，卻因為這不該來的孩子，讓他不能如此，並且還將她驅趕出韓家，讓她獨自一人到偏遠的村子生活。

之後的事情便是大家都清楚的，韓香怡出生長大後，才有了後來的一切。

聽完林江的一番話後，屋子裡安靜了下來。

沒想到，當年竟是發生這樣的事情，被人給掩蓋下來，沒人提起，也無人知曉。

直至今日，她才得以知曉當年的那些事情，沒想到，她的爹爹和娘親竟都是這般苦命，娘親生下她後，還與她一起生活了十五年，可是她那從未見過的爹爹，竟是被韓家人給打成重傷，最後不治而亡。

「當年我只知柔兒曾有過一個喜歡的人，卻不知其中竟還有如此多曲折，還以為她在韓家做錯事而受此對待。哎，我真是糊塗，竟然沒有仔細查過，該死，我真是該死。」

曾龍自責地拍著自己的腿，臉上一副悔不當初的模樣。的確，他很後悔。

韓香怡則是搖了搖頭，道：「舅父不要責怪自己了，這件事情本不怨您，您又何必全部攬在自己身上呢？做錯事情的是韓景福，如今他也得到應有的懲罰，也算是讓我死去的爹娘瞑目了。」

「沒錯，他有現在的結果，都是罪有應得。」曾龍也是一臉氣憤。

若不是他當初救下自己，對自己有救命之恩，他又怎麼會為他賣命這些年？又怎會為他做了那麼多的事情？

兩人得知真相離開血林幫後，便回到修家，就見外出歸來的修明澤已經在院子等著兩人。韓香怡將剛才發生的一切向他娓娓道來。

聽罷，修明澤問：「香怡，接下來妳打算怎麼辦？」

韓香怡想了想，道：「韓家已經去過了，接下來我與舅父要去沈家一趟。」

「妳都想好了？」聽到這個消息後的修明澤從震驚中緩緩恢復平靜，握著韓香怡的手，認真地問道。

「嗯，我都已經想好了，我必須要這麼做，既然我知道事情的真相，夫君，這件事你就不必插手了，由我和舅父前去林城和沈大姐好好將事情釐清就好。」

「好，既然妳心意已決，那我支持妳。」

修明澤知曉自己在這件事算是個局外人，讓韓香怡和曾龍出面處理會更為適合，而他只要在妻子背後給予依靠即可，若真有任何狀況發生，再由他出手也不遲。

他笑著，摸了摸她的腦袋，柔聲道：「想做便去做，不要想太多，不論將來發生什麼樣的事情，都有我在，所以妳不必擔心，只管大膽去做吧！」

「嗯！夫君，有你真好。」韓香怡十分感動地趴在修明澤的懷裡，心裡暖暖的。

「那是當然，也不看看我是誰。」

來到林城的時候，天色已經完全黑了下來，韓香怡與曾龍兩人沒有直接去楚家，而是就近找一家客棧住了下來。

第二日清晨，兩人來到楚家，通報了一聲，便進去了。

時隔多日，再次看到沈美娟時，她面容略顯憔悴，被楚風扶著走了出來。

楚風解釋說，自她從帝都回來以後就染上風寒，一直都沒好，身子弱，禁不起折騰，是以沒出門相迎。

相迎自然是不必的，韓香怡與曾龍也沒有多說什麼，韓香怡直接取出她娘寫的信和那幅畫遞給沈美娟。

沈美娟不解地打開信，讀了一遍後，臉色有了變化，當她看到那幅畫後，整個人都呆住了。這幅畫加上這封信，足以說明韓香怡是她親弟弟的女兒，這是事實。

沈美娟站起身子，看著韓香怡，鞠了一躬，這是她為自己所說的話道歉。

韓香怡接受了，又將從林江那裡聽到的事情一五一十、一字不漏地告知沈美娟。

沈美娟聽罷，氣憤不已，沒想到這個韓景福竟如此壞，一定不可以讓他好過。

接下來就尷尬了，之前她都叫她妹妹，可如今這輩分要改了，她該叫韓香怡姪女才對。

韓香怡倒也沒有在意這個，而是道：「既然事情已經都清楚了，我想，您要如何做我也不會再管了，不論是來帝都開鋪子，還是對付韓家，我都不會管，當然如果有需要，我也可以幫您，剩下的也只是把我該做的做好。」

「妳該做的？妳要做什麼？」

「這您就不必操心了。」說完，韓香怡站起身子，朝外走去。

「妳還生我的氣？」沈美娟站起身子，被楚風攙扶著。

「我對您沒有氣，也沒任何情緒，我娘的死與您無關，我爹還是您的弟弟，於情於理我都不該對您生氣；只是我現在還不能接受這一切，望您見諒。」說完，韓香怡便離開了。

是啊，就像她說的，沒有任何仇恨，哪裡來的氣呢，最多也就是對這種狀況還不能接受罷了。

「娘子，既然事情已經都清楚了，妳打算怎麼做？」將沈美娟攙扶著坐下，楚風問道。

「怎麼做？當然是讓韓家一敗塗地了。」

回帝都修家院裡時，修明澤早就等候著，見韓香怡回來，便迎了上去，拉著她問了事情的經過。

修明澤聽完韓香怡的敘述後，點點頭，道：「這樣便好，這樣一來這邊的事情就解決了，那麼接下來，妳打算去做什麼？」

「去徑山寺。」韓香怡說完，看向了修明澤。

修明澤老臉一紅，頓時尷尬地道：「娘子，妳為何這麼看我？看得我渾身不自在。」

「不自在嗎？」韓香怡戲謔地看著他。

修明澤無奈地嘆了口氣，知道她所指何事。「我只是不知該如何向妳開口，畢竟這件事情太過驚人，我怕妳知道了真相會難受，所以我……」

沒等修明澤說完，韓香怡便一頭撲進了他的懷裡。

「我知道，我都知道，你的心意、你對我好，我都知道。你之所以不告訴我，就是怕我害怕、怕我擔心、怕我胡思亂想，這些我都知道，所以夫君，我沒有要責怪你的意思，我要謝謝你，謝謝你為我做了這麼多，也為我承擔了這麼多。」

一愣之後回過神，修明澤笑著伸手將她緊緊地摟入懷中。

「我的傻娘子，我是妳夫君，為妳承擔是我應該做的，而妳要做的就是讓自己能接受這一切，至於對我們做出過分事情的那些人，他們也都付出代價了，我們現在要做的，就是讓一切好起來。」

「嗯，我清楚，那你會陪我去徑山寺嗎？」

「當然，我不陪妳誰陪妳？這件事情當初也是我的錯，我若早些告訴妳，或許今日妳也不會這麼難受，至少那時的妳沒有孩子，而現在的妳懷有身孕，這才是我真正擔心的，妳不能受傷害。」

「放心吧，我不會被輕易打倒的，對我來說，這還不足以擊倒我；而且，我是誰啊，我是韓香怡，我這麼堅強，我才不會倒下。」

「是啊，妳是我的娘子，妳怎麼會倒下呢！放心吧，接下來不論妳做什麼，我都會陪在妳身邊，我會一直在。」

清晨，涼風陣陣，眼看著就到了年末，街道上絲毫沒有冬日的冰冷，反而因為節日即將到來顯得熱鬧非凡，街道兩邊掛滿了紅燈籠，街道上到處都是節日裡所須的買賣，鞭炮、食物一應俱全，似乎只等那日的到來。

韓香怡與修明澤在這一片喜慶的氛圍中起了床，收拾妥當後，坐上馬車，直奔徑山寺而去。當兩人來到徑山寺的時候，天色已經大亮，眼瞅著也快到晌午。

兩人沒有急著上去，在馬車裡吃了一些自備的糧食後，才一起攙扶著爬上石階。

當韓香怡再次登上徑山寺的最後一階石階時，她的心情與過往有所不同，若上一次是迷茫，那麼這一次，就是堅定了。

「見了她，有些事情就真的解開了……」看著敞開的大門，韓香怡握著修明澤的手，輕聲說道。

「是啊！到時一切都能解開。」

寺門大開，年末這段時日，來燒香禮佛的人更是多，徑山寺的寺門一開，便湧入一群人。韓香怡與修明澤站在一旁看著，他們沒有隨著擁擠的人群進入，只等人少了之後，才緩步走進去。

走進寺廟，香火鼎盛，人頭攢動，到處都是人的身影，倒是有些嘈雜。

兩人腳下沒有停留，直奔著後院走去，那裡是韓家老祖宗的靜修之所，去了那裡，自然可找到她。

「兩位施主請留步。」

就在兩人準備進去時，一道聲音響起。

兩人轉身看去，只見一個身著灰色長袍的和尚走了過來，看著兩人，雙掌合十，禮貌道：「阿彌陀佛，兩位施主可是來看這院中之人？」

「正是。」

「她已經去了。」

「什麼？去了？」

韓香怡與修明澤都是臉色一變，他們自然清楚去了是什麼意思，只不過他們怎樣也沒想到會是這樣。那他們兩人來這裡還有何意義？

「這是她給你們的信。」那和尚說著，從袖中取出了一封信遞給了兩人，然後又道：「善有善報、惡有惡報，她犯下了錯，選擇用生命去贖罪，所以還希望兩位施主放下仇恨吧！善哉善哉。」說完，和尚便行禮離去，獨留兩人在院中。

兩人都沒有說話，看著手中的信，韓香怡看向了修明澤，見他點了點頭，她才將信打開。

「我相信妳看到這封信時，一定很吃驚，我這個老婆子怎麼會選擇死呢？我自己也不願相信這是事實，可這就是事實，如果我的死可以讓你們放下仇恨，放下對韓家所有人的仇恨，那我覺得我死得值了；可若我的死還不足以讓你們放下仇恨，那我的死便是贖罪，贖我犯下的錯。

「當年發生的事情想必妳也已經知曉，若還要我選擇一次，我依舊會如此選擇，為了韓家，我做什麼都可以，所以就算咱們面對面，或許也沒什麼好談的，我只想說，錯都在我，我兒、韓家都沒有錯，妳要怪就怪我這個老婆子吧！當然，我清楚，光在信上這麼說，實在太過簡單，可老婆子我什麼都沒有，若想要，就拿這封信去韓家吧！

「最後我還想再說一句，雖然是老婆子我派人殺了妳娘親，可妳娘也是一心求死。她也讓人帶話給我，她說，女兒已經撫養大，如今更是有了好歸宿，所以她已無牽掛，她只想早日與他團聚，免得他一人在黃泉路上孤單寂寞。」

接下來就是老人一些表明心意的話，韓香怡與修明澤看完後，都沈默了。事情到了這一步，想要追究什麼顯然是不可能的了。

「算了，事已至此，追究再多已無意義，走吧，咱們回去吧！」

修明澤摟著韓香怡，離開了徑山寺。

如今得到答案，雖然她有無奈，也有不甘，可人死一切便已不存在，總不能跟一個死去的人計較什麼。

回帝都的路上，天空又飄起雪花，下馬車時，地面上已經積了厚厚一層雪。

「再幾日就是年末了，希望可以在那天到來前結束這所有糟心的事。」韓香怡挽著修明澤的手臂，輕聲說著。

「放心吧，會的，一切都會在那天到來時結束的，我還想讓妳好好過一個年呢！」

修明澤笑著，心裡暗暗想著，或許，真的該結束了。

清晨，當陽光還沒衝破地平線時，沈家出手了，他們以迅雷不及掩耳的速度，將林城韓家一些隱藏產業全部掃除，而且還在暗中打壓著韓家的生意，使得韓家即便是在帝都，生意也越來越艱難。

血林幫也在此時，插手韓家與沈家的事情，在所有人不清楚事情真相的時候，韓家的幾個商鋪接連幾日都沒有生意，只要有人去，都會被人暗中劫走，接下來韓家便是門可羅雀，這讓韓家在短短幾日便損失很多。

這些都在暗中進行著，當然，韓香怡都知情，因為修明澤的人也參與其中。

年末的這一天，韓家的生意在短短幾日內急轉直下，很多鋪子都莫名其妙關門了。

「從一開始，我就錯了，從一開始，我和韓家便注定要承擔這個後果，儘管我並未想過這個結果會到來，可它終究還是來了。」

韓景福坐在椅子上，看著天空，輕聲嘆息。

就在昨日，他與沈家家主見了面，承認錯誤，並且願意關門示錯。

他是韓家家主，他有自己的堅持跟尊嚴，可當他看到韓香怡送來的那封信後，他便選擇沈默。

雖然他娘親願意替韓家贖罪，卻也為時已晚。

他確實做錯了，韓家已走向沒落之路，他也選擇承擔起這一切。

好在，一切都還在，只是散了一些財，況且他還有自己的兒子。

一想到韓朝鋒，他還是露出了欣慰的笑容，至少，他還是沒有讓自己失望。

除夕夜，修家。

韓香怡與修明澤的屋內熱熱鬧鬧，大桌子坐滿了人。

除了夫妻兩人，他們還邀來了宋景軒、宋景書、韓朝鋒、韓朝陽，以及修芸和香兒。另外，還有個意外訪客，便是曾來過韓香怡鋪子的木訥少年小李。

韓香怡沒有想到，這個呆子竟然能和香兒走到一起，實在是讓人大呼不可思議。

看著一屋子的人，韓香怡心裡很是感動，拿起酒杯，站起了身子。

韓香怡輕聲笑道：「來到這裡，不知不覺已經這麼久了，從最初的陌生，到如今的熟悉，這一切的一切，雖然都曾讓我猝不及防，但我和你們都一起走了過來，我想說，這就是我想要的生活，雖然平淡，但是快樂，我不是個貪圖金錢權力的人，可我卻貪圖這種生活，這種平靜的生活。

「所以不論是曾經的不愉快，還是那些不美好，都通通見鬼去吧！今後，我們都要好好的。」

「好好的。」

大家舉杯，為這一刻的美好，為這一刻的平淡，就如她所說，過去就過去了，過去的都見鬼去吧！

作為東道主的夫妻倆盛情款待眾人，宴席間，一群人吃得十分歡快，在一番酒酣耳熱之後，眾人相約去看煙花。

此刻外頭大街小巷都沈浸在過節的氛圍之中，趁著其他人的目光都聚焦在那些小攤販的新鮮事物時，修明澤悄悄握住韓香怡的手。

感受到大掌傳來的溫暖，韓香怡與他相視一笑，同時感受到肚子裡小生命的活動，她心頭湧上一種非常踏實的幸福感。這就是她一直想要的生活。

煙花忽綻，鞭炮齊鳴，除夕美好。

五年後，一處別致的庭院內，陽光傾灑而下，兩個粉裝玉琢的小孩正在草地上歡快地追逐著。

「小浩，小靜，你們慢點跑，別摔著。」

在不遠處的亭子裡有兩個人坐在裡面，正是修明澤與韓香怡。

「真沒想到我家娘子這麼會生，一次就給我生了龍鳳胎，成就了一個好字，真好。」

修明澤喝著韓香怡為他倒的茶，臉上滿是笑容。

韓香怡則是笑著搖了搖頭，道：「你呀，這句話都不知道說了多少遍了。」

「說得再多我也要說，我家娘子是我修家的大功臣啊，我不誇妳怎麼成呢！不過話說回來，娘子，妳真的不打算把鋪子再開下去了？」

韓香怡白了他一眼，道：「開什麼開？這帝都和林城都已經有咱們好幾家香粉鋪子，我已經很滿足了；再說，這種事情還是交給香兒去忙活吧，她現在可是願意忙活呢！而且她跟小李兩個人一起，我瞧著她好像更有動力了。」

一想到那個傢伙，兩人便對視了一眼，不由笑了出來。

「對了，爹說，過兩天想來咱們這院子住兩日，說想他的大孫子和大孫女了。」

「來吧！反正咱們的宅子和爹住的也不遠，在這裡住兩天也成。」韓香怡倒是沒有意見的。

看著韓香怡，修明澤淡淡一笑，放下手中的茶杯來到她的身側，伸手摟住了她的肩。

「我這輩子能娶到妳，真是我幾輩子修來的福分啊！」

韓香怡白了他一眼，將頭靠在他的身上，一邊看著還在嬉戲的兩個孩子，一邊輕聲道：

「我也是，和你在一起，我也是最幸福的。」

「我的傻娘子，謝謝妳。」

「我的傻夫君，我也謝謝你。」

陽光照耀下的院內百花齊放，各色蝴蝶在花叢中盤旋飛舞，配上涼亭內的才子佳人，好一副美景，讓人陶醉。

庭院內不時傳出的歡笑聲，迴盪在這片天地內，久久不散。

——全書完

番外一　韓朝鋒篇

自出生起，在我的人生中就有很多的不如意，但又讓我感到十分慶幸，慶幸的是我出生在這樣的家裡，所謂的不如意，卻又是這身分使然。

——韓朝鋒

隆冬臘月，已是最冷的時候，走在街道上的人們都裹著厚厚棉襖、棉褲，雪地上玩耍的孩子們也都踩著厚厚的棉鞋，在還未掃過的雪地上留下一串串腳印。

已經是離開帝都的第五年了，韓朝鋒也從那個不懂世事的毛頭小子成為現今的青州知府。

五年的時間可以改變很多，也可以讓人成長很多，還記得當初自己離開韓家時的青澀，到如今已經在官場歷練出一身「傷痕」。

這一路走來，他雖然很累，卻並不後悔。

韓家最後還是在帝都那樣的地方「存活」了下來，而家族的生意自然是由弟弟韓朝陽來接管。所幸弟弟在經商方面還是很有天賦的，短短五年的時間，就已經將快要衰亡的韓家香粉生意做得漸好起來，這讓韓朝鋒很是高興。

站在院子裡，看著天空中漸漸飄下的雪花，韓朝鋒的雙眼漸漸迷離，腦海中不由想起那個與自己無血緣關係卻又親如兄妹的韓香怡。

「也不知這五年妳過得如何？想必也是幸福的吧！」韓朝鋒輕聲呢喃著，突然肩上一沈，一件裘衣已經披在他身上。

「夫君，外面涼，你怎麼不多穿一些呢？真是讓人操心。」

身後傳來女子責備卻關切的聲音，韓朝鋒不由收回心神，轉頭看向那女子，臉上露出了一抹柔情，伸手在她的腦袋上摸了摸，然後笑著道：「是，娘子教訓的是，我知道錯了。」

看著面前這個女人，韓朝鋒的心裡滿是愧疚。

阿玲，李明匡的小女兒，自從兩人第一次見面後，她便一直黏著自己，雖然剛開始韓朝鋒並不喜歡她，可是時間一長，加上她經常照顧自己，更是在他臥病在床之時守了兩天兩夜，不離不棄，韓朝鋒才逐漸打開心房，接受了她，並與她成了婚，如今還育有一兒一女，也是兒女雙全。

之所以對妻子心有愧疚，也是因為這幾年他一直在外面，很少能夠照顧他們母子三人，直到今年年末他才從外地官派至青州，這才算是安定下來。

「夫君，你幹麼一直盯著我看，難道這麼久你都沒看膩嗎？」阿玲看著自己的夫君，心裡滿滿都是喜歡。

自從幾年前見了韓朝鋒以後，阿玲就徹底喜歡上他，雖說他沒有修明澤好看，可兩人給人截然不同的感覺，修明澤是那種看上去很俊美，卻給人一種陰柔的感覺；韓朝鋒不同，他是真的俊朗、真的讓人心動，所以當她爹爹帶著她見到韓朝鋒時，只一眼她便對他傾心了。

「娘子這是說的哪裡話，在夫君的眼中，我的娘子是最美的女人，我只會越看越喜歡，絕不會看膩的。」韓朝鋒笑著摟住了阿玲的肩，柔聲說道。

「哼，就會說好聽的。」阿玲嘴上嫌棄，心裡卻甜得緊。

就在兩人甜蜜的時候，一道清脆的聲音突然在兩人的身後響起。

「爹爹，娘親，你們快來呀，飯菜好了。」

那是韓朝鋒的大兒子韓正旭的聲音，這小子如今已經四歲了，是個不折不扣的機靈鬼，有事沒事就愛擺弄只有一歲半的妹妹，為此阿玲也是說過他不止一次，可他還是小孩子心性，哪裡會聽她的話，因此到後來阿玲習慣了，也就不再管他。

聽到兒子的話，兩人便手牽著手一起走進屋子。

此刻飯桌上韓正旭正開心地晃著腿，兩隻眼睛直勾勾盯著桌子上的一盤醬骨頭傻笑著，見兩人走了進來，便笑著道：「爹爹，娘親，你們快來啊，飯菜都涼了呢！」

「你這臭小子，就你饞嘴，知道你已經等不及了，吃吧！」

韓朝鋒笑著揉了揉兒子的頭，然後給他挾了一塊肉，這小傢伙立刻開心地拿起來就吃。

看著兒子吃得開心，韓朝鋒也是一臉的笑容，在外面的一切不順、一切不好，在這一刻也都煙消雲散了。

突然，他的腦海中閃過一個人的身影，那是他的父親。

五年前，他要離開帝都的那天……

看著坐在輪椅上、臉上滿是頹然的父親，韓朝鋒心中微微有些發苦，這二十多年來，韓景福所做的一切都是韓朝鋒所不齒的，那些暗地裡的勾當他都不想要知道。

雖然韓景福有現在的結果，或許是他咎由自取，可儘管如此，他還是自己的父親，這是任誰也改變不了的事實。

收起了心思，韓朝鋒走到韓景福的面前單膝跪地，仰頭看著他那無神的雙眼，輕聲呼喚了一句。

「父親。」

「嗯？」從思緒中回神的韓景福看到跪在自己面前的韓朝鋒，那頹然的臉上這才露出了一抹笑意，想要伸手，卻發現自己的兩隻手動不了了，隨即扯了扯嘴角，有些自嘲地笑了笑。「朝鋒啊，你這是要走了嗎？」

韓朝鋒點點頭，輕聲道：「明日我就會隨李大人一起離開。父親，您……自己多保重，有時間兒子會回來探望您。」

聽了韓朝鋒的話，韓景福的臉上終是露出欣慰的笑容，看著他，目光柔和地說道：「朝鋒啊，爹這輩子最值得驕傲的就是生了你，你是我韓家的光榮，你要為我韓家光宗耀祖啊！」

韓景福的話落在韓朝鋒的心裡，微微有些刺痛，卻又暖了他那顆冰冷的心，親情是他從一開始便無法選擇的東西，如果可以選擇，他寧願出生在一個平凡的家裡，過著沒有勾心鬥角的生活。

而且憑他的能力，想要做官是沒有問題的，可是生命沒有給他選擇的機會，讓他出生在這樣的家。

有好也有壞，好的是他在出生以後便享受到別人都沒有的好生活，壞的是他的出身又常常被那些官家弟子嘲諷恥笑，當然，這些他都可以承受。

如今的他，哪個敢嘲諷他？又有哪個敢對他不敬？人，都是欺軟怕硬的。

收回飄颺的心神，韓朝鋒看著阿玲道：「娘子，等過段日子沒什麼事的時候，咱們回帝都一趟吧！我想回韓家看看。」

阿玲笑著點點頭，道：「一切都聽你的。」

韓朝鋒見狀不由笑了起來，人活著都有酸甜苦辣，獨自一人嚐遍了以後才清楚——家，才是最溫暖的地方。

路就在前方，走便是了。

可家就在那裡，永遠都在……

——本篇完

番外二　宋景軒篇

初春乍暖還寒，雖是春風，但吹在身上仍是會讓人不禁瑟瑟發抖。

在帝都的一處院落裡，樹立著一個足有兩人高的巨大火爐，熊熊烈火正在燃燒，叮叮噹噹之聲更常在這院中迴盪。

只見院中一名壯碩的男子正赤裸著上身，手臂不停地起落，手中的錘子更是不停地捶打著被燒得紅亮的鐵塊。

天氣雖然寒冷，似乎並未對他有任何影響，反而有熱汗從他那赤裸的身上流下。

伴隨著一聲重重的敲擊聲響起，宋景軒將鐵塊扔入冷水中，頓時傳出嗤嗤的聲響，隨後他再次將鐵塊扔入火爐中。

做完這些，宋景軒拿起一旁的手巾擦了擦身上的汗，這才穿上衣服走進屋子。

「大哥，你還真是每天都不間斷啊！」

宋景書一邊喝著茶，一邊環顧四周，屋內四周架子上擺滿一件件兵器，刀槍劍戟斧鉞鈎叉，只要是武器就能夠在宋景軒的架子上看到，而且每一件兵器都是十分鋒利。

「這種事情堅持久了也就戒不掉了。說吧，你今天來找我有什麼事情？」

拿起茶壺對著壺嘴咕嚕地喝了幾口後，宋景軒這才坐了下來。

宋景書突然嘿嘿一笑，道：「大哥，其實這次來你這裡，是澤哥讓我來的。」

「澤哥？你說是澤哥讓你來的？」宋景軒急忙坐直身子，澤哥的事情必須嚴肅對待。

瞧著宋景軒那樣子，宋景書嘿嘿一笑，道：「大哥，你不必這麼緊張，其實這事和你有關，而且還是好事呢！」

「和我有關？好事？什麼事？」宋景軒眼一瞪，忙問道。

「終身大事。」

「終身……」宋景軒呼吸一滯，隨即一張臉突然脹紅了起來，然後支支吾吾地道：「這……這我還沒有想好呢！」

「大哥，你的臉怎麼這麼紅啊？跟個猴屁股似的，不過大哥我可告訴你，這不是我說的，是澤哥讓你去見人，你要是敢不去，那你就做好被澤哥罵的準備吧！」

啊？

宋景軒這回是真的為難了，他現在一個人過得挺好的，還不想這麼快找人替自己生孩子，可又是澤哥的安排，這……

一咬牙，宋景軒悶聲道：「去就去，反正也不會死人就是了。」

「……」

宋景書扶額，自己這個大哥，平日裡看著大大咧咧的，怎麼一碰到女人的問題就不行了呢？

「那就走吧，人家都已經在雲霄閣等著你了。」

「啊？現在就見？」宋景軒身子不由一哆嗦，然後站起身子道：「這也太快了吧，我……我還都沒準備好呢！」

「我說大哥，你準備什麼啊？對了，你還真要換身衣服，再梳梳頭，那就沒問題了。」

來到雲霄閣時，已經是一個時辰以後了。

宋景軒與宋景書一起上了二樓，便看到坐在窗邊的三人，他認出其中兩人是澤哥和大嫂，不過另外一個女子他就不認識了。

看到站在樓梯口不動的宋景軒，修明澤朝著他揮了揮手。「景軒來了，過來坐吧！」

「走吧，大哥，還愣著幹麼？」

宋景書壞笑著推了宋景軒一把，宋景軒這才乾咳了兩聲，走了過去。

「澤哥，大嫂，好久不見啊！」宋景軒走到修明澤身旁坐了下來，然後乾笑著說。

噗哧。

韓香怡不由一笑。「瞧你說得，咱們不是幾天前才剛見過嗎？哪裡有好久了。」

看出宋景軒的緊張，韓香怡對著一旁的修明澤使了個眼色。

修明澤點點頭，然後看著宋景軒道：「景軒啊，我和你大嫂還有事，你們聊。」說完，便與韓香怡一起起身離開了。

「澤哥，你們……」

沒等宋景軒再說什麼，夫妻倆加上宋景書三人已經下了樓。

這讓宋景軒一下子尷尬了，從坐下來到現在他都沒敢看那姑娘一眼，這時也不能不看了。

他抬起頭，看向坐在自己對面的女人。

這一看，他便再難收回目光了，因為她很特別，當然，她是一個漂亮的女子，雖比不上韓香怡漂亮，卻給他一種英姿颯爽的感覺，完全沒有女人的那種柔美，反而英氣十足。

這一點十分吸引他。

儘管她裝得很像大家閨秀，他卻看得出來，她其實不是這個樣子的。

接下來的一幕也是讓他跌破眼鏡。

隨著修明澤幾人離開後，這女人坐直的身子也立刻垮了下去，放在雙腿間的手也放在桌子上。

女人一隻手撓了撓自己的頭髮，大剌剌地說：「其實我是不想來的，可沒辦法，香怡是我的姊妹，她極力說服我，我才來的。你就是宋景軒？嗯，你好，我叫趙琳琳，很高興認識你。」說著，還伸出了手。

這一幕頓時讓原本還有些緊張的宋景軒一下子放鬆下來，然後也伸出了手，和她握了一下。

「妳好，沒想到妳這麼……」

「豪放嗎？還是大大咧咧？嗯，我身邊的人都這麼說我。」趙琳琳滿不在乎地說。

「妳這樣挺好的。」宋景軒沒了緊張，也放鬆下來，笑著道：「原本我還擔心我會招架不住妳，可是現在看到妳這種性格，說真的，我倒是覺得很好。」

「是嗎？那你的品味倒是滿獨特的，我身邊的男人都不喜歡我，嫌我太男人了，而且我家是開武堂的，整天和一群男人混在一起，我也就不知道女人該是什麼樣的了。」

「妳家是開武堂的？那真不錯。」

聽到這話，宋景軒更喜歡了。

趙琳琳看了他一眼，然後咧嘴道：「怎麼樣？人也見了，你對我什麼感覺？其實我覺得你挺好的，我看你這麼結實、這麼壯，平時一定幹很多活吧！」

宋景軒呵呵一笑，然後道：「我每天都堅持打鐵、做兵器，可能和這個有關係吧！至於妳，我覺得妳挺好的。」

「那咱們就試試，先從朋友開始好好認識？」

這女人真是直率，他真的喜歡了，這麼敢說敢做，他就喜歡這樣的。

於是他便笑著道：「好，那就試試吧！」

此刻正躲在樓梯口的修明澤三人聽後都是暗暗笑了起來。

不得不說，這兩人還真是天生一對呢！

數月後的清晨，陽光如往昔一般刺眼，晴朗平靜的天空終是被那震天的鑼鼓聲打破。

「新郎，你、你慢點，新娘我們會給你牽出來的，你就別進去了。你……」

一群下人目瞪口呆看著穿著大紅袍子、胸口還戴著一朵大紅花的宋景軒大步流星地朝著院子裡面走去。

那樣子，就好像有什麼寶貝在等著他一般。

「啊，你這傢伙不能輕點兒啊？你弄疼我啦！」

「娘子，妳可是讓我等得好苦啊！他們說我不能進來找妳，還說我找不到妳，可我偏不信，瞧，我這不還是找出來了？」

「夫君。」

「嗯？」

「你真好，我的夫君果然是最與眾不同的。」

「那是，嘿嘿……既然我這麼好，那妳親我一下。」

「滾。老娘的嘴可是要留到晚上才能給你親的，你給我把臉拿開……」

「可是娘子……」

「滾。」

院子裡，新娘子與新郎官的對話不由得讓外面的眾人齊嘆無奈。

這還真是一對奇葩得不能再奇葩的新娘、新郎……

小倆口一路拌嘴，讓這樁喜事在迎親的鑼鼓聲中歡歡喜喜地落幕了。

總歸而言，也算是有情人終成眷屬，這段「良緣佳話」自然也成為日後帝都百姓茶餘飯後的八卦。

數年後，每每談起夫妻恩愛甚篤又如同小冤家的絕妙趣事，宋景軒這對夫妻必在那話題之中，不知不覺成了帝都奇偶，最後還被人編為話本故事，傳唱不衰。

——本篇完

文創風
471

香怡天下 3 完

國家圖書館出版品預行編目資料

香怡天下 / 末節花開著. --
初版. -- 臺北市 : 狗屋, 2016.11
冊 ; 公分. --（文創風）
ISBN 978-986-328-664-6（第3冊：平裝）. --

857.7 105017561

著作者	末節花開
編輯	黃鈺菁
校對	沈毓萍　簡郁珊
發行所	狗屋出版社有限公司
地址	台北市104中山區龍江路71巷15號1樓
電話	02-2776-5889～0
發行字號	局版台業字845號
法律顧問	蕭雄淋律師
總經銷	知遠文化事業有限公司
電話	02-2664-8800
初版	2016年11月
國際書碼	ISBN-13　978-986-328-664-6

本著作由起點女生網（http://www.qdmm.com/）授權出版

定價250元
狗屋劃撥帳號：19001626
網址：love.doghouse.com.tw　E-mail：love@doghouse.com.tw